Le chevalier du Dragon

CATHERINE ARCHER

Le chevalier du Dragon

LES HISTORIQUES

éditions Harlequin

Cet ouvrage a été publié en langue anglaise
sous le titre :
DRAGON'S KNIGHT

Traduction française de
MARIE-FRANCE BALAZS-KNOPP

HARLEQUIN®

est une marque déposée du Groupe Harlequin
et Les Historiques® est une marque déposée d'Harlequin S.A.

Illustration de couverture :
© JOHN ENNIS / SCHLUCK

83-85, boulevard Vincent-Auriol, 75013 PARIS — Tél. : 01 42 16 63 63
Service Lectrices — Tél. : 01 45 82 47 47
ISBN 2-280-17515-0 — ISSN 1159-5981

À cette époque...

Pour retrouver son meilleur ami mystérieusement disparu, le héros de ce roman entreprend un long et périlleux voyage...
Au Moyen Age, il est vrai, les hommes ont une vision très poétique et théologique du monde, et se montrent curieux d'explorer des terres inconnues. Ainsi, dès le XIIe siècle, un certain Benjamin de Tolède parvient aux Indes. Cent ans plus tard, le Tibet est découvert par Odéric de Pordénone. Marco Polo, en 1271, part vivre à la cour du Koubilaï Khan, en Mongolie, pendant dix-sept ans. A son retour, il traverse le Japon, les îles de la Sonde, la Perse et Constantinople... Un planisphère, daté de 1413, prouve que l'on connaît mieux à cette époque le cœur de l'Afrique qu'au XIXe siècle : le dessin des routes et des oasis sahariennes jusqu'à Tombouctou y est parfaitement tracé, alors qu'au XIXe siècle, les cartes laissent ces mêmes zones blanches. Cette connaissance permet d'ailleurs à un bourgeois de Toulouse, Anselme Ysanguier, au début du XVe siècle, de traverser l'Abyssinie pour descendre jusqu'au Niger. Il revient sain et sauf en France... avec une épouse noire, au grand étonnement de ses proches ! Quant à l'Amérique, tout laisse à penser qu'elle fut découverte par les Vikings aux alentours de l'an 1000, bien avant que Christophe Colomb y débarque. Toute une population s'installe au Groenland et entretient des relations avec l'Europe. C'est ainsi qu'en 1327, le pape, ayant lancé un appel à la croisade, reçoit une cargaison de dents de morse et de peaux de phoque, généreusement offerte par les Groenlandais comme participation aux frais de l'expédition !

1.

Soucieuse, Aislynn Greatham traversa l'antichambre du château de Bransbury, dont les hautes voûtes semblaient absorber toute la chaleur émise par le foyer, et s'engagea dans le corridor qui menait à la grande salle. Les pensées de la jeune fille étaient toutes centrées sur son frère, et d'anxieuses interrogations la taraudaient sans relâche. Où se trouvait donc Christian en cet instant ? Regagnerait-il jamais la demeure familiale ?

Lord Thomas Greatham, baron de Bransbury, se montrait lui aussi de plus en plus inquiet au fil des jours, et depuis plusieurs semaines les conversations du père et de la fille tournaient constamment autour du même sujet. A quoi songeait donc Christian en quittant ainsi Bransbury avec une telle hâte et sans même en informer ses proches ? Ses treize années passées en Terre sainte n'avaient-elles pas été déjà une épreuve suffisante pour son malheureux géniteur, si longtemps privé de la présence de son unique fils et héritier ?

Aislynn, pour sa part, était bien incapable de répondre à ces lancinantes questions. En fait, elle regrettait maintenant de n'avoir pas prévenu son père, lorsque

Christian était venu l'informer en cachette de son départ impromptu. Mais son frère lui avait assuré que cette absence ne durerait guère plus de quinze jours, et qu'il lui raconterait à son retour, dans tous les détails, les péripéties de son mystérieux voyage.

Parvenue sur le seuil, elle huma sans plaisir le fumet de viande rôtie qui flottait autour des tables et retint à grand-peine un soupir. Comment manger avec appétit quand le sort de l'absent lui causait pareille angoisse ?

En réalité, elle avait une autre cause de souci, qu'elle s'était bien gardée de révéler à son père. Sans demander l'aval du baron, trop fier pour se résoudre à une pareille démarche, elle s'était permis d'écrire à deux amis de Christian, dont elle connaissait l'existence par les récits de son frère. Qui sait, peut-être pourraient-ils la renseigner sur la mystérieuse escapade de son aîné ?

Pour être franche, elle espérait même en secret que les deux jeunes gens, alertés par sa lettre, se décideraient à faire le voyage de Bransbury. Christian connaissait Jarrod Maxwell et Simon Warleigh depuis son adolescence. Tous trois avaient eu le même tuteur, qui leur avait enseigné le métier des armes et les avait initiés aux rites de la chevalerie. Devenus plus âgés, c'était ensemble qu'ils avaient décidé de participer à la croisade du roi Richard en Terre sainte. L'affection qui liait les trois jeunes gens reposait sur une admiration et une estime mutuelles. Même si Simon et Jarrod ignoraient où était leur ami, ils n'hésiteraient pas à mettre tout en œuvre pour le retrouver, en preux et loyaux chevaliers qu'ils étaient.

Qui d'autre en effet pouvait partir à la recherche de Christian ? Demeuré boiteux après une malencontreuse chute de cheval, lord Greatham n'avait plus la vigueur requise pour courir le pays. Comment, du reste, eût-il pu mener à bien des recherches que, faute d'indices concrets, il ne savait même pas par où commencer ?

« Seigneur, faites que ce Jarrod et ce Simon daignent au moins répondre à ma missive ! pria la jeune fille en son cœur. »

La gorge nouée, elle s'arrêta un instant dans l'encadrement de la porte et prit une profonde inspiration pour se donner du courage. Puis elle se fraya un chemin entre les tables dressées sur des tréteaux, où la plupart des habitants du lieu occupaient déjà leur place accoutumée.

Après avoir salué d'un sourire les vassaux de son père, elle prit place sur l'estrade, auprès du siège réservé au maître de maison.

Quelques instants plus tard, Thomas Greatham, seigneur de Bransbury, pénétrait à son tour dans la pièce et s'asseyait à côté de sa fille. Aislynn enveloppa son père d'un regard affectueux, inquiète de lui voir un air si las et un visage aussi émacié.

— Des nouvelles de votre frère ? s'enquit aussitôt sir Thomas, dont le regard bleu pervenche s'illumina d'une lueur d'espoir.

— Hélas, non, mon père, pas encore ! Mais ne perdez pas espoir pour autant. Je suis sûre que nous ne tarderons pas à recevoir une lettre de lui.

Une expression de profond désappointement se peignit instantanément sur le visage du baron, et Aislynn regretta de n'avoir rien de plus encourageant à lui communiquer. Devait-elle lui souffler mot de la missive qu'elle avait envoyée aux amis de Christian ? se demanda-t-elle un instant. Mais à quoi bon, puisque cet appel, aussi pressant qu'il fût, n'avait pas reçu à ce jour la moindre réponse ?

— Comment s'est passée votre journée, père ? questionna-t-elle avec un enjouement de commande.

Sir Thomas se rembrunit de nouveau et un pli soucieux se dessina sur son front.

— Llewellyn est décidé à déterrer la hache de guerre, et il ne me laisse aucun répit ces derniers temps, répliqua-t-il avec une grimace. Non contents de menacer nos frontières, ses hommes tentent maintenant des incursions de l'autre côté de leur territoire, chez leurs voisins gallois. Quelque chose se prépare de ce côté-là, c'est certain, mais je suis incapable de savoir ce que mijotent ces trublions. J'ai interrogé Gwyn Cyrnain, mais il n'en sait pas davantage, à ce qu'il semble.

Aislynn émit un soupir à l'énoncé de ce nom. Gwyn était le seul des seigneurs gallois des environs à avoir conclu avec Bransbury un pacte d'alliance, et en gage de bonne volonté, il était allé jusqu'à la demander en mariage. Bien entendu, sir Thomas était favorable à cette alliance, qui renforcerait sa position auprès des compatriotes de Cyrnain, et Aislynn s'était rendue aisément aux raisons de son père.

Pourquoi, en outre, aurait-elle élevé la moindre objection à cette union ? Elle connaissait Gwyn depuis l'enfance, et ne doutait pas un instant qu'il ne fût un homme bon et droit. Avec lui, elle pourrait créer un foyer solide, où leurs futurs enfants s'épanouiraient en paix. Mais curieusement, elle ne songeait guère à l'aspect purement physique de la question. Bien que Gwyn l'eût publiquement embrassée un an plus tôt, le jour de la signature de leur contrat de mariage, elle n'éprouvait pour lui qu'une tranquille affection, qui lui semblait la base la plus solide pour construire un foyer heureux. Pour elle, la passion n'existait que dans les récits des ménestrels, et elle n'imaginait même pas qu'elle pût en être un jour la proie. Ce qui comptait, c'était de fonder une famille, afin d'assurer la pérennité de sa lignée.

Perdue dans ses réflexions, la jeune fille tressaillit sur son siège, lorsque la voix de son père la ramena brusquement à la réalité.

— D'habitude, c'est avec joie que j'accomplis mes devoirs de seigneur. Défendre les terres de Bransbury a toujours été le lot de mes ancêtres, et il est normal que j'assure en tout leur succession. Mais Dieu sait pourquoi, tout me semble plus lourd depuis le départ inopiné de Christian !

Il émit un long soupir à ces derniers mots et son regard bleu se perdit un instant, assombri d'une indéfinissable mélancolie.

— Je vous comprends, assura Aislynn, en lui pressant tendrement la main.

Tous deux se turent, aussi songeurs l'un que l'autre, tandis que les serviteurs s'empressaient autour d'eux et déposaient les mets sur la table.

Malgré son peu d'appétit, Aislynn s'efforçait d'avaler quelques bouchées afin de ne pas inquiéter son père, lorsque la porte de la salle s'ouvrit de nouveau, laissant pénétrer un courant d'air glacé qui lui arracha un frisson. Machinalement, elle leva les yeux comme tous les autres convives, et demeura interloquée en voyant apparaître sur le seuil un homme dont le visage et la haute stature n'appartenaient à aucun des familiers de ce lieu. Tandis que l'inconnu se frayait un passage vers l'estrade, elle nota d'un coup d'œil son teint fortement halé, ses cheveux noirs et brillants comme l'aile du corbeau, et ses yeux taillés en amande, dont le regard était aussi sombre qu'une nuit sans étoiles. En somme, un physique plutôt exotique, conclut-elle à l'issue de cet examen. Qui pouvait-il bien être ? Elle ne voyait personne dans ses connaissances qui ressemblât de près ou de loin à ce visiteur inattendu !

A cet instant, la cloche du souvenir tinta dans sa mémoire, et traversée d'une soudaine intuition, elle sut qui était le nouveau venu avant même qu'il n'ouvrît la bouche pour se présenter. Jarrod Maxwell ! songea-t-elle avec un battement de cœur. En fait, elle l'avait déjà rencontré une fois, bien des années plus tôt, juste avant que Christian ne partît pour la Terre sainte. Sa famille et elle s'étaient rendus au camp du roi pour faire leurs adieux au nouveau croisé, et au moment où Richard Cœur de Lion était apparu sous les vivats de la foule, c'était Jarrod Maxwell qui l'avait hissée sur ses épaules, afin qu'elle pût voir passer le souverain par-dessus la tête des soldats.

Bien qu'elle ne fût âgée que de six ans à l'époque, Aislynn n'avait jamais oublié cet épisode, et cette image était même plus profondément gravée en elle que celle de sa mère, morte d'un accident de cheval trois ans avant le départ de son fils pour Jérusalem.

Ce souvenir lui rappela instantanément ce que Christian lui avait confié des origines de son ami Maxwell, fils d'un croisé et d'une belle Orientale rencontrée en Terre sainte.

D'un regard fasciné, elle examina le visage finement ciselé de Jarrod et ses grands yeux sombres, qui témoignaient à eux seuls de son ascendance levantine. Grand et large d'épaules, l'homme portait une tunique de velours prune et une cape de laine fine, agrafée sur l'épaule par une fibule d'argent représentant un dragon. La même que portait Christian, nota la jeune fille avec un serrement de cœur.

— Milord Greatham, commença à cet instant le nouveau venu, je m'appelle Jarrod Maxwell. Je suis venu dès que j'ai reçu la lettre où vous m'informiez de la disparition de Christian.

Le baron ouvrit la bouche toute grande et fixa sur le jeune homme un regard stupéfait.

— La lettre ? De quoi diable parlez-vous ? répéta-t-il d'un air perplexe.

— Du billet qu'un messager a apporté à Avington il y a quelques jours.

— Vous devez faire erreur, car je n'ai pas envoyé la moindre lettre ! s'exclama lord Greatham.

Aislynn, qui se sentait depuis quelques secondes sur des charbons ardents, comprit que le moment de l'aveu était venu.

— C'est moi qui l'ai écrite, père, déclara-t-elle en soutenant bravement le regard de son père. Si vous vous souvenez, Christian revenait juste d'Avington lorsqu'il a quitté Bransbury pour cette mystérieuse équipée, et j'ai pensé que ses deux amis en savaient peut-être plus que nous sur sa destination.

Elle jeta un furtif regard au chevalier brun avant de poursuivre :

— J'ai espéré, je l'avoue, que messires Warleigh et Maxwell consentiraient à nous aider. Après toutes les années qu'ils ont passées avec Christian en Terre sainte, ils doivent être liés par une mutuelle confiance. Si mon frère s'est confié à quelqu'un, cela ne peut être qu'à eux !

— C'est sans doute exact, ma fille, mais vous n'auriez pas dû agir sans me consulter, répliqua le baron d'un ton de reproche.

— Pardonnez-moi, milord, intervint Jarrod, mais s'il est vrai que votre fille aurait dû solliciter votre consentement au préalable, elle n'a tout de même pas eu tort de tenter cette démarche. Simon et moi sommes très proches de votre fils, au point qu'il nous semble parfois appartenir à sa famille, et nous ne demandons pas mieux que de vous aider à le retrouver.

Tout en parlant, il posa un regard étrangement froid sur la jeune fille, qui détourna les yeux avec une sensation de malaise.

— Eh bien, Aislynn ? fit le baron d'une voix légèrement irritée.

Bien qu'il fût généralement le plus tendre des hommes, il tenait à ses prérogatives de chef de famille, et la jeune fille devina d'instinct qu'elle l'avait offensé.

— Je vous prie de m'excuser d'avoir pris cette initiative sans en référer à vous, mon père, répliqua-t-elle hâtivement. Je savais que vous étiez terriblement inquiet du sort de Christian, et j'ai pensé que messires Warleigh ou Maxwell pourraient…

Elle rougit de nouveau, contrite, et baissa les yeux vers son giron. Mais son embarras ne désarma pas sur-le-champ l'irritation de sir Thomas.

— A l'avenir, vous voudrez bien vous souvenir que je suis non seulement votre père, mais le seigneur de ce domaine, et que vous ne devez rien entreprendre de cet ordre sans mon consentement.

Aislynn acquiesça d'un signe de tête avant de se tourner résolument vers Jarrod. Bien que la froideur du chevalier à son égard ne fût que trop visible, elle se réjouissait tout de même de sa venue. Sans doute n'aurait-il pas effectué ce long trajet, s'il n'avait eu bon espoir de retrouver son ami Christian.

— Messire chevalier, auriez-vous une idée du lieu où pourrait se trouver mon frère ? interrogea-t-elle d'une voix tremblante.

Maxwell secoua la tête, et ce fut avec un évident regret qu'il répliqua :

— Pas la moindre, mademoiselle, malheureusement. En quittant Avington, Christian nous a seulement informés qu'il regagnait Bransbury. Il semblait un peu préoccupé, c'est vrai, mais je n'y ai pas vraiment pris garde. Comment me serais-je inquiété pour lui ?

Il détourna les yeux, comme pour mieux scruter les arcanes d'un passé où miss Aislynn Greatham n'avait décidément pas sa place :

— C'est un guerrier hors pair, qui a toujours su gérer les situations les plus difficiles. Lui, Simon et moi, nous avons victorieusement traversé tant d'épreuves !

— Ainsi, vous ne pouvez donc rien nous apprendre, murmura Aislynn.

Aussi désappointée par le contenu du discours que par l'évident dédain de Jarrod Maxwell à son égard, elle baissa de nouveau les yeux, irritée de se sentir sottement blessée.

Bien qu'il s'adressât surtout à son hôte, Jarrod était de son côté parfaitement conscient d'avoir déçu l'attente d'Aislynn Greatham. En vérité, il eût aimé pouvoir lui fournir une autre réponse à propos de Christian. D'un regard furtif, il examina le fin profil de la jeune fille, dont les yeux demeuraient obstinément fixés sur son assiette. Pourquoi sa détresse le navrait-elle autant ? Après tout, il la connaissait à peine, bien qu'elle fût la sœur de son meilleur ami !

A cet instant précis, Aislynn leva inopinément les yeux de son hanap et leurs regards se croisèrent par-dessus la table chargée de mets. Pour la première fois, Jarrod se surprit à détailler les traits délicats de la jouvencelle, dont les prunelles bleu pervenche contrastaient fort joliment avec une chevelure blonde comme les blés, partiellement dissimulée sous un voile de mousseline transparente. La peau de la jeune fille avait l'éclat de la porcelaine, et ses lèvres roses esquissaient une moue si séduisante qu'il ne put s'empêcher de ciller, pris du désir soudain de caresser cette chair au velouté si tentant.

En fait, ce n'était pas la première fois que l'image d'Aislynn Greatham s'imposait ainsi à son esprit. Bien que le souvenir remontât à de nombreuses années, il se souvenait fort bien de l'avoir rencontrée jadis au camp du roi Richard. Simon, Christian et lui s'apprêtaient alors à suivre le monarque en Terre sainte, et les Greatham étaient venus leur faire leurs adieux.

Perdue au milieu de la foule, la petite fille tâchait de se hisser sur la pointe des pieds pour apercevoir l'imposant spectacle que constituaient les Croisés, vêtus de leur armure étincelante et de leur cape ornée d'une immense croix vermeille. Mais elle avait beau faire, la presse était telle qu'elle ne distinguait rien d'autre que les épaules de ses voisins, aussi serrés que harengs dans un baril de saumure !

Touché par son air de détresse, Jarrod n'avait pas hésité à hisser sur ses épaules cette frêle fillette, afin qu'elle pût assister commodément au spectacle du souverain passant la revue de ses troupes. Il n'avait alors guère plus de quinze ans, mais il avait senti s'éveiller dans son cœur le même sentiment protecteur qu'il ressentait aujourd'hui à l'égard de la blonde jouvencelle assise à quelques pas de lui.

Troublé plus qu'il ne l'aurait voulu par cette réminiscence, il détourna les yeux d'Aislynn et s'adressa délibérément à son hôte.

— Ainsi, vous n'en savez pas plus que moi sur les raisons qui ont pu inciter votre fils à quitter Bransbury, déclara-t-il en résumant la situation. N'avez-vous rien appris qui puisse nous mettre sur la piste ?

Sir Thomas, visiblement désolé, secoua sa tête grisonnante.

— Hélas non, messire. Mais ce n'est pas à vous d'endosser la difficulté à ma place, cela va sans dire. Ma fille a eu grand tort de faire appel à vous.

Il coula de nouveau un regard mécontent à Aislynn avant de conclure :

— C'était là une démarche particulièrement inconsidérée et elle n'aurait jamais dû prendre une telle initiative.

A ces mots, Jarrod sentit s'éveiller en lui ses instincts chevaleresques.

— Vous me permettrez de ne pas être d'accord avec vous, milord. Comme je vous l'ai dit, Christian est presque un frère pour moi, et s'il a le moindre problème, j'aime mieux en être informé. Simon partage mon avis et il m'aurait accompagné à Bransbury s'il n'avait été retenu sur ses terres auprès de lady Isabelle, sa toute récente épouse.

Le chevalier ponctua cette évocation d'un léger soupir. Contre toute attente, son ami Simon avait trouvé le bonheur en convolant avec la fille du terrible Kelsey, lequel était pourtant son pire ennemi. Mais Jarrod n'aimait guère ressusciter ce souvenir, qui lui rappelait douloureusement la mort injuste du Dragon, l'homme qui l'avait élevé et avait présidé à l'éducation de ses deux amis.

Même après plusieurs mois, la disparition de son tuteur était une plaie vive dans son cœur. Comment aurait-il pu oublier tout ce qu'il lui devait ? Il n'avait que treize ans lorsque le Dragon l'avait accueilli dans sa demeure, et c'était grâce à cet homme droit et valeureux qu'il était devenu au fil des ans non seulement un chevalier, mais un homme digne de ce nom.

Profondément remué par ces réminiscences, il réprima un nouveau soupir à l'idée que ni ses amis ni lui n'avaient pu tirer vengeance de Kelsey. Protégé par le roi en personne, qui avait tendance à se montrer indulgent envers tous ceux qui lui ressemblaient, le félon avait échappé à toutes leurs poursuites.

— Le sort de Christian nous concerne et ni Simon ni moi n'aurions apprécié d'être laissés à l'écart, ajouta-t-il en chassant ses pensées de son esprit. Notre plus ardent désir est de retrouver notre ami.

Il tourna involontairement les yeux vers Aislynn, dont il croisa le regard bleu empreint d'une poignante tristesse. Troublé par ce spectacle, il sut instantanément qu'il était prêt à tout pour rendre à cette petite sirène la joie qu'elle avait perdue, dût-il explorer pour cela la moitié de la terre !

Mais la voix du baron vint refroidir cet accès d'enthousiasme.

— J'apprécie beaucoup votre dévouement, monsieur, mais vous avez vos propres affaires, qui ne souffrent sans doute pas de délai, et je ne me sens pas le droit de vous en détourner.

Jarrod fronça les sourcils.

— Il n'est rien de plus important pour moi que de retrouver mon ami, affirma-t-il. Mais bien sûr, il n'est pas question que je m'impose à Bransbury, si ma présence n'y est pas désirée. Veuillez cependant prendre en considération l'aide que je suis prêt à vous apporter. Une paire de bras supplémentaire n'est pas à négliger, ce me semble, et je serai pour ma part fort soulagé de voir Christian regagner ses pénates sain et sauf.

Lord Greatham poussa un lourd soupir et se passa la main sur le front d'un geste las.

— Franchement, je ne vois pas ce que vous pourriez faire que mes hommes et moi n'ayons déjà tenté, déclara-t-il. Pourtant, nous n'avons pu récolter le moindre indice sur la direction qu'a pu emprunter mon fils. Il semblerait qu'il se soit tout bonnement évanoui dans la nature !

Jarrod secoua lentement la tête.

— Je vous renouvelle tout de même mon offre, sir Thomas, insista-t-il.

Visiblement partagé entre des sentiments contradictoires, le maître des lieux hésitait encore, lorsqu'une petite main fine et blanche vint se poser délicatement sur sa manche.

— Acceptez, père, je vous en prie ! murmura Aislynn. Sir Jarrod est aussi inquiet que nous et il peut nous aider. Nous avons déjà été séparés de Christian si longtemps ! Faudra-t-il repasser encore par cette terrible épreuve ?

Touché par cette requête, Sir Thomas déglutit et se tourna vers le chevalier.

— Très bien, sir Jarrod. J'accepte avec gratitude votre proposition, dans le même esprit qui vous a poussé à la formuler.

Maxwell s'inclina courtoisement, satisfait par cet acquiescement.

— Je vous remercie du fond du cœur, milord, et me mettrai à la tâche dès que vous voudrez bien me donner vos instructions.

Sir Thomas hocha la tête, soulagé lui-même d'avoir pris cette décision.

— Je vous donne carte blanche, déclara-t-il. A vous dire la vérité, je ne sais plus à quel saint me vouer. Peut-être serez-vous mieux inspiré que moi !

— Merci en tout cas de me faire confiance, milord.

— Je ne puis faire moins, étant donné la haute opinion que mon fils a toujours eue de vous.

Le maître des lieux s'interrompit un instant pour désigner un siège à Jarrod.

— Vous pourrez commencer dès demain matin les recherches, reprit-il. Mais en attendant, si vous vous restauriez avec nous ? Vous devez être affamé après votre long voyage.

Il fit signe à l'un des serviteurs qui vaquaient dans la salle et ordonna :

— Apportez une écuelle et un hanap pour notre invité.

— Je vous remercie de tout cœur, milord, répliqua courtoisement Jarrod. Ce sera un honneur pour moi que de m'asseoir à votre table.

Joignant le geste à la parole, il prit place sur le banc à la place qu'on lui avait indiquée, entre le baron et sa fille. Troublé par la proximité de la jouvencelle, il ne fit cependant guère honneur au repas, et tous ses efforts de conversation se concentrèrent sur son voisin de gauche, avec lequel il évoqua parties de chasse, joutes et tournois.

Lassée sans doute par l'aridité du sujet, Aislynn prétexta de sa fatigue pour se retirer avant la fin du dîner. Mais même lorsqu'elle se leva de table, Jarrod évita de rencontrer ses yeux. Occupé à vider son hanap, il fit mine de ne pas remarquer son départ, au mépris de toutes les règles de la courtoisie.

Décidément, il se conduisait ce soir bel et bien comme un imbécile, songea-t-il avec dépit, lorsque la jeune fille eut quitté la salle. Emu par la présence de cette sylphide, il avait littéralement perdu tous ses moyens.

Mais aussi, comment n'eût-il pas éprouvé un intérêt tout particulier pour cette jeune Aislynn Greatham ? Après tout, elle était la sœur de Christian, qu'il aimait autant qu'un frère. En l'absence de ce dernier, ne devait-il pas aide et protection à sa cadette ? La jeune fille adorait visiblement son aîné, et il était évident qu'elle se trouvait dans le plus grand désarroi.

Parvenu à ce point de son raisonnement, Jarrod secoua la tête. S'il avait été logique envers lui-même, il aurait eu toutes les raisons de manifester sa sympathie à lady Aislynn. Or, il n'avait cessé de se comporter grossièrement avec elle, allant même jusqu'à éviter son regard chaque fois qu'elle s'était tournée vers lui. A la lumière de cette attitude, miss Greatham devait le prendre pour un rustre parfait. Et il lui fallait bien s'avouer qu'elle n'avait pas tort !

Mécontent de lui-même, il fit signe à l'échanson de remplir de nouveau son hanap.

« Ne pas se laisser aller à un sentiment déplacé est une chose, se morigéna-t-il. Mais pourquoi refuser à cette gamine ce que tu dispenserais à n'importe quelle étrangère, à savoir un minimum de politesse et de respect ! »

2.

Le cœur battant, Aislynn s'arrêta un instant dans l'escalier qui conduisait aux appartements privés du château et jeta un coup d'œil sur la grande salle en contrebas. Oui, Jarrod Maxwell était encore là ! Cet homme étrange et fascinant, qui venait d'entrer dans leur vie sans crier gare, n'était pas un pur produit de son imagination.

Que de froideur il lui avait cependant manifestée ! Pendant tout le repas, il avait discuté avec le maître des lieux et n'avait même pas échangé un mot avec elle, exactement comme si elle n'existait pas. Pourtant, Dieu savait quel trouble s'était emparé d'elle lorsqu'à un moment, les yeux du jeune homme s'étaient posés sur sa bouche comme par mégarde… Jamais elle n'avait ressenti un tel émoi lorsque Gwyn la regardait, s'avoua-t-elle. Pas même lorsqu'il l'avait embrassée sur les lèvres comme l'exigeait la coutume, le jour de la signature du contrat !

Que lui arrivait-il, voyons ? C'était là des réactions inadmissibles, auxquelles elle devait mettre bon ordre sans tarder. Bien que Jarrod Maxwell fût sans conteste l'homme le plus séduisant qu'elle eût jamais rencontré de sa vie, elle devait absolument se reprendre et ne pas se laisser emporter par des émotions aussi inutiles que dangereuses.

De toute façon, le chevalier ne s'intéressait pas à elle, c'était visible. Pourquoi dès lors lui manifester un intérêt qui n'était pas payé de retour ? Elle ferait mieux, pour l'heure, de faire préparer la meilleure chambre pour leur hôte imprévu, en accord avec les instructions de son père. L'appartement de Christian, qui se trouvait vacant depuis plusieurs semaines, était incontestablement l'un des plus confortables du château, et c'était là qu'il convenait de loger leur invité.

Pressée d'en finir avec ces arrangements domestiques, la jeune fille fit halte aux cuisines, où elle ordonna aux servantes de préparer un bain chaud, aromatisé aux pétales de rose. Puis elle se rendit dans la chambre de son frère, décidée à veiller elle-même au confort de leur invité, en digne fille du seigneur des lieux.

D'un regard assombri de tristesse, elle examina la vaste pièce, qui était restée exactement dans l'état où Christian l'avait laissée. Dieu seul savait où se trouvait en ce moment l'occupant habituel de ces lieux. Oh, pourvu qu'il ne lui fût rien arrivé de fâcheux !

Après avoir exhalé un long soupir, Aislynn se reprit et se mit à l'ouvrage. Soucieux du bien-être de leur invité, sir Thomas n'apprécierait pas qu'elle négligeât le moindre détail, elle en était certaine.

D'une main diligente, elle prépara le lit, troublée malgré elle à la pensée que Jarrod Maxwell se glisserait bientôt entre les draps de lin à la blancheur immaculée. Puis elle disposa du linge frais près de la table de toilette et remplit elle-même la cruche d'eau claire.

Elle achevait ces préparatifs, lorsqu'elle entendit la voix de son père et de Jarrod s'élever derrière la porte.

Surprise, elle laissa choir l'oreiller qu'elle s'apprêtait à déposer sur le lit et se retourna, le cœur battant la chamade.

— Aislynn, ma chérie, commença son père en pénétrant dans la pièce, Margaret me dit que sir Jarrod va occuper l'appartement de Christian durant son séjour... C'est là le meilleur choix possible et je vous félicite d'y avoir songé.

Rougissante, Aislynn se hâta de ramasser le coussin et de le disposer sur le lit. L'opération lui permit au moins de cacher son embarras, et sa voix parut naturelle lorsqu'elle expliqua enfin :

— Sir Jarrod trouvera ici tout le confort souhaitable, et j'ai pensé que le lieu lui conviendrait. Les servantes sont en train de faire chauffer de l'eau pour son bain.

— Mais il ne faut pas..., commença Jarrod, gêné d'être l'objet de tant d'attentions.

Sir Thomas, dont le sens de l'hospitalité était proverbial, l'interrompit d'un geste de la main.

— Je vous en prie, seigneur chevalier ! Le moins que nous puissions faire pour vous remercier de votre aide est de vous offrir un logis digne de ce nom. Christian m'en voudrait de ne pas vous traiter avec tous les égards qui vous sont dus.

Maxwell s'inclina, bien qu'il redoutât visiblement d'être une gêne pour ses hôtes. Tandis qu'il se redressait avec une souplesse quasi féline, son regard sombre rencontra celui d'Aislynn, dont les joues s'empourprèrent derechef. Gênée, la jeune fille s'affaira dans la pièce avec un zèle accru, tandis que les deux hommes conversaient à mi-voix à l'autre bout de la chambre.

Mais leur échange fut bientôt interrompu par l'entrée de Margaret, la gouvernante du château. La jeune femme affichait un visage contrarié, et les trois occupants de la chambre l'interrogèrent d'un regard étonné.

— Excusez-moi de vous déranger, commença-t-elle depuis le seuil, en se tournant tour à tour vers Aislynn et vers son père, mais je crains que nous ne puissions plus faire usage du grand chaudron. Les servantes étaient occupées à chauffer de l'eau pour le bain du chevalier, lorsque la crémaillère a cédé, laissant choir le pot dans les flammes.

Heureuse de cette diversion, Aislynn se dirigea aussitôt vers la porte.

— Je vais voir sur-le-champ ce qu'il en est, père, déclara-t-elle.

Mais sir Thomas l'arrêta d'un geste.

— Non pas, ma fille, vous avez encore à faire ici pour veiller au confort de notre invité. Je vais moi-même m'occuper de cela.

— Mais, père...

Sans prêter l'oreille à cette protestation, le maître des lieux quitta la pièce en compagnie de la brune Margaret, laissant sa fille seule avec Jarrod Maxwell.

Voilà bien exactement la situation qu'elle avait essayé d'éviter ! songea Aislynn avec dépit. Plus embarrassée qu'elle ne l'avait jamais été de sa vie, elle jeta un regard inquisiteur dans la chambre, dans l'espoir de se découvrir une quelconque occupation qui pût la soustraire au regard insistant de son compagnon. Mais ce fut peine perdue. Le feu brûlait déjà haut et clair dans l'âtre, le lit avec sa couverture retournée n'attendait plus que son occupant, et les objets de toilette étaient désespérément en ordre sur la table d'ébène incrustée de nacre, qui occupait le coin gauche de la chambre.

Pour mettre le comble à sa confusion, elle entendit s'élever tout près d'elle la voix chaude et étrangement profonde de Jarrod Maxwell.

— Lady Aislynn ?

— Oui, milord ?

Elle se retourna, les joues de nouveau cramoisies. Que lui arrivait-il, par tous les saints ? Jamais de sa vie elle n'avait autant rougi qu'en cette seule soirée !

— Me permettriez-vous de jeter un coup d'œil dans les affaires de Christian ? En cherchant bien, je pourrais peut-être y découvrir un indice quelconque, qui orienterait nos recherches.

Aislynn haussa discrètement les épaules.

— Faites, je vous en prie, mais je doute que vous découvriez quoi que ce soit. Mon père et moi avons déjà passé la chambre au peigne fin. Nous n'y avons rien trouvé d'autre que les vêtements et les dessins de mon frère. Sans doute n'ignorez-vous pas qu'il est un artiste de premier ordre.

— Christian a laissé ses croquis ici ? Voilà qui m'étonne ! Lorsque nous étions en Terre sainte, il n'allait jamais bien loin sans les emporter. Peut-être vais-je commencer par là mes investigations.

Aislynn hocha la tête et se dirigea vers la commode adossée au mur, dans l'un des angles de la pièce. Jarrod lui emboîta le pas, impatient d'examiner le contenu du meuble. Au moment où la jeune fille s'apprêtait à ouvrir le tiroir du haut, il voulut devancer son geste et leurs mains se frôlèrent involontairement.

Comme brûlée par ce furtif contact, Aislynn tressaillit et leva sur son compagnon un regard si étrange que le jeune homme fit aussitôt un pas en arrière, craignant de l'avoir offusquée.

— Pardonnez ma hâte, murmura-t-il. Il me tarde tant d'être fixé sur le sort de Christian…

Confuse, Aislynn laissa retomber sa main tremblante dans les plis de sa jupe.

— Je… je vous en prie, bredouilla-t-elle. J'ai simplement été surprise.

Il s'inclina, en évitant cette fois son regard, et la jeune fille expliqua tout d'une haleine :

— Comme je vous l'ai dit, nous avons déjà fouillé tous les recoins de la pièce. Mais malgré les plus minutieuses investigations, nous n'avons rien découvert qui puisse nous laisser deviner où Christian a porté ses pas.

Elle ouvrit le tiroir et Jarrod aperçut quelques parchemins soigneusement empilés sur les vêtements de Christian.

— Ce sont les œuvres les plus récentes, reprit-elle. Les autres sont rangées dans une autre commode, mais je crains qu'elles n'aient pas grand-chose à nous apprendre.

Elle sentit la chaleur du corps de Jarrod debout tout près d'elle, tandis qu'il se penchait pour examiner les dessins. De nouveau troublée plus que de raison, elle fit un pas en arrière. Heureusement, son compagnon ne semblait pas avoir remarqué son émoi, ce dont elle remercia le ciel à part elle.

Jarrod cependant étudiait l'un des croquis avec une particulière minutie, et elle jeta un coup d'œil sur le parchemin qui attirait ainsi son attention. C'était une esquisse au fusain représentant un homme gisant sur un lit, le visage creusé par la douleur et les yeux assombris d'une intense tristesse. Dans un coin, Christian avait tracé la silhouette d'un dragon semblable en tout point à la gravure qui ornait sa fibule. Aislynn savait par son frère que c'était Jarrod Maxwell qui avait conçu ce joyau et en avait fait exécuter trois exemplaires, un pour chacun de ses amis et le dernier pour lui-même. Mais pourquoi Christian avait-il reproduit ce motif au bas de son dessin ?

— Savez-vous de qui il s'agit ? interrogea-t-elle en désignant le personnage central du fusain.

Le chevalier se tourna vers elle, l'air visiblement préoccupé.

— Je n'en suis pas absolument sûr, mais il me semble que je connais cet homme. C'était un soldat qui faisait partie de l'escorte de Simon et d'Isabelle, lorsqu'ils se sont enfuis de Dragonwick. Il leur avait prêté main-forte pour échapper à Kelsey et avait même reçu une bonne estafilade à cette occasion.

Il avait prononcé le nom de son ennemi d'une voix vibrante de colère et Aislynn, qui connaissait l'histoire par son frère, hocha la tête avec commisération. Kelsey, elle le savait, était le meurtrier du Dragon, et non content de s'en prendre au tuteur, il avait en outre tenté d'assassiner les trois anciens pupilles de sa victime.

— Nous avons pensé sur le moment que la plaie de Jack n'était pas très profonde, continua Jarrod avec tristesse. Mais il est mort quelques semaines plus tard des suites de sa blessure. Christian ne le connaissait guère, mais il a passé malgré cela beaucoup de temps à son chevet, et l'a assisté jusqu'à son trépas.

Il serra convulsivement les mâchoires avant d'ajouter d'une voix étouffée :

— Le décès de Jack n'a fait qu'exacerber ma rancœur contre Kelsey et j'aurais tout donné pour pouvoir venger sa mort et celle de mon père adoptif. Mais le roi Jean, qui n'a guère apprécié d'avoir la main forcée lorsqu'il a été contraint de libérer Simon, a pris cet individu sous sa protection et il nous a été impossible de rien entreprendre contre lui. Vous me croirez sans peine si je vous dis que c'est là l'un des regrets les plus cuisants de ma vie !

Aislynn demeura un instant pensive à contempler le dessin. Bien qu'elle comprît et épousât entièrement la colère de Jarrod, elle ne voyait toujours pas le rapport entre ce portrait et la disparition de Christian.

— Voyez-vous là un indice quelconque ? interrogea-t-elle anxieusement.

Maxwell examina de nouveau le fusain, tandis qu'un pli se creusait entre ses sourcils bruns.

— On dirait que Christian a voulu suggérer un lien entre Jack et le Dragon…

— Même si c'est le cas, quel rapport cela peut-il avoir avec le départ inexpliqué de mon frère ? Peut-être la mort de cet homme lui a-t-elle simplement rappelé un passé encore trop présent à son esprit ?

Perplexe, Jarrod passa une main dans son abondante chevelure noire.

— Il est bien possible que vous ayez raison, lady Aislynn. Que vous dire d'autre ? En tout état de cause, je n'en sais pas plus que vous !

Tout en parlant, il tourna vers la jeune fille ses prunelles sombres au regard plus insondable que la nuit, et Aislynn, de nouveau fascinée, eut l'impression que son souffle s'arrêtait dans sa poitrine. Confuse, elle se tourna vers le feu, tandis que les pensées se pressaient dans son esprit, accompagnées de tumultueux reproches.

Pour l'amour du ciel, était-elle déjà éprise de ce chevalier quasi inconnu pour se conduire aussi sottement ? Où avait-elle la tête, en vérité ? Jarrod Maxwell était venu à Bransbury pour la seule raison que son ami Christian avait disparu. Il était là pour conduire des recherches, ni plus ni moins, et elle ferait bien de ne pas l'oublier. N'était-elle pas du reste promise à un autre homme ? C'était là une réalité incontournable, même si le charme du ténébreux Maxwell n'avait déjà que trop opéré sur elle à son insu !

Elle en était là de ses réflexions, lorsque le pas de son père retentit de nouveau sur le seuil.

— Vous examinez les dessins de Christian ? s'enquit Sir Thomas en voyant le croquis dans les mains de Jarrod. J'avoue que pour ma part, je n'y ai rien discerné qui puisse nous fournir la moindre piste. Quel est votre avis ?

Jarrod haussa les épaules.

— Pour l'instant, je n'en sais pas davantage que vous, milord !

— En ce cas, je vous conseille de prendre un peu de repos, répliqua Sir Thomas. Vous avez fait un long voyage et devez avoir grand besoin d'une bonne nuit de sommeil.

Il précisa à l'intention de sa fille :

— Le chaudron est bel est bien fendu, et il nous faudra le remplacer. Mais les servantes ont transvasé l'eau dans un autre récipient et le bain du chevalier sera bientôt prêt.

A ces mots, Jarrod se tourna vers la jeune fille.

— Veuillez me pardonner, lady Aislynn. J'avais oublié l'heure, en vérité, et je suis confus de vous obliger à vaquer aussi tard. Il y a déjà longtemps que vous devriez être couchée, je suppose.

L'intéressée fronça les sourcils, mécontente de cette remarque, qui trahissait une sollicitude déplacée. Le chevalier la prenait-il pour une enfant, par hasard ? Comme si la condescendance de Jarrod ne suffisait pas, le maître de maison renchérit :

— Sir Jarrod a raison, Aislynn, il est déjà bien tard pour vous et vous devriez vous mettre au lit sans tarder.

Ravalant son irritation, la jeune fille s'abstint de remarquer tout haut que ses devoirs domestiques l'avaient souvent contrainte à veiller bien plus tard que cela.

— Peut-être est-il temps en effet que je me retire, déclara-t-elle sèchement.

Elle esquissa une révérence à l'intention de Jarrod Maxwell et se dirigea vers la porte. Mais son père l'arrêta au passage pour déposer un baiser sur sa joue.

— Bonne nuit, ma toute petite, murmura-t-il.

C'était là des mots de tendresse quasiment rituels de sa part, mais Aislynn, sans savoir pourquoi, regretta qu'il les eût prononcés devant Jarrod. Elle sentait le regard sombre du chevalier fixé sur elle, et cette insistance n'était pas faite pour alléger son embarras.

— Bonne nuit, père, fit-elle d'une voix étouffée. Seigneur chevalier..., ajouta-t-elle en se tournant vers Jarrod, le cœur battant.

— Je vous remercie d'avoir veillé à mon confort, lady Aislynn, déclara Maxwell, mais je m'en voudrais de vous avoir privée de repos. A votre âge, on a besoin de son compte de sommeil.

Décidément vexée, la jeune fille releva le menton et se hâta de quitter la pièce. Pourquoi le chevalier s'obstinait-il à la traiter en gamine ? Lorsqu'il lui avait frôlé la main par inadvertance, la réaction de son corps avait bel et bien été celle d'une femme, et elle était restée confondue elle-même par l'acuité de cette sensation. Mais bien entendu, c'était là une réalité qu'elle ne se souciait guère de lui apprendre !

Il était encore tôt le lendemain matin, lorsque Jarrod descendit prendre le petit déjeuner. Bien qu'il s'efforçât de se concentrer sur la tâche qui l'attendait, l'image d'Aislynn Greatham ne cessait de le hanter. Pourquoi diable se sentait-il aussi irrésistiblement attiré par cette jouvencelle aux yeux pervenche ? Lorsqu'il lui avait effleuré la main la veille au soir, une étincelle avait immédiatement jailli de ce contact. Et que dire de cet instant où elle avait levé vers lui un regard étrangement éperdu, comme si…

Inquiet du tour que prenait sa rêverie, Jarrod secoua la tête avec impatience. Pour l'amour du ciel, cette fille était la sœur de Christian, se rappela-t-il, et il lui devait aide et protection pour cette unique raison. Le reste n'était que pur fantasme, et il ferait bien de ne pas se laisser aller à de fâcheuses tentations, qui ne feraient que gêner ses démarches.

Fort de cette résolution, il s'arrêta un instant sur le seuil de la grande salle et constata que les serviteurs étaient déjà debout, occupés à vaquer à leurs tâches quotidiennes. Dieu merci, il allait pouvoir déjeuner sans avoir à attendre le lever de ses hôtes ! Mieux valait en effet qu'il évitât Aislynn, dont la présence avait décidément sur lui un effet par trop imprévisible.

Quant aux efforts multipliés de sir Thomas pour le mettre à l'aise, ils n'avaient d'autre résultat que d'augmenter son embarras. Guerrier endurci, il n'était pas habitué à se laisser ainsi dorloter et n'avait jamais vécu que fort simplement, même à Avington, chez Simon et Isabelle. Ses hôtes pouvaient-ils se douter, par exemple, qu'il n'avait pas pris un bain dans un tub depuis de longs mois, accoutumé qu'il était à une existence plus spartiate ? Toutes ces superfluités l'incommodaient, et il aurait préféré que les habitants de Bransbury ne se soucient pas autant de son confort.

Pressé d'expédier le repas avant de se mettre en route, Jarrod pénétra dans la salle et interpella une mince jeune femme brune, occupée à attiser la flamme du foyer.

— Puis-je vous demander un morceau de pain et une tranche de viande ? s'enquit-il.

L'interpellée se redressa et Jarrod reconnut Margaret, la jeune gouvernante qu'il avait déjà rencontrée la veille au soir dans l'appartement de Christian.

— C'est tout à fait possible, bien sûr, répondit-elle en levant sur lui son regard noisette. Mais ne préféreriez-vous pas faire un repas convenable ?

Jarrod secoua fermement la tête.

— Ce serait avec plaisir, mais je n'ai guère le temps. Je tiens à quitter le château de bonne heure.

— Comme il vous plaira, milord, fit la jeune femme en esquissant une révérence.

Avant d'exécuter sa mission, elle s'attarda cependant quelques secondes, le temps de déclarer avec conviction :

— Vous avez vraiment eu une excellente idée de venir, milord. Nous vous sommes tous si reconnaissants de votre aide…

Son regard clair était empreint d'une telle gratitude que Jarrod toussota, embarrassé.

— Christian est mon ami, et il est bien normal que je fasse mon possible pour le retrouver, affirma-t-il.

Margaret s'inclina de nouveau avant de s'éclipser, laissant Jarrod plus gêné que jamais. Peu désireux de subir de nouveaux épanchements, il déjeuna en hâte, et le soleil était à peine levé lorsqu'il franchit la poterne du château avant de lancer sa monture au galop vers la campagne avoisinante. Lord Greatham avait certainement interrogé tout un chacun dans les parages, mais l'enquête devait être reprise depuis le début, dans le cas où quelque indication importante lui aurait échappé.

Fort de cette conviction, Jarrod passa des heures ce jour-là à questionner métayers et villageois, mais les gens eurent beau se montrer aussi coopératifs qu'il pouvait le souhaiter, il ne parvint à glaner aucune information concrète sur la direction qu'avait pu prendre Christian. Le jeune homme semblait s'être éclipsé sans que personne eût remarqué son départ. En somme, sir Thomas avait raison de prétendre que son fils s'était littéralement volatilisé dans la nature !

De guerre lasse, le chevalier rentra fort tard au château et reprit le lendemain ses recherches, qui ne s'avérèrent pas plus fructueuses que la veille. Le seul intérêt qu'il retira de son enquête fut d'éviter lady Aislynn en regagnant Bransbury à l'heure où la jeune fille s'était déjà retirée dans son appartement pour la nuit.

— Elle est charmante, c'est vrai, s'avoua-t-il jésuitiquement, au soir de sa deuxième journée de quête. Mais ce n'est certainement pas là ce qui m'attire en elle. Si j'éprouve de la compassion pour elle, c'est parce qu'elle est la sœur de Christian. De toute évidence, c'est là l'unique raison de l'intérêt qu'elle m'inspire !

3.

Aislynn s'éveilla très tôt ce matin-là, après une nuit fébrile entrecoupée de longues insomnies. Mais avait-elle goûté un seul instant de paix depuis l'arrivée de Jarrod Maxwell à Bransbury ? Parfois, elle se prenait à souhaiter, pour sa propre tranquillité, que le chevalier n'eût jamais mis les pieds au château. Mais à peine cette pensée lui venait-elle à l'esprit qu'elle se reprenait bien vite, choquée par sa propre ingratitude.

Bien que l'enquête de Jarrod n'eût pas donné grand-chose pour l'instant, il était tout de même accouru dès réception de sa lettre, par pure affection pour Christian, et c'était là un geste qui lui allait droit au cœur. En optimiste invétérée, elle espérait d'ailleurs que les minutieuses investigations auxquelles se livrait Maxwell finiraient bien par porter leurs fruits.

D'un geste las, elle écarta les courtines de son lit et posa les pieds sur le tapis qui recouvrait le sol glacé de la chambre. Un instant, elle pensa à faire allumer un feu dans l'âtre, mais renonça vite à ce projet. De nombreuses tâches l'attendaient ce jour-là, et elle n'aurait pas loisir de regagner son appartement avant le soir.

Frissonnante, elle procéda en hâte à ses ablutions devant la table de toilette équipée d'une cuvette et d'un pot à eau en terre cuite. Puis elle enfila un surcot de velours par-dessus une robe de lainage vert sombre avant de fixer sur sa tête un voile de mousseline transparente. Sa toilette achevée, elle vérifia sa coiffure d'un rapide coup d'œil dans le miroir, et descendit comme chaque matin aux cuisines. L'une de ses tâches préférées consistait à ajouter aux mets qui mijotaient pour le repas de midi un choix d'épices et de plantes aromatiques provenant du potager qu'elle cultivait elle-même avec passion. Les gens du château assuraient même qu'elle était une herboriste de premier ordre, et ses potions amoureusement concoctées soulageaient souvent leurs rhumes, migraines et autres petits malaises.

Occupée à écumer un pot-au-feu, la gouvernante se retourna à l'entrée de sa maîtresse et lui adressa un sourire de bienvenue.

— Déjà levée ? Je vous souhaite une bonne journée, milady !

— Et moi de même, Margaret.

La femme de charge désigna du menton l'étagère où s'alignaient en bon ordre tous les pots de fines herbes, depuis la sauge jusqu'à la ciboulette, en passant par des plantes plus rares, aux saveurs quasiment exotiques.

— Quel mélange allez-vous nous préparer aujourd'hui ? s'enquit-elle.

Incapable de se concentrer sur la moindre tâche, Aislynn secoua la tête et eut un geste d'impuissance.

— J'ai très peu d'appétit et je crains de manquer totalement d'inspiration, avoua-t-elle.

Margaret, toujours intuitive, scruta avec attention le visage de la jeune fille.

— Quelque chose ne va pas, miss Aislynn ? interrogea-t-elle avec inquiétude. Vous semblez si pâle et nerveuse ce matin...

Gênée par le regard trop perspicace de la gouvernante, l'interpellée prit le parti de répondre franchement, du moins dans la mesure du possible.

— A vous dire la vérité, je m'inquiète terriblement pour mon frère. Pourquoi nous laisse-t-il si longtemps sans nouvelles ? Je crains qu'il ne lui soit arrivé quelque chose de fâcheux.

Mais cette assertion ne trompa pas le moins du monde la sagace Margaret, qui connaissait Aislynn depuis trop d'années pour se laisser abuser par ses faux-fuyants. Un brin malicieuse, elle poursuivit quelques instants sa tâche avant d'interroger mine de rien :

— Avez-vous vu sir Jarrod, ce matin ?

Aislynn haussa les sourcils, comme si l'interrogation lui semblait parfaitement incongrue.

— Non. Pourquoi cette question ?

— J'aurais aimé lui mettre la main dessus avant qu'il ne quitte le château l'estomac vide. Après tout, il est notre invité et nous devons veiller à son bien-être, même s'il paraît s'en soucier fort peu lui-même.

Aislynn se mordit la lèvre, gênée. Margaret avait raison, admit-elle. Bien que la présence de Jarrod la mît fort mal à l'aise, il n'en restait pas moins l'hôte du château, et en tant que maîtresse de maison, c'était à elle de pourvoir à son confort. Que dirait son père si elle se montrait indigne de la tradition d'hospitalité de Bransbury ?

— Je m'en occupe, déclara-t-elle enfin, non sans un soupçon d'embarras. Vous avez assez à faire sans devoir assumer les obligations qui m'incombent.

Sans se laisser le temps de changer d'avis, elle gagna d'un pas décidé la grande salle. Mais elle eut beau examiner la pièce d'un regard circulaire, elle n'y vit pas la moindre trace de celui qu'elle cherchait.

— Royce, avez-vous vu Sir Jarrod ? demanda-t-elle à l'un des serviteurs occupés à disposer les longues tables sur des tréteaux.

L'homme hocha vigoureusement la tête.

— Oui, milady, mais vous ne le trouverez déjà plus céans. Il est sorti il y a quelques instants.

Sans avoir avalé une bouchée, comme le craignait Margaret ! Aislynn fronça les sourcils devant cette attitude qui frisait presque l'insolence. Pour qui se prenait cet impertinent chevalier ?

Devinant que la première tâche de Maxwell serait de nourrir son destrier, elle sortit dans le froid glacial de l'aube et se dirigea droit vers l'écurie. Au moment où elle approchait du bâtiment, elle vit le jeune homme franchir la porte, monté sur un immense étalon dont la robe blanche comme neige semblait concentrer sur elle toute la lumière matinale.

— Sir Jarrod ? appela-t-elle.

L'interpellé tourna la tête vers elle et lui jeta un regard surpris, où la jeune fille crut déceler une nuance de désapprobation. Mais la courtoisie l'emporta en lui sur tout autre sentiment et après avoir hésité une seconde, il dirigea sa monture vers elle.

— Puis-je faire quelque chose pour vous, mademoiselle Aislynn ?

— Margaret craignait que vous n'ayez rien avalé avant de quitter le château, et j'ai pensé qu'il était de mon devoir de m'en informer.

Un sourire condescendant se dessina sur les lèvres du chevalier.

— Votre *devoir* est donc accompli, milady, déclara-t-il d'un ton non dénué de sarcasme. Vous saurez que je me suis en effet dispensé de déjeuner. Ces habitudes sybarites me sont complètement étrangères

Aislynn battit des paupières, un instant décontenancée. Puis elle releva le menton, bien décidée à ne pas se laisser impressionner par l'arrogant personnage.

— Vous êtes notre invité, répliqua-t-elle, et je n'accomplis pas seulement le vœu de mon père en veillant à votre confort. Je souhaite moi aussi vous offrir la meilleure hospitalité possible, pour l'amour de mon frère. Christian n'apprécierait pas de savoir que nous vous avons laissé partir l'estomac creux !

Le regard noir de Jarrod se fixa un instant sur elle, attentif et pénétrant, et la jeune fille, frissonnante, croisa les bras sur sa poitrine.

Maxwell aussitôt fronça les sourcils.

— Vous n'auriez pas dû sortir sans manteau, dit-il d'un ton étrangement radouci.

Avant qu'elle n'ait eu le temps de réagir, il se laissa glisser à bas de sa monture et ôta en un tournemain sa propre cape pour la draper sur les épaules de l'imprudente.

Etonnée, Aislynn resta quelques secondes immobile, puis elle esquissa un geste pour ôter le vêtement.

— Mais il ne faut pas, voyons ! commença-t-elle. Pourquoi accepterais-je…

Jarrod l'interrompit sans ménagement.

— Ne soyez pas stupide ! Vous tremblez de froid, c'est évident.

Sa voix perdit cependant de sa rudesse, tandis qu'il ajoutait :

— Je vous remercie de vous soucier de mon bien-être. On m'avait bien dit que votre père et vous étiez particulièrement hospitaliers et généreux. Mais il n'en reste pas moins que vous auriez dû vous couvrir avant de sortir !

— Je tenais à mettre la main sur vous avant que vous ne quittiez le château !

Cette considération eut l'heur d'amuser Jarrod et lui arracha même un petit rire.

— Je n'ai guère l'habitude que l'on se soucie de moi et je suis parfaitement capable de veiller sur moi-même, déclara-t-il enfin.

— C'est possible, mais vous feriez bien parfois de déroger à cette règle, répliqua Aislynn, avec une conviction qui la surprit elle-même. Les conseils des autres ont parfois du bon, ne vous en déplaise.

Le regard de Jarrod se fit lointain, tandis qu'il répliquait avec tristesse :

— On ne gagne rien à dépendre d'autrui. Cela vous rend trop vulnérable.

— Ce n'est pas une faiblesse que d'accepter les dons qu'on vous fait, bien au contraire.

Maxwell haussa les épaules, dédaigneux.

— Vous êtes bien trop jeune pour en juger, demoiselle. Quelle expérience pouvez-vous avoir de ces choses, à votre âge ?

Aislynn aussitôt se renfrogna, irritée par la question.

— Pourquoi vous obstinez-vous à me traiter en gamine ? s'insurgea-t-elle.

— La réponse est évidente. Parce que vous êtes effectivement une enfant !

Furieuse, la jeune femme releva le menton d'un geste belliqueux.

— Bien que je sois de petite taille, je ne suis pas une fillette, milord, et bien des femmes de mon âge sont déjà mariées et à la tête d'une famille ! Du reste, je ne vais pas tarder à fonder mon propre foyer…

Un nuage passa dans le regard de Maxwell, qui ne se laissa pourtant pas impressionner outre mesure par l'assertion.

— Comment serait-ce possible ? Vous sortiez à peine des jupes de votre mère, quand je vous ai vue au camp du roi Richard !

Aislynn pinça les lèvres, décidément vexée.

— J'avais six ans, milord, et près de treize années se sont écoulées depuis lors ! Il serait temps de remettre à jour vos souvenirs.

Cette fois, un sincère étonnement se peignit sur le visage de Jarrod.

— Tant que cela ? Je pensais vraiment…, commença-t-il d'un air légèrement confus.

Il s'interrompit et prit une profonde inspiration avant d'ajouter :

— Peu importe, après tout. Il n'en reste pas moins que vous êtes la cadette de l'homme que je considère comme mon meilleur ami, presque mon frère. En somme, c'est un peu comme si vous étiez aussi ma sœur !

— Mais enfin, messire chevalier, que vient faire mon âge dans tout cela ?

Jarrod plongea un instant son regard dans les prunelles bleues de la jeune fille.

— Je me suis en effet trompé, admit-il. Quant à savoir pourquoi je me suis laissé induire en erreur…

— Voilà une question à laquelle personne ne peut répondre pour vous, coupa sèchement Aislynn.

Elle prit une inspiration avant de jeter, poussée par le dépit :

— Peut-être cela vous aurait-il arrangé que je sois vraiment une enfant… Désolée de vous compliquer ainsi la vie, messire !

A peine eut-elle prononcé ces paroles qu'elle eût voulu les rattraper. Que lui avait-il pris de s'exprimer ainsi sans fard devant cet homme presque inconnu ? Sa supposition ne donnait-elle pas à entendre que Jarrod éprouvait un intérêt pour sa personne ? Or, c'était loin d'être le cas, elle en était bien consciente. « Je ne suis rien pour lui, et il n'est rien pour moi ! songea-t-elle avec une âpreté teintée d'amertume. Ne dois-je pas d'ailleurs épouser sous peu un autre homme ? »

Interloqué par la remarque, Jarrod se croisa les bras et son regard sombre comme la nuit scruta les prunelles bleues, qui ne tardèrent pas à se dérober.

— En clair, que me reprochez-vous exactement, lady Aislynn ?

La jeune fille sentit ses joues s'empourprer à cette question par trop directe.

— Oh, je... rien, bredouilla-t-elle. Je ne voulais pas dire que...

Décidément, cet homme avait l'art de lui faire perdre tous ses moyens ! songea-t-elle avec dépit. Aussi, pourquoi la traitait-il avec tant de condescendance ?

— Je... je..., reprit-elle, de plus en plus troublée.

Incapable d'affronter la situation qu'elle avait elle-même créée, elle ôta brusquement la cape de ses épaules et la jeta sur le sol, avant que Jarrod ait eu le temps de prévenir son geste. Puis elle tourna les talons et s'enfuit à toutes jambes vers le château.

Bien que Jarrod poursuivît ses interrogatoires avec la même assiduité que les jours précédents, son attention était cependant distraite par le souvenir de son entretien avec Aislynn. Difficile, vraiment, de chasser de son esprit l'image de la fière jeune fille au regard de flamme et au maintien empreint de dignité qu'il avait eue devant lui ce matin-là !

Quant à l'étrange serrement de cœur qu'il avait éprouvé en apprenant qu'elle était sur le point de convoler, il ne pouvait en attribuer la cause qu'à la fraternelle affection que lui inspirait la sœur de Christian. N'était-il pas normal qu'un frère s'inquiétât de la destinée de sa jeune sœur ? S'il avait eu un minimum de présence d'esprit, c'était là exactement la réponse qu'il aurait dû fournir à lady Aislynn. Mais après tout, pourquoi se préoccuper de ce petit malentendu ? Sa tâche achevée, il quitterait Bransbury sans s'attarder une minute de plus et retournerait à ses propres affaires. Jamais il ne reverrait la petite sirène dont le regard bleu l'avait indûment troublé…

Malgré cette résolution, il eut le plus grand mal ce jour-là à se concentrer sur ses investigations et de guerre lasse, regagna le château plus tôt que la veille. Du reste, il avait besoin d'un peu de repos, s'il voulait se remettre en route avant l'aube, afin d'étendre ses recherches à des villages plus éloignés.

Le soleil n'avait pas encore disparu de l'horizon, lorsqu'il franchit le pont-levis et pénétra dans la cour du donjon. Après avoir mis pied à terre, il conduisit lui-même son destrier à l'écurie et le bouchonna méticuleusement avant de lui servir une généreuse portion d'avoine. Pour lui, le superbe étalon blanc n'était pas seulement une monture, mais un ami dont il appréciait la compagnie, et jamais il n'aurait confié à un palefrenier le soin de le nourrir.

Cette tâche achevée, il contournait le bâtiment des cuisines pour gagner le donjon, lorsque son attention fut attirée par un groupe de serviteurs réunis autour d'un chariot chargé d'ustensiles divers. Un marchand ambulant ! songea Jarrod, dont l'attention fut aussitôt en alerte. C'était là une possibilité qu'il n'avait pas encore explorée au cours de son enquête, et lord Greatham n'y avait certainement pas songé non plus, car ces colporteurs ne restaient jamais longtemps au même endroit.

Du reste, sir Thomas était absent depuis l'aube, occupé à maintenir l'ordre sur la frontière nord de ses terres.

D'un pas déterminé, Jarrod s'approcha du groupe, et il n'était plus qu'à quelques mètres du chariot, lorsqu'il reconnut Aislynn Greatham parmi la petite foule de serviteurs qui se pressaient autour du véhicule. Embarrassé, le chevalier recula de quelques pas et se plaça dans un renfoncement discret de la muraille. Non pas qu'il tînt à éviter son hôtesse, tenta-t-il de se persuader, mais il préférait tout simplement interroger le marchand sans témoin.

Du coin obscur où il se tenait, il assista à l'échange d'Aislynn et du colporteur. De toute évidence, la jeune fille marchandait un chaudron pour remplacer celui qui s'était brisé en tombant dans les flammes.

— Ce récipient vous sera d'un usage précieux, assura l'homme avec une conviction toute professionnelle. Vous pourrez y faire bouillir assez d'eau pour laver tout le linge du château !

En ménagère avisée, Aislynn examina l'ustensile sur toutes les faces.

— Combien en demandez-vous ? fit-elle enfin d'un ton négligent.

Le marchand proposa un montant qui fit s'esclaffer sa cliente.

— Ce pot ne vaut même pas la moitié de cette somme, affirma-t-elle avec aplomb.

Le colporteur leva les bras au ciel et feignit la plus grande consternation.

— Et comment m'y retrouverais-je, si je vous le laissais à moins, milady ? Je suis un commerçant, et je dois nourrir ma famille avec le bénéfice de mes ventes.

Coupant la poire en deux, il proposa une somme intermédiaire entre sa première offre et celle d'Aislynn, qui haussa de nouveau les épaules.

— Je suis sûre que vous trouverez une autre dame prête à payer ce prix, déclara-t-elle dédaigneusement, tout en faisant mine de tourner les talons.

Mais l'homme l'arrêta aussitôt.

— Attendez un instant, lady Aislynn ! s'écria-t-il. Je veux bien faire un effort pour vous, et vous laisser l'objet au prix que vous offrez. Mais je ne ferais un tel sacrifice pour nulle autre que vous, sachez-le !

La jeune fille se retourna et fouilla dans la bourse suspendue à sa ceinture, tandis que deux serviteurs s'emparaient du chaudron et l'emportaient sans plus attendre vers les cuisines.

La transaction achevée, le marchand, qui n'avait rien perdu de sa bonne humeur, désigna de la main le contenu de son chariot.

— Désirez-vous voir autre chose, lady Aislynn ? J'ai là le plus bel assortiment de rubans et de lacets de toute l'Angleterre !

Sans attendre la réponse de sa cliente, il ouvrit toute une série de casiers, révélant des rangées multicolores de bobines et d'étoffes.

Jarrod vit Aislynn s'approcher de l'éventaire et tâter un ruban de satin pervenche, avant de le comparer avec un second rouleau d'un bleu plus soutenu.

— Le plus sombre est parfaitement assorti avec votre nouvelle robe, milady, observa l'une des femmes qui se pressaient autour du marchand. Mais bien entendu, il faudra le porter tête nue. Il serait dommage de le cacher sous un voile.

— Vous avez raison, Thérèse, acquiesça la jeune fille. Je puis bien de temps en temps me permettre cette liberté.

Dissimulé dans la pénombre de la muraille, Jarrod assista à la conclusion de ce nouveau marché. Puis il suivit Aislynn des yeux, tandis qu'elle s'éloignait avec ses servantes en direction des cuisines. Lorsqu'il fut certain qu'elles ne reviendraient pas, il sortit enfin de sa cachette et s'avança vers le colporteur, qui s'était déjà mis en devoir de remballer sa marchandise.

— Que puis-je faire pour vous, milord ? s'enquit l'homme en levant les yeux de sa tâche.

— Seulement répondre à une petite question, répliqua Jarrod. Je me demandais si vous n'auriez pas par hasard rencontré sir Christian, au hasard de vos déplacements.

Le colporteur secoua la tête.

— Non, milord, répondit-il. Je me souviens seulement de l'avoir vu au château, la dernière fois que je suis venu à Bransbury. Lady Aislynn était si heureuse de le voir enfin de retour qu'elle exprimait sa joie à tout un chacun, même à un pauvre hère comme moi. Elle m'a expliqué que son frère revenait juste de Terre sainte.

Déçu malgré lui, Jarrod ne prêtait plus qu'une oreille distraite aux propos du marchand, qui poursuivit avec un soupir :

— Lorsque je suis arrivé ce matin, j'ai été vraiment désolé d'apprendre que ce jeune homme avait disparu. C'était un brave chevalier, sans morgue et sans façons. Il ne faisait aucune différence entre les hommes, et ne dédaignait pas de s'entretenir avec un simple colporteur comme moi. Il s'est vraiment montré très cordial les deux fois où nos chemins se sont croisés.

L'attention de nouveau en éveil, Jarrod haussa les sourcils.

— Deux fois ? répéta-t-il. Vous souvenez-vous à quelle occasion ?

— La demoiselle me l'a présenté à mon arrivée, tant elle était folle de joie de revoir son frère après tant d'années. Il a échangé quelques propos affables avec moi et s'est également montré très aimable lorsque je l'ai revu ce soir-là à mon campement.

Maxwell était maintenant tout oreilles.

— A proximité du château ? questionna-t-il avec un intérêt non dissimulé.

— Oui, milord. Chaque fois que je viens dans les parages, je m'installe sur les collines pour passer la nuit. Sir Christian a partagé une bouteille de vin avec moi et m'a posé une profusion de questions sur tous les endroits que j'ai traversés au cours de mes tournées. Mais il a paru fort déçu que je connaisse à peine un petit village nommé Ashcroft. Je n'y suis jamais allé moi-même et je n'en ai entendu parler que par les récits d'un autre marchand. La localité est petite et fort isolée, à ce qu'on m'a dit, et l'on n'y trouve aucune grande famille comme les Greatham à Bransbury. Un pauvre endroit pour le commerce, en somme. Qu'aurais-je été faire là, je vous le demande ?

Jarrod réfléchit un instant, conscient de l'importance de l'information.

— Et Christian a paru désappointé d'apprendre que vous n'en saviez pas davantage sur ce lieu ? interrogea-t-il d'un air songeur.

— Il ne me l'a pas dit expressément, bien entendu, mais mon métier m'a rendu observateur et je lis souvent à livre ouvert sur le visage de mes interlocuteurs. Le chevalier semblait même franchement contrarié.

Enfin, une piste sérieuse s'ouvrait à lui pour ses recherches ! pensa Jarrod avec un intense soulagement.

— Hum... Pourriez-vous situer ce village avec quelque exactitude ? interrogea-t-il.

Le colporteur eut un geste navré.

— Je crains bien que non, milord. C'est un lieu fort retiré, comme je vous l'ai dit. Tout ce que je sais, c'est que le marchand qui m'en a parlé venait juste de parcourir le nord du pays, du côté de l'Ecosse.

Pour Jarrod, ces mots évoquèrent aussitôt Kewstoke, le domaine de son père, dont les terres jouxtaient la frontière écossaise. Que de souvenirs l'attachaient encore à ce coin d'Angleterre ! Mais c'était là une pensée trop triste pour qu'il acceptât de s'y attarder. Edward Maxwell, son père naturel, était mort bien des années plus tôt, et il se rappelait encore le profond chagrin qui s'était emparé de lui, lorsqu'un voyageur lui avait apporté en Terre sainte la nouvelle de cette disparition.

— Je vous remercie, dit-il au marchand. En fait, vous m'avez été d'une aide précieuse, et j'aimerais vous donner quelque chose en retour.

L'homme s'inclina courtoisement.

— Je suis ravi d'avoir pu vous rendre service, assura-t-il.

Du coup, le colporteur retrouva instantanément son sens des affaires. D'un geste de la main, il désigna son chariot regorgeant de marchandises, et ajouta avec un sourire engageant :

— Comme je suis commerçant avant tout, si quelque chose vous agrée...

Perplexe, Jarrod examina les articles et son regard tomba sur le ruban couleur de pervenche un instant convoité par Aislynn. En fait, il avait regretté qu'elle eût choisi le satin bleu nuit sur les conseils de Thérèse, car à son avis, l'étoffe plus claire eût été magnifiquement assortie à la couleur de ses yeux. Pourquoi ne réparerait-il pas ses torts envers elle en lui offrant un petit présent ? Après tout, elle n'avait pas ménagé sa peine pour lui assurer un séjour agréable à Bransbury, et il ne l'avait guère récompensée de son accueil. Ne l'avait-il pas traitée, ce matin encore, avec une inexcusable désinvolture ?

D'un geste impulsif, il ouvrit sa bourse et y préleva un souverain.

— Je prendrai ce ruban bleu pâle, déclara-t-il en désignant le colifichet.

— Excellent choix, milord, approuva le marchand, qui esquissa une courbette.

Ravi, il empocha prestement la pièce, mais lorsqu'il voulut rendre à Jarrod sa monnaie, celui-ci l'arrêta d'un geste.

— Gardez tout, lui dit-il. Le service que vous m'avez rendu vaut bien cela.

Le colporteur s'inclina derechef.

— C'est moi qui vous suis désormais redevable, déclara-t-il avec un sourire.

Après avoir pris congé du marchand, Jarrod demeura quelques instants indécis, son achat à la main. L'incongruité de son intention lui apparut tout à coup évidente. Que diable allait-il faire de ce rouleau de satin ? Impossible, vraiment, de l'offrir à lady Aislynn, comme il avait projeté un instant de le faire. Lui faire don d'un tel présent ne ferait qu'embrouiller davantage les choses entre eux. Un homme honorable ne faisait pas de tels cadeaux à une jeune fille en âge d'être mariée, à moins qu'il ne fût son promis ! Bien qu'il eût fort peu fréquenté de jeunes filles de bonne famille, il savait que ce serait là une sérieuse entorse au code des bienséances.

Non, décidément, il ne pouvait donner ce ruban à Aislynn. Mais que diable allait-il en faire ?

Perplexe, il faillit tout bonnement abandonner son achat sur place, mais le regard étonné dont le colporteur suivait ses gestes l'empêcha de mettre cette idée à exécution. Vaguement gêné, il empocha l'encombrant cadeau et reprit le chemin du donjon en sifflotant d'un air aussi dégagé que possible.

4.

— Le colporteur a dit à sir Jarrod que votre frère avait cherché à se renseigner sur un village nommé Ashcroft.

Manifestement pénétré de l'importance de la nouvelle, sir Thomas prit une profonde inspiration avant de poursuivre tout d'une haleine :

— Le chevalier et moi en avons déduit que c'était peut-être là le lieu de sa destination. Plaise au ciel qu'il en soit ainsi, car je ne savais vraiment plus à quel saint me vouer !

— Ashcroft ? répéta Aislynn, stupéfaite.

Le nom avait beau lui être totalement inconnu, elle n'en ressentit pas moins un intense soulagement à prononcer ces deux syllabes. Malgré ses tâtonnements, Jarrod Maxwell aurait au moins réussi à glaner ce renseignement. Dire que ni son père ni elle n'avaient pu obtenir le moindre résultat, malgré leurs longues investigations !

Les yeux brillant d'espoir, sir Thomas reprit avec une animation que sa fille ne lui avait pas vue depuis de longues semaines :

— J'ai rencontré sir Jarrod comme il s'apprêtait à franchir notre pont-levis, et c'est alors qu'il m'a informé de sa trouvaille.

Aislynn, fort gênée au souvenir de la scène du matin, baissa les yeux vers son giron.

— Le chevalier ne partagera-t-il pas notre repas ? s'enquit-elle avec une indifférence étudiée.

— Non. Il tient à glaner d'abord d'autres informations sur ce village.

— A quoi bon ? Ne serait-il pas plus simple qu'il s'y rende directement pour en savoir davantage ? Si Christian est là-bas, mieux vaut s'en assurer *de visu*.

— Malheureusement, le colporteur a été incapable de lui dire où se situait exactement cette localité. Il pense qu'elle se trouve peut-être en Ecosse, mais c'est un pays fort vaste, comme vous savez, et l'entreprise revient à chercher une aiguille dans une botte de foin.

— Décidément, il semblerait que je me sois réjouie trop tôt, soupira Aislynn, dont l'espoir vacilla quelque peu à cette précision.

Conscient de sa déception, sir Thomas pressa affectueusement la main de sa fille.

— Mais non, ma chérie. Sir Jarrod est bien décidé à faire le voyage, même s'il n'en apprend pas davantage ce soir sur Ashcroft. Il se mettra en route aux premières lueurs de l'aube.

Ainsi, Jarrod Maxwell allait quitter Bransbury dans quelques heures ! Aislynn, qui aurait dû être soulagée, sentit son cœur se serrer étrangement à cette nouvelle inattendue.

— Le chevalier ne manque pas de détermination, continua lord Greatham, et si quelqu'un peut localiser ce village, c'est bien lui et nul autre. Cette tâche accomplie, il y a tout à espérer qu'il pourra mettre la main sur votre frère, ou du moins glaner quelques indices sur le lieu où il se trouve.

Aislynn se força à acquiescer d'un air calme. Tout ce qui comptait, songea-t-elle, c'était de retrouver Christian. En regard de cet objectif, quelle importance pouvait bien revêtir le départ anticipé de Jarrod Maxwell ? En fait, elle devait même se réjouir de cette circonstance. Le séjour de Maxwell à Bransbury ne lui avait occasionné jusqu'alors que des complications, et la vie reprendrait enfin un cours normal après son départ.

Parvenue à ce point de son raisonnement, la jeune fille se remémora les occasions où le regard du chevalier avait rencontré le sien dans une muette mais intense communion, et elle se troubla aussitôt à ce souvenir. Jarrod avait introduit dans son existence un élément perturbateur, certes. Mais force lui était d'admettre que depuis son arrivée à Bransbury, elle s'était sentie plus vivante qu'à aucun autre moment de sa vie !

— Aislynn ?

La voix de son père la tira brusquement de ses réflexions, et sa confusion ne fit que croître lorsque sir Thomas s'enquit avec une paternelle sollicitude :

— Vous êtes si étrange depuis quelque temps ! Etes-vous sûre que vous allez bien ?

— Oh, oui ! assura-t-elle avec empressement. Ces nouvelles ont ravivé mon courage. Je suis réellement heureuse de savoir que sir Jarrod va se mettre en route sans tarder…

Sir Thomas hocha la tête avec satisfaction.

— Je vous fais confiance pour organiser les préparatifs de son départ, ma fille. Il faudra bien entendu le pourvoir en vivres et en vêtements chauds. Une tente lui sera aussi de quelque utilité, ainsi qu'une couverture de fourrure. L'hiver approche, et le climat est plutôt rude dans ces terres du nord.

Ces précisions consternèrent la jeune fille, qui après leur tumultueuse entrevue du matin, espérait ne plus jamais avoir à affronter Jarrod Maxwell. Mais comment expliquer à son père qu'un seul regard du chevalier avait le pouvoir de lui faire perdre tous ses moyens ? C'était tout bonnement impossible !

— Je crains que sir Jarrod ne dédaigne toutes ces commodités, observa-t-elle. Il n'avait rien apporté de tel lorsqu'il est arrivé à Bransbury, en dehors de quelques provisions de bouche.

Le maître des lieux s'insurgea à cette remarque.

— Voyons, ma fille, comment pouvez-vous dire cela ? C'est indigne de votre sens de l'hospitalité ! Nous nous devons de pourvoir aux nécessités du voyage de sir Jarrod. Songez donc, c'est tout de même pour nous qu'il entreprend cette expédition !

Consciente de la justesse de cette remontrance, Aislynn s'empourpra et baissa les yeux vers ses deux mains sagement croisées sur son surcot de velours pêche.

— Vous avez raison, père, admit-elle d'une voix légèrement tremblante. Je veillerai à ce que sir Jarrod ne manque de rien pendant son voyage.

Ayant obtenu satisfaction sur ce point, lord Greatham hocha la tête. Mais manifestement, il avait encore un autre sujet d'inquiétude.

— J'ai appris que loin de se laisser impressionner par la reconnaissance que j'ai effectuée aujourd'hui sur nos frontières, Llewellyn avait continué à harceler ses voisins, expliqua-t-il. Nul pour l'instant ne comprend la raison de son attitude, pas même Gwyn. Si je n'avais pas ce problème à régler, peut-être aurais-je pu accompagner sir Jarrod dans son périple, ajouta-t-il avec un soupir. Mais puisque c'est impossible, rendons-lui du moins cette expédition aussi aisée que possible.

— J'y veillerai, père, promit Aislynn.

Elle se leva sur ces mots et gagna les cuisines, bien décidée à obéir aux ordres de son père, tout en évitant de son mieux Jarrod Maxwell. Sans doute n'aurait-elle aucun mal à mettre ce plan à exécution, songea-t-elle. Le chevalier lui manifestait si peu de sympathie qu'il ne serait que trop heureux d'échapper à sa présence !

Il était déjà fort tard et tous les habitants du château avaient déjà regagné leurs chambres respectives, lorsque la jeune fille vint enfin à bout de sa tâche. D'une main lasse, elle écarta les mèches blondes qui retombaient sur son visage, satisfaite d'avoir enfin accompli son devoir. Dans un coin, s'entassaient les deux sacs de cuir remplis de vivres qui permettraient au chevalier de se sustenter pendant plusieurs jours, sans avoir recours aux auberges de fortune. Un autre ballot, contenant des fourrures fraîchement aérées et une petite tente bien hermétique, attendait d'être ficelé sur le dos de la mule qui transporterait les provisions.

Mais il lui restait maintenant à accomplir la démarche la plus difficile : informer Jarrod Maxwell des arrangements qu'elle avait pris pour lui faciliter son voyage. Avant d'aller elle-même se coucher, Margaret l'avait informée que le chevalier venait de rentrer au château, et avait sonné pour demander du vin. Occupé à siroter le breuvage, il devait être encore au coin de son feu, et elle n'avait pas à craindre de le réveiller.

Pourtant, elle hésita au moment de frapper à sa porte, tant la pièce lui parut étrangement silencieuse. Bien que la gouvernante lui eût fait monter un en-cas et une cruche de claret, le chevalier était peut-être déjà endormi, après tout. N'avait-il pas passé une journée éreintante à courir le pays ?

Mais cette supposition fut aussitôt démentie par un léger bruit qui retentit de l'autre côté du panneau de chêne. Allons, Jarrod Mawwell n'était pas couché, et elle allait devoir l'affronter !

Après avoir pris une profonde inspiration, Aislynn toqua timidement à l'huis, puis suspendit son geste, l'oreille tendue. Pas de réponse. Avait-il seulement entendu ? Brûlant ses vaisseaux, Aislynn se résolut à frapper du poing contre l'un des battants. Elle attendit ensuite, le cœur battant à se rompre, que l'occupant des lieux voulût bien se manifester.

Bien que Jarrod se sentît recru de fatigue après sa longue journée d'investigations, il résista à l'envie de s'étendre sur l'immense lit à courtines, persuadé qu'il n'y trouverait pas le sommeil. En vérité, l'image de lady

Aislynn était encore trop présente à son esprit pour qu'il espérât goûter le moindre repos. Et pourtant, elle aurait dû être la dernière à hanter ainsi ses rêves. N'était-elle pas dans sa vie une simple passante, qu'il ne reverrait probablement jamais ? Même s'il retrouvait Christian, il n'aurait aucune raison de revenir à Bransbury après cet épisode !

Fut-ce cette pensée qui l'incita à vider plus de coupes de vin qu'il n'était nécessaire ? En fait, il était plutôt enclin à mettre cette passagère intempérance sur le compte de la fatigue. Dieu savait qu'il avait eu des journées épuisantes depuis qu'il avait quitté Avington ! Et la perspective de se mettre en route dès l'aube, avec un nom de village pour seul fil directeur, laissait présager bien des épreuves à venir.

Non, décidément, son agitation n'avait rien à voir avec cette fille aux yeux pervenche, qui avait si farouchement revendiqué son âge devant lui !

A ce souvenir, il tendit de nouveau la main vers la coupe posée sur la table de nuit, et il s'apprêtait à siroter quelques gorgées de plus, lorsqu'il entendit une série de coups résonner à sa porte, éveillant tous les échos de la pièce.

Etonné, il alla tirer les verrous et eut la surprise de découvrir sur le seuil une lady Aislynn plus frêle et plus petite que jamais, mais tout aussi résolument féminine que dans son souvenir.

Les sourcils froncés, Jarrod considéra l'intruse d'un regard peu amène.

— Que vous prend-il de tambouriner ainsi ? Quelque chose ne va pas ? interrogea-t-il abruptement.

— Mais non, milord, répliqua la jeune fille, déconcertée par cette entrée en matière. Je voulais seulement échanger quelques mots avec vous avant que vous ne vous retiriez pour la nuit.

Jarrod, qui avait réellement pensé à un accident, exhala un soupir de soulagement.

— Vous auriez pu vous abstenir de faire autant de bruit, que diable ! Quand je vous ai entendue cogner ainsi à cette heure tardive, j'ai craint qu'il ne soit survenu quelque chose de grave.

— Pardonnez-moi de vous avoir ainsi troublé, sir Jarrod. Ce n'était pas mon intention.

Décidément irrité, Maxwell saisit sa visiteuse par le bras et la poussa littéralement dans la pièce sans autre forme de procès.

Aislynn se raidit, déconcertée par la brusquerie du geste.

— Mais que faites-vous ? s'insurgea-t-elle d'une voix offusquée.

Jarrod la relâcha, le temps de refermer la porte. Puis il lui fit face, les bras croisés sur la poitrine.

— Inutile d'ameuter tout le château en discutant sur le seuil ! expliqua-t-il, bourru à souhait. Et maintenant que nous ne sommes plus à portée de voix, pouvez-vous me dire enfin ce que signifie cette visite nocturne ?

La jeune fille le considéra un instant, interloquée par son attitude.

— Je me serais excusée de vous déranger à pareille heure, si vous m'en aviez laissé le temps ! argua-t-elle avec un brin d'acrimonie.

— Eh bien, puisque c'est chose faite, trêve de circonlocutions. Qu'avez-vous à me dire ?

Décontenancée, Aislynn s'éclaircit la gorge avant d'expliquer :

— Mon père m'a demandé de préparer tout ce qui pourrait faciliter votre voyage, et je voulais seulement vous informer que j'avais obéi à ses ordres.

— Je quitte le château à l'aube, en effet, mais il était inutile de vous donner cette peine. Je n'aime pas voyager avec des paquets et je ne veux pas de vivres.

Décidément offensée, Aislynn releva le menton d'un air belliqueux.

— Je n'ai fait qu'exécuter les instructions de mon père, déclara-t-elle sèchement. C'est un homme généreux et attentionné, et il tient à ce que votre périple se passe dans les meilleures conditions possibles. Vous ne pouvez refuser sans l'offenser grandement.

Jarrod acquiesça, radouci par l'argument.

— Votre père est un homme de bien, acquiesça-t-il, et je n'ai jamais mis ses qualités en doute.

Il hésita l'espace d'une seconde avant d'ajouter avec un semblant d'équité :

— Et je vous suis également redevable, lady Aislynn. Vous vous êtes montrée une hôtesse parfaite, qui n'a jamais épargné sa peine pour assurer mon confort.

Aislynn toussota avec embarras, puis se résolut à rendre le compliment :

— C'est nous qui devons vous remercier, chevalier. Vous allez nous rendre un service inestimable, dont mon père et moi vous serons toujours redevables.

— Je vous ai dit que j'étais aussi impliqué que vous dans cette recherche. Christian est réellement un frère pour moi, et je ne supporterais pas qu'il lui arrive le moindre mal. Simon, lui et moi, avons toujours été liés comme les doigts de la main.

Cette affirmation proférée d'un ton convaincu intrigua la jeune fille.

— N'avez-vous donc pas de famille à vous ? s'enquit-elle avec curiosité.

Un éclair de souffrance passa dans le regard sombre de Jarrod, qui hésita un instant. Mais la franchise dut l'emporter en lui sur le sens des convenances, car il expliqua d'une voix étouffée :

— Non, demoiselle, je n'ai personne. Mon père est décédé depuis des années. Quant à mon demi-frère, qui a hérité des terres paternelles, il n'a jamais été très proche de moi et... Disons que je ne serais pas sûr d'être accueilli à bras ouverts si je me présentais chez lui !

Bien qu'il évitât de la regarder, il perçut un changement d'attitude chez Aislynn, que ces paroles avaient visiblement émue. Touché par cette réaction, il saisit la coupe pour cacher son embarras et avala quelques gorgées de vin chaud, aromatisé à la cannelle.

— Je n'imagine même pas ce que l'on peut ressentir à être aussi seul dans la vie, commenta Aislynn avec sympathie. J'ai déjà expérimenté la tristesse et le chagrin, bien entendu, mais ils n'ont jamais détruit mes rêves et j'ai toujours espéré en un avenir plus beau ! Ma famille compte énormément pour moi, et j'attends avec joie le moment de pouvoir fonder mon propre foyer.

Le mariage, bien sûr…, pensa Jarrod avec des sentiments mitigés. La scène du matin lui revint à la mémoire, et son cœur se serra étrangement à ce souvenir. Aislynn Greatham se marierait sans doute bientôt, c'était dans l'ordre des choses. Ne lui avait-elle pas plus ou moins signifié qu'elle était déjà promise à un homme ?

— Ma mère est morte quand j'étais très jeune, poursuivit la jeune fille, et mon père ne s'est jamais remis de sa disparition. Ensuite, Christian nous a laissés pour gagner la Terre sainte. Pendant treize années, nous avons attendu son retour, et ce fut un tel bonheur pour nous de le revoir enfin parmi nous ! Mon père a instantanément repris goût à la vie.

Elle observa une courte pause avant de poursuivre avec feu :

— Oh, sir Jarrod, il faut vraiment que nous retrouvions mon frère ! Je ne connaîtrai jamais la paix tant qu'il ne sera pas revenu sous ce toit.

Bouleversée par cette pensée, elle s'arrêta net dans ses confidences, et Jarrod en profita pour remplir une seconde coupe de vin, qu'il lui tendit d'autorité.

— Asseyez-vous, lui intima-t-il d'une voix brusque, et buvez un peu. Vous êtes chagrinée, épuisée, et avez grand besoin d'un stimulant.

Aislynn obéit à l'invitation, en prenant place près du feu. Tandis qu'elle sirotait son vin, le regard pensivement fixé sur les flammes, Jarrod put examiner à loisir son doux visage au teint de porcelaine, où les lèvres entrouvertes, roses et pulpeuses à souhait, ajoutaient une discrète touche de volupté.

— En avez-vous appris un peu plus sur ce village nommé Ashcroft ? interrogea enfin la rêveuse en revenant à elle.

— Malheureusement, non. Il me faudra glaner des informations en cours de route, je le crains. Mais je finirai bien par retrouver l'endroit, dussé-je courir les chemins des semaines entières !

Aislynn exhala un lourd soupir.

— Je vous suis plus reconnaissante que je ne saurais le dire de vos efforts… mais je m'inquiète toujours autant pour mon frère. Si Christian n'est pas rentré, c'est qu'il lui est arrivé quelque chose. Il n'est pas homme à briser la promesse qu'il m'a faite.

— C'est vrai, admit Jarrod, mais cela ne signifie pas qu'il soit en mauvaise posture. Après tout, bien des choses ont pu l'amener à différer son retour.

Aislynn tourna son visage vers lui et le considéra d'un regard grave.

— Si vous étiez vraiment persuadé qu'il est en sécurité, vous n'auriez pas fait toute cette route pour le retrouver, n'est-ce pas ?

Jarrod détourna les yeux, incapable de répondre à la fervente interrogation d'Aislynn. Comment aurait-il pu nier sa propre inquiétude ?

— Ne vous laissez pas emporter par votre imagination, déclara-t-il cependant. Christian est un bon guerrier, apte à se défendre, et je suis certain que la réalité n'est pas si terrible que vous voulez le croire.

Pourvu que ce fût vrai ! se prit-il à penser. Mais il se reprit vite, mécontent de lui-même. A quoi bon se livrer à de vaines supputations ? Il n'était pas un homme de discours, mais d'action, et il lui tardait maintenant de se mettre en route, afin de commencer concrètement ses recherches.

Il but une nouvelle gorgée de vin comme pour se conforter dans sa détermination, et Aislynn l'imita sans mot dire. Troublé par sa présence, Jarrod l'examina d'un regard oblique. Dieu, qu'elle semblait vulnérable, songea-t-il en notant la courbe délicate de ses joues, où se jouait l'ombre de ses cils palpitant sur ses pommettes comme des ailes de papillon.

Et pourtant, il sentait aussi une réserve de force et d'indomptable énergie sous cette apparence fragile. Pour en être persuadé, il n'avait qu'à se rappeler leur rencontre matinale devant l'écurie. Que de fierté farouche dans ses yeux, lorsqu'elle avait revendiqué devant lui son âge… et sa troublante féminité !

A cet instant, il vit une larme glisser sur le visage de la jeune fille, et son cœur chavira littéralement à cette vue. Mû par une impulsion irrésistible, il alla droit vers elle et posa une main sur son épaule. Les grands yeux pervenche, tout embués, se levèrent vers lui dans un pathétique appel, et il se sentit fondre à cette vue.

— Ne pleurez pas, Aislynn, implora-t-il d'une voix rauque. Vous vous faites inutilement du mal.

Au lieu de calmer la crise, cet appel sembla ouvrir les vannes du chagrin d'Aislynn, dont les épaules menues furent secouées de sanglots. Et dire qu'il avait voulu la consoler ! songea Jarrod, décontenancé. Que faire maintenant pour la calmer ? Consoler une femme n'était guère dans ses cordes, et c'était de toute façon une situation à laquelle il n'avait jamais été confronté jusqu'alors ! La seule qui eût jamais compté dans sa vie n'avait pas voulu de son amour et l'avait impitoyablement écarté...

Aislynn, du moins, ne le rejetait pas et semblait au contraire attendre de lui aide et réconfort. D'un geste tendre, il posa la main sur sa joue et essuya ses larmes du bout des doigts.

— Ne vous désespérez pas, Aislynn, murmura-t-il. Je ramènerai Christian à Bransbury d'ici peu, je vous le promets.

La jeune femme le dévisagea intensément, une timide lueur d'espoir dans les yeux.

— Comment pouvez-vous être si affirmatif ? demanda-t-elle cependant.

Jarrod prit une profonde inspiration. Quel argument avancer pour convaincre son interlocutrice ? Il n'avait malheureusement aucune certitude à lui fournir...

— Parce que je sais qu'il en sera ainsi, assura-t-il finalement.

Une note d'espoir vibra dans la voix de la jeune fille :

— Vraiment ?

Maxwell s'obligea à soutenir sans ciller le regard bleu qui implorait le sien.

— J'en suis sûr, répéta-t-il avec une conviction encore accrue.

Avant qu'il ait eu le temps de réaliser ce qu'il lui arrivait, Aislynn s'était levée d'un bond et lui jetait les deux bras autour du cou.

— Merci, merci de tout cœur ! s'exclama-t-elle avec gratitude. Voyez-vous, ni père ni moi ne nous en remettrions, s'il ne revenait pas parmi nous. Mon père n'est plus aussi robuste qu'il le paraît, vous savez. Sa jambe le fait souffrir régulièrement. C'est pour cette raison, en fait, qu'il n'est pas parti lui-même à la recherche de Christian. Je crains qu'il ne puisse plus supporter du tout les longues chevauchées.

Jarrod hocha la tête sans mot dire. Le contact du corps d'Aislynn, mince mais résolument féminin, qui se pressait contre le sien, éveilla instantanément en lui une réaction dont il reconnut sur-le-champ la nature. Le désir, songea-t-il en tâchant de maîtriser sa respiration, qui s'était faite légèrement haletante.

Voyons, se morigéna-t-il, cette jeune fille était la sœur de son meilleur ami, et il ne devait avoir qu'un objectif en vue, ramener Christian au bercail. Comment pouvait-il se laisser aller à des impulsions aussi primitives, pour la seule raison que lady Aislynn avait eu la malencontreuse initiative de se pendre à son cou ?

Mais il eut beau faire, le doux contact d'Aislynn et l'odeur de violette qui émanait de sa petite personne opéraient leur charme à son insu, et il n'était déjà plus totalement maître de ses réactions. Qu'il le voulût ou non, son cœur battait à se rompre dans sa poitrine et des ondes de chaleur couraient dans ses veines, ardent mélange où le désir se mêlait à la légère ivresse causée par le vin.

Incapable de refréner l'élan qui s'était emparé de lui, il pencha la tête vers la jeune fille, et d'une main tremblante, ôta le voile qui recouvrait ses cheveux. Brusquement libérées, les boucles blondes d'Aislynn retombèrent en cascade jusqu'à sa taille et il ne put s'empêcher d'effleurer du bout des doigts leur masse ondoyante et soyeuse. Une superbe chevelure, vraiment, digne d'une princesse de légende !

— Comme ils sont doux, observa-t-il dans un murmure admiratif.

Aislynn exhala un son à peine audible en réponse et ses lèvres roses s'entrouvrirent comme si elle cherchait son souffle.

— Jarrod..., chuchota-t-elle. Je... je ne sais ce qui m'arrive...

Etait-ce l'effet du vin, ou du capiteux parfum qui montait jusqu'à lui en suaves effluves ? Le chevalier eût été bien en peine de le dire, et en vérité, il s'en souciait fort peu en cet instant. Hypnotisé par la bouche pleine et délicatement ourlée qui s'offrait à sa vue, il pencha la tête et posa ses lèvres sur celles de la jeune fille, impatient de boire à même l'enivrante source.

Pendant quelques secondes, Aislynn demeura parfaitement immobile dans les bras de son compagnon, comme si elle avait besoin de cette pause pour admettre la réalité de ce qui était en train de survenir. Puis elle répondit instinctivement à la pression du baiser, bien qu'elle ne comprît pas très bien pourquoi Jarrod l'avait enlacée. Un sentiment de solitude, peut-être, supputa-t-elle, ou le désir de la réconforter elle-même après son intempestif accès de larmes...

Mais qu'importait après tout ? Tout ce qui comptait, c'était cette chose incroyablement nouvelle qui se passait entre eux et à laquelle son corps se prêtait sans réserve, saisi d'une incompréhensible langueur. Le contact de cette bouche ferme, qui se pressait sur la sienne avec une science consommée, éveillait en elle une réponse déconcertante, dont la violence la laissait pantoise.

Comment penser à autre chose qu'à cette tempête de sensations, qui tournoyait en elle comme un vertige inconnu ?

Lorsque Jarrod soudain abandonna ses lèvres, elle poussa un soupir de frustration et craignit un instant qu'il ne s'éloignât d'elle. Mais il n'en fut rien. D'un mouvement prompt, il s'assit sur le siège qu'elle avait occupé et l'attira sur ses genoux. Puis il l'embrassa avec une exigence plus impérieuse, plongeant en elle pour explorer les profondeurs de sa bouche. Joueuse, sa langue dansait un voluptueux ballet, habile à susciter le plaisir, à éveiller l'appel d'un désir inconnu.

Défaillante de volupté, la jeune fille inclina la tête en arrière et les lèvres de Jarrod glissèrent le long de son cou avant de s'attarder à l'échancrure de son corsage. Puis il épousa voluptueusement de la paume la courbe éminemment féminine de sa poitrine et de ses hanches.

— Oh, je... Que faites-vous donc ? balbutia Aislynn d'une voix défaillante.

— Chut... Laissez-vous aller, voulez-vous ?

Comme un ménestrel qui caresse amoureusement son luth, Jarrod prolongea le geste avec une savante lenteur, sans quitter une seconde sa compagne des yeux. Comme elle répondait à ses incitations, comme elle vibrait sous ses paumes expertes ! songea-t-il avec ravissement. Mais le tissu de la robe l'empêcha de glisser sa main à même la peau et il poussa un long soupir de frustration.

— Aislynn, pour l'amour du ciel, gémit-il d'une voix étrangement rauque, pourquoi portez-vous une telle épaisseur d'étoffes ?

Ainsi rappelée à la réalité, l'interpellée lui dédia un sourire malicieux.

— Pour avoir chaud, milord, répliqua-t-elle suavement. Nous sommes presque en hiver, pour le cas où vous ne l'auriez pas remarqué !

— Petite moqueuse...

Mais la protestation de Jarrod se perdit dans une nouvelle montée de passion et de désir. Incapable de résister plus longtemps à la violence de cet appel, il se leva et souleva la jeune fille dans ses bras.

Aislynn savait fort bien ce qu'il avait l'intention de faire, et lorsqu'il l'eut couchée sur le lit drapé de velours pourpre, tout son corps acquiesça à cette initiative, en s'abandonnant à ses caresses dans un crescendo de volupté.

Les yeux mi-clos, elle vit Jarrod ôter en un tournemain sa tunique et la jeter sur un fauteuil. A cet instant, un petit rouleau d'étoffe bleue glissa de la poche du vêtement et tomba sur le tapis. D'un geste prompt, Maxwell se baissa pour ramasser le ruban, puis il se tint un instant debout devant Aislynn, le torse nu dans le reflet des flammes.

Il était si beau ainsi, avec son corps musclé et puissant, que la jeune fille se sentit fondre de langueur à cette vue. Où avait-elle déjà vu une plastique aussi parfaite, un tel mélange de puissance et de grâce quasi féline ? En un éclair, elle revit l'Apollon nu dont la statue se dressait dans le jardin de Bransbury. Oui, c'était bien cela ! Avec sa large poitrine dont les muscles saillaient à la lueur du feu, Maxwell avait la troublante beauté d'un dieu antique…

— Jarrod ? exhala-t-elle dans un murmure implorant. Oh, je vous en prie…

Pour toute réponse, le jeune homme marmonna un juron entre ses dents. Puis il ferma une seconde les yeux, le visage blême, et se frappa la paume de son poing fermé.

— Qu'allais-je faire, par tous les saints ? s'exclama-t-il avec véhémence.

— Qu'y a-t-il, Jarrod ?

L'interpellé secoua la tête et se détourna, incapable de soutenir le regard anxieux de la jeune fille.

— Je… nous ne devons pas…, déclara-t-il enfin, la mine plus sombre que jamais. Je n'ai jamais voulu cela, je vous en donne ma parole !

Mortifiée, Aislynn s'assit sur la couche et répara hâtivement le désordre de sa tenue. Malgré la souffrance qui lui étreignait le cœur, elle fit front à la situation en ralliant sa fierté féminine.

— Vous avez raison, répliqua-t-elle d'une voix altière. Tout cela est la faute de la boisson. Nous n'aurions pas dû partager ce vin alors que nous nous sentions tous deux si tristes, vous à cause de votre solitude, et moi parce que je me fais tant de souci pour mon frère…

— Ne gaspillez pas votre compassion pour moi, Aislynn. Je suis peut-être seul, en effet, mais je jouis de tous les avantages que m'offre cette liberté, et je ne voudrais pas d'une existence différente. C'est vous qui soupirez après le mariage, la vie de famille... Toutes ces notions ne signifient rien pour moi !

— Eh bien, je..., commença Aislynn.

Mais Jarrod haussa les épaules et se tourna vers le feu d'un mouvement brusque.

— Allez-vous-en maintenant, je vous en prie, chuchota-t-il d'une voix rauque.

Décontenancée, Aislynn se leva et marcha vers la porte comme une somnambule. Pendant quelques secondes, elle s'arrêta sur le seuil, dans l'espoir que Jarrod se raviserait et la rappellerait à lui. Mais comme le jeune homme demeurait désespérément muet, elle regagna sa chambre machinalement, sans même être consciente du lieu où la portaient ses pas.

Pour l'amour du ciel, que s'était-il donc passé entre Jarrod Maxwell et elle ? s'interrogea-t-elle avec angoisse. En vérité, elle ne comprenait ni ce qui était arrivé, ni la manière abrupte dont l'épisode avait pris fin ! Comment le chevalier avait-il pu prétendre *qu'il n'avait pas voulu cela*, pour user de ses propres termes ? N'était-ce pas lui, après tout, qui avait pris l'initiative de l'embrasser ?

Mais cette ambiguïté mise à part, il y avait au moins une chose sur laquelle il s'était montré parfaitement clair. Pour Jarrod Maxwell, ce qui importait dans la vie avant tout autre chose, c'était la liberté. Il ne désirait pas se lier à elle, et le mariage ne l'intéressait pas le moins du monde. Ce qu'il souhaitait, c'était le loisir de pouvoir aller et venir à sa guise, sans avoir le moindre compte à rendre à qui que ce fût. Et il l'avait instruite de ce choix, afin qu'elle ne se fît pas la moindre illusion à ce sujet.

Mais comment oublier les instants passionnés qu'elle venait de vivre dans ses bras ? Ne l'avait-il pas embrassée et caressée avec une fougue dont le souvenir la laissait encore pantelante ? Jamais elle n'avait imaginé qu'un homme pût prendre de telles libertés avec elle... et susciter une si ardente réponse dans chaque parcelle de son corps !

Et dire que pour lui, tout cela n'avait absolument rien signifié ! Même s'il était farouchement épris de sa liberté, pourquoi avait-il si brutalement coupé court à cette scène passionnée ? Se pouvait-il qu'il fût lié à une autre femme, dont le souvenir intempestif avait refroidi instantanément son ardeur ? L'image du ruban bleu lui revint à l'esprit, comme pour confirmer ses soupçons. Malgré ses petits écarts de conduite, Jarrod soupirait pour une autre et tenait à lui rester fidèle !

Parvenue à cette conclusion, Aislynn vacilla, le cœur étreint d'une insupportable angoisse. Sans même se déshabiller, elle s'affala sur le bord de son lit, le corps rompu et les pensées en déroute. Aimer une autre femme, Jarrod ? Mais dans ce cas, il ne se fût pas comporté avec elle comme il venait précisément de le faire !

Complètement déroutée par cette dernière considération, elle secoua la tête d'un geste désemparé. Décidément, elle ne comprenait absolument rien à Jarrod Maxwell. La seule chose dont elle fût certaine, c'était qu'elle le désirait encore, malgré la façon abrupte dont il avait mis fin à leur scène d'amour. Grands dieux, pourquoi cet homme avait-il jamais mis les pieds à Bransbury ? Sa vie était tellement plus paisible et rassurante avant qu'il ne vînt en bouleverser le cours !

Epuisée, elle se glissa tout habillée sous la couverture de fourrure, où elle tâcha en vain de trouver le sommeil. Les pensées les plus contradictoires tourbillonnaient dans sa tête, et elle tâcha vainement de mettre un peu d'ordre dans ce maelström. Après tout, que pouvait-elle reprocher à Jarrod Maxwell ? Il ne lui avait rien promis et n'avait pas cherché un seul instant à la duper sur les sentiments qu'il éprouvait pour elle. Il était venu à Bransbury pour retrouver son ami Christian, et n'avait jamais entretenu la moindre équivoque à ce sujet.

A quoi bon, en ce cas, s'interroger sur leurs futurs rapports ? Rien d'autre ne se passerait entre eux, quoi qu'il advînt. Jarrod Maxwell allait quitter le château à l'aube, et bien que cette pensée ne fût pas aussi réconfortante qu'elle aurait pu l'espérer, jamais plus elle n'entendrait parler de lui à l'avenir !

5.

L'aube n'était pas encore levée, lorsque Aislynn fut éveillée en sursaut par des coups frappés à sa porte. Encore ensommeillée, la jeune fille sauta du lit et courut ouvrir la porte, sans même prendre le temps d'enfiler ses mules de soie.

— Que se passe-t-il, Phillip ? s'enquit-elle, en découvrant sur le seuil l'écuyer de son père.

Le jeune homme s'inclina courtoisement devant elle avant de lever vers elle un regard gêné.

— Pardonnez-moi, lady Aislynn, mais votre père vous demande de le rejoindre sur-le-champ dans son appartement. Il a quelque chose d'urgent à vous dire.

— Seigneur Dieu, lui serait-il arrivé quelque chose ? s'informa Aislynn d'une voix tremblante.

Philipp parut encore plus embarrassé et évita soigneusement son regard.

— Je ne sais pas, mademoiselle. Il m'a seulement enjoint de venir vous chercher.

Sans perdre une seconde de plus, Aislynn cueillit au passage sa robe de chambre au pied de son lit. Mais au moment de l'endosser, elle réalisa brusquement qu'elle portait encore ses vêtements de la veille, et se contenta d'enfiler des pantoufles.

— Vite, s'écria-t-elle, allons !

Suivie de près par l'écuyer, elle se hâta de gagner la chambre de son père, dont la porte ouverte déversait sur le palier un flot de lumière. Plusieurs candélabres brûlaient en effet dans la pièce, éclairée en outre par le grand feu qui pétillait dans l'âtre.

De plus en plus anxieuse, Aislynn se précipita vers la couche entourée de lourds rideaux de brocart pourpre et trouva son père adossé à une pile de coussins, le visage cramoisi et les yeux brillant d'émotion.

Effrayée, elle saisit la main glacée du vieil homme et la pressa tendrement.

— Que se passe-t-il, père ? Souffrez-vous d'insomnie, par hasard ?

Sir Thomas secoua la tête et lui fit signe de s'asseoir sur le bord du lit.

— Oh, ma chérie, je viens de faire un rêve si étrange ! commença-t-il d'une voix légèrement tremblante.

— Un rêve, père ? A quel sujet ?

Encore sous le coup de l'émotion, Lord Greatham lui étreignit la main avec tant de force qu'elle retint un petit cri de douleur.

— Je viens de voir votre frère, ma chérie, et il m'a paru bien malade.

Le cœur de la jeune fille se serra à ces mots. Les rêves de sir Thomas mentaient rarement, elle en avait fait par le passé la douloureuse expérience. N'avait-il pas été averti en songe de la mort de sa propre épouse, la veille même de l'accident qui lui avait été fatal ? Encore sous le coup de cette prémonition, il avait tâché le lendemain de persuader Ellen Greatham de renoncer à la chevauchée qu'elle avait prévue ce jour-là. Peine perdue, car la jeune femme, hardie et fort bonne cavalière au demeurant, avait refusé de tenir compte de l'avertissement.

« Et c'est ainsi qu'elle a succombé des suites de ce malheureux accident de cheval… », se remémora Aislynn dans un élancement d'angoisse.

— Malade ? Mon Dieu, est-ce que…

Sir Thomas, conscient de son inquiétude, leva aussitôt une main apaisante.

— Non, non, ce n'est pas ce que vous pensez, ma chérie, car il m'a été clairement dit qu'il se rétablirait si une femme blonde, belle de corps et douce de visage, se rendait sur-le-champ à son chevet.

— Une femme blonde ?

Sir Thomas lui pressa de nouveau la main d'un geste significatif.

— Oui, Aislynn, et je n'en connais nulle part d'aussi blonde et charmante que vous ! Cette belle créature, dans mon rêve, préparait au malade une infusion d'herbes de sa composition. Oh, ma chérie, je n'ai pu voir son visage, mais je n'ai pas douté un seul instant que ce ne fût vous ! Vous devez absolument sauver votre frère…

— Mais, père, comment le pourrais-je ? s'écria Aislynn, déconcertée. Christian se trouve sans doute fort loin de nous, et je serais bien incapable de le retrouver !

Sir Thomas lui lança un regard sans réplique.

— C'est bien simple, ma fille, il faut que sir Jarrod vous emmène avec lui à Ashcroft, répliqua-t-il avec une soudaine fermeté.

Aislynn crut défaillir à cette proposition pour le moins inattendue.

— Oh, père, non, je…

Elle s'interrompit net et se reprit avant de poursuivre d'une voix plus calme :

— Il ne voudra jamais, voyons !

— Et pourquoi donc ? N'a-t-il pas assuré qu'il ferait tout ce qui était en son pouvoir pour sauver son ami ? Puisque l'occasion lui en est donnée, je suis sûr qu'il acceptera de grand cœur.

Aislynn déglutit, incapable d'articuler un mot de plus. Bien entendu, il n'était pas question de raconter à sir Thomas ce qui s'était passé quelques heures plus tôt entre Jarrod et elle ! Ces images brûlantes dont le souvenir la hantait la rendaient trop honteuse elle-même pour qu'elle les évoquât devant son père. Dans ces conditions, comment esquiver le compagnonnage insensé que lui proposait sir Thomas ? Elle ne se voyait certes pas parcourir tous ces kilomètres avec Jarrod Maxwell, dans la constante promiscuité découlant d'un voyage en commun !

— Qu'y a-t-il, Aislynn ? questionna lord Greatham en fronçant les sourcils.

— Oh, père, c'est là un projet peut-être un peu excessif, ne trouvez-vous pas ? A supposer que nous arrivions à localiser ce village, nous ne savons même pas si Christian y a séjourné !

Sir Thomas secoua la tête, manifestement inébranlable dans sa résolution.

— C'est vrai, mais je tiens cependant à ce que vous accompagniez sir Jarrod, car il est assez déterminé pour retrouver votre frère contre vents et marées. Pourquoi, sinon, aurais-je fait ce rêve ? Si j'en crois ma vision, vous êtes clairement celle qui doit sauver Christian, et sir Jarrod est le seul qui puisse vous mener à lui. En tout cas, nous ne pouvons courir le risque de négliger l'avertissement qui m'a été donné en songe. Songez à ce qui est arrivé à votre mère, ma chérie !

C'était là un argument imparable et Aislynn demeura muette après cette remarque. Elle savait à quel point son père s'était senti coupable après la mort d'Ellen. Pendant des années, il s'était reproché de n'avoir pas insisté suffisamment pour l'amener à renoncer à sa promenade.

Vaincue, la jeune fille observa un court silence, puis acquiesça de la tête.

— Très bien, soupira-t-elle, je vais me préparer. Mais bien entendu, nous ne pouvons présumer de la décision de sir Jarrod. Il n'est pas certain qu'il consentira à me conduire à Ashcroft.

Sir Thomas prit une profonde inspiration et leva ses mains parcheminées.

— Dans ce cas, advienne que pourra ! J'abandonnerai le domaine pour quelque temps et vous emmènerai moi-même, ma chérie.

Cet acte de courage, chez un homme déjà relativement âgé et souffrant, bouleversa Aislynn, qui s'empressa de répliquer :

— Ne vous inquiétez pas, père. Je suis sûre que sir Jarrod comprendra nos raisons et se laissera convaincre !

Sir Thomas ferma un instant les yeux, visiblement soulagé.

— Evidemment, déclara-t-il après quelques secondes de réflexion, il n'est pas question que vous partiez seule avec lui et il vous faudra un chaperon. Vu les intentions belliqueuses de Llewellyn, je peux difficilement éloigner l'un de mes hommes en ce moment. Mais j'enverrai cependant sir Ulrick avec vous. C'est un homme méritant, en qui j'ai toute confiance depuis de nombreuses années.

Aislynn secoua la tête.

— Voyons, père, c'est l'un de vos meilleurs chevaliers, malgré son âge, et vous ne sauriez vous passer de lui un seul jour !

— Je ne confierais à aucun autre le soin de vous escorter, répliqua fermement sir Thomas.

Comprenant qu'elle ne fléchirait pas son père, Aislynn retint à grand-peine un soupir. Le plus difficile restait maintenant à accomplir, songea-t-elle. Avec beaucoup de diplomatie et de doigté, elle arriverait peut-être à convaincre sir Jarrod de l'emmener avec lui. Mais comment parviendrait-elle à l'empêcher de penser que cette décision était liée à la sulfureuse scène de la veille ? C'était à quoi elle n'osait même pas songer !

Lorsque Jarrod s'éveilla un peu avant l'aube, une terrible migraine lui martelait les tempes, et il regretta aussitôt l'excès de boisson auquel il s'était livré la veille. Au nom du ciel, pourquoi s'était-il laissé aller à cet accès d'intempérance ? S'il n'avait pas tant bu après sa fastidieuse randonnée, il n'aurait certainement pas cédé à l'impulsion qui l'avait poussé vers Aislynn Greatham, dont les grands yeux tristes et l'attirante féminité lui avaient instantanément fait perdre la tête !

Dieu merci, le ruban bleu qu'il avait acheté au colporteur était tombé de la poche de sa tunique au moment précis où il se dévêtait, et la vue de cet ornement l'avait brusquement rappelé au sens de la réalité. Et dire qu'il avait eu des scrupules à offrir ce colifichet, pour la bonne raison qu'Aislynn était engagée envers un autre ! En vérité, ces réticences avaient bien vite fondu devant le charme prenant de la jouvencelle, et il ne lui avait fallu qu'un petit excès de vin pour passer outre à ses résolutions. Comment avait-il pu oublier à ce point le sens des convenances et le respect qu'il devait à la sœur de son ami ?

Bien que l'aube pointât à peine entre les lattes des volets, il rejeta la couverture et se leva d'un bond. Au point où en étaient les choses, mieux valait qu'il quittât immédiatement le château avant de croiser la tentatrice sur son chemin !

Impatient de prendre la route, il se leva d'un bond, malgré le battement douloureux de ses tempes, et s'aspergea le visage et le torse d'eau froide. Puis il endossa en hâte ses vêtements et sortit de la chambre. Mais à peine eut-il fait quelques pas dans le corridor qu'il vit un jeune page surgir de l'ombre et s'avancer à sa rencontre.

— Sir Jarrod ?

Le chevalier dévisagea son interlocuteur et reconnut Philipp, le jeune écuyer de lord Greatham.

— Que désirez-vous ? s'enquit-il d'un ton peu affable, tout en tâchant d'ignorer la persistante migraine qui enserrait sa tête d'une chape de plomb.

— Mon maître désire vous voir, milord, et m'a prié de vous conduire à son appartement.

Jarrod haussa les sourcils, étonné, mais s'abstint de questionner davantage le messager.

— Dépêchons-nous, en ce cas, répliqua-t-il. Je dois me mettre en route avant le lever du soleil, et je n'ai pas de temps à perdre.

— Je sais, milord. Si vous voulez bien me suivre... Sir Thomas ne vous retardera pas longtemps.

Quelques instants plus tard, Jarrod se retrouvait en présence du maître de maison, qui l'attendait dans un fauteuil à dossier sculpté poussé près du feu.

Mû par un obscur instinct, le visiteur jeta un regard vers le coin opposé de la chambre et découvrit Aislynn debout près de l'alcôve, le visage grave et les yeux fixés sur lui dans une muette interrogation.

Attiré comme par un aimant, il se perdit quelques instants dans le regard bleu pervenche, avant de se détourner enfin dans un suprême effort de volonté.

— Vous désirez me parler, milord ? interrogea-t-il avec toute la courtoisie qu'il devait à son hôte.

Le baron se leva et redressa les épaules.

— En effet, sir Jarrod. J'ai une requête à vous présenter.

— N'hésitez pas en ce cas. Je ne serai que trop heureux de faire mon possible pour vous agréer.

— Très heureux de l'entendre, chevalier, répliqua sir Thomas.

Il prit une inspiration avant de continuer tout d'une haleine :

— J'aimerais que vous ameniez ma fille Aislynn à Ashcroft avec vous !

Les yeux de Jarrod Maxwell s'agrandirent de stupéfaction et il demeura sans voix, pendant que sir Thomas poursuivait, dans un désir passionné de convaincre son interlocuteur :

— J'ai eu cette nuit une vision de mon fils. Christian était couché à même le sol, en proie à une violente fièvre et le corps secoué de terribles frissons. Effrayé, je m'avançais vers lui, quand une voix apaisante m'enjoignit de me rassurer. Mon fils serait sauvé, affirmait-elle, pourvu qu'une femme blonde, aussi belle de visage que de corps, consente à venir le soigner…

A ces mots, les deux hommes tournèrent spontanément les yeux vers Aislynn, qui rougit et baissa ses paupières frangées de longs cils dorés.

— Y a-t-il au monde plus blonde et plus jolie créature que ma fille ? acheva le maître de maison avec une évidente fierté.

Jarrod se tut, incapable de contredire sir Thomas au moins sur ce point, tant Aislynn en cet instant, avec ses longs cheveux défaits et son regard bleu étincelant d'émotion lui paraissait éminemment féminine et désirable. Mais le danger n'en était que plus grand pour lui, aussi lui fallait-il à tout prix convaincre lord Greatham de renoncer à cet absurde projet !

— Ce n'était qu'un rêve, milord, observa-t-il d'un ton franchement sceptique. Je sais qu'il en est de troublants parfois, mais on ne saurait accorder foi en leurs fantaisistes images !

Sir Thomas leva une main en signe de protestation.

— A moins que l'auteur du rêve n'ait déjà appris à ses dépens combien de telles visions peuvent être prémonitoires ! J'ai vu autrefois en songe l'accident qui a coûté la vie à mon épouse. Malheureusement, je n'ai pas réussi à la convaincre de renoncer à sa funeste promenade. Elle est partie de bon matin... et n'est jamais revenue. Qui sait, peut-être n'étais-je pas moi-même assez convaincu du bien-fondé de l'avertissement ! Quoi qu'il en soit, ce manque de foi m'a servi de leçon.

Sa voix se brisa presque sur ces derniers mots, et Jarrod devina sans peine que le chagrin du maître des lieux n'avait pas été adouci par la fuite des ans.

— Vous devez emmener Aislynn avec vous, chevalier ! reprit le baron avec fougue. Je vous adjoindrai sir Ulrick, le plus fiable de mes chevaliers, pour lui servir de chaperon et vous aider à la protéger contre les périls du voyage.

Même sans regarder Aislynn, Jarrod sentait intensément sa présence, et le trouble que sa seule proximité éveillait en lui était assez puissant pour le convaincre qu'il était impérieux de refuser.

— Je suis désolé, milord, déclara-t-il en secouant la tête, mais vous me demandez l'impossible. C'est la seule demande à laquelle je ne puisse pas accéder.

Et sans attendre la réponse, il tourna les talons, résolu à fuir toute possibilité de tentation. Mais il avait à peine fait quelques pas dans le corridor qu'une voix féminine le héla, vibrante d'émotion.

— Messire chevalier, attendez un instant, s'il vous plaît ! J'ai un mot à vous dire.

Jarrod fit volte-face et se retrouva devant Aislynn, dont le regard bleu défia le sien avec une tranquille fierté.

— Je voudrais seulement que vous compreniez ceci, chevalier, commença-t-elle avec un brin de hauteur. Mon père m'aime tendrement, et jamais il ne vous aurait présenté une telle requête s'il n'était persuadé que la vie de mon frère dépend de ma présence. Or, sa vision ne lui a laissé aucun doute à ce sujet.

Jarrod observa le silence pendant quelques secondes, plus ému qu'il ne l'aurait souhaité.

— Et vous ? interrogea-t-il enfin. Croyez-vous vraiment que Christian va périr si vous n'accourez pas à son chevet, à supposer qu'il soit vraiment mal en point ?

Aislynn prit une profonde inspiration, comme pour se laisser le temps de réfléchir à la question.

— Je... Je ne peux nier que cette pensée me trouble, avoua-t-elle. Mon père a déjà eu de nombreux rêves prémonitoires, dont l'exactitude s'est toujours vérifiée après coup.

Jarrod secoua lentement la tête. Bien qu'il compatît à l'inquiétude de la jeune fille et de son père, il ne pouvait se faire à l'idée de voyager avec elle après ce qui s'était passé entre eux la veille au soir. C'eût été une permanente tentation qu'il n'était pas certain de pouvoir surmonter.

Comme si elle avait lu dans ses pensées, Aislynn redressa les épaules et le fixa droit dans les yeux.

— Il y a quelque chose que je tiens à préciser, reprit-elle fermement, tandis que ses joues s'empourpraient malgré elle. Ce qui est arrivé entre nous était une regrettable erreur, dont je ne vous tiens aucunement rigueur. Je ne suis pas non plus assez naïve pour croire que vous avez développé pour moi un... attachement soudain que rien ne justifie. Simplement, vous avez agi comme l'homme libre que vous vous targuez d'être en saisissant l'occasion qui était à votre portée.

Elle reprit son souffle avant d'ajouter :

— De plus, nous avions tous les deux abusé du reconstituant de Margaret, sans doute parce que nous nous sentions particulièrement solitaires. Vous avez cherché près de moi un peu de réconfort, voilà tout. Mais ne vous imaginez pas un seul instant que l'épisode puisse se reproduire. Pour ma part, je veillerai soigneusement à ce qu'il ne se renouvelle pas.

Pendant un instant, Jarrod la dévisagea sans rien dire, perplexe. Cette explication des événements l'eût peut-être satisfait s'il n'avait ressenti en cet instant même pour son interlocutrice une telle attirance, qui défiait décidément toutes les lois de la raison.

Désireuse de le convaincre, Aislynn se rapprocha d'un pas.

— Je vous en prie, messire chevalier, rappelez-vous ce que vous nous avez promis ! Vous nous avez assurés que vous feriez tout ce qui est en votre pouvoir pour ramener mon frère sain et sauf à la maison. Songez que la vie de Christian dépend peut-être vraiment de ma présence, et qu'au moment où nous parlons, il est peut-être aux portes de la mort... N'est-il pas de notre devoir de le secourir ?

Sa voix se brisa sur ces derniers mots, tandis que ses prunelles d'un bleu intense s'humectaient de larmes de désespoir. Jarrod sentit son cœur se serrer à cette vue et comprit immédiatement qu'il était perdu. En dépit de tous les arguments que lui suggérait sa raison, il ne pouvait violer l'engagement qu'il avait pris. Un tel acte était indigne d'un chevalier digne de ce nom.

— Très bien, dit-il d'un ton bref. Si vous présentez les choses ainsi...

Prenant une brusque décision, il retourna dans la chambre du baron, Aislynn sur les talons. Debout près du feu, sir Thomas, qui avait pris la situation en mains, distribuait déjà des ordres à son écuyer.

— Je prendrai quelques hommes avec moi, ainsi qu'une provision d'armes et...

Il s'arrêta net en voyant entrer de nouveau Jarrod et sa fille.

— C'est d'accord, je vais l'emmener avec moi, annonça tout de go le chevalier.

Le baron haussa les sourcils, étonné par ce brusque revirement.

— Il n'est pas question que vous cédiez à la contrainte, chevalier ! déclara-t-il d'un ton empreint de fierté. Je ne prétends pas vous imposer quoi que ce soit.

Mais Jarrod secoua la tête.

— Il ne s'agit pas de cela, milord, affirma-t-il. Je n'ai pas d'autre intention depuis le début que de ramener votre fils à Bransbury. Si vous pensez que la présence de sa sœur peut contribuer au succès de cette entreprise, c'est avec plaisir que je la prierai de m'accompagner dans ce voyage.

Un instant de silence suivit ces paroles, et le père et la fille se consultèrent du regard.

— Très bien, fit enfin le premier en inclinant la tête. J'accepte votre généreuse proposition.

Jarrod se tourna aussitôt vers Aislynn et l'enveloppa d'un regard comminatoire.

— Soyez dans la cour dans moins d'une heure, lui intima-t-il. Je ne retarderai pas mon départ d'une minute de plus, vous êtes prévenue.

La jeune fille cilla à cette injonction, mais n'en répliqua pas moins :

— D'accord, messire chevalier. Je serai prête, n'ayez crainte.

Après s'être incliné brièvement, Jarrod quitta la pièce sans attendre, les oreilles bourdonnantes et les pensées en déroute. Quelle folie d'avoir accepté la requête du baron ! songea-t-il en s'éloignant à grands pas. Le voyage allait être suffisamment difficile et semé d'embûches sans qu'il s'encombrât en outre d'une jouvencelle dont il lui faudrait assurer la sécurité. Sans compter la permanente tentation qu'elle risquait fort de représenter pour lui ! Mais comment revenir à présent sur sa décision ? Il avait donné sa parole et se devait de la tenir, c'était désormais une question d'honneur.

Après tout, il n'avait pas besoin de parler à cette fille au-delà des quelques échanges strictement nécessaires ! Christian retrouvé, il se déchargerait aussitôt de sa responsabilité en confiant la jouvencelle aux tendres soins de son frère, qui la ramènerait lui-même à Bransbury. Oui, c'était là exactement ce qu'il convenait de faire, et il ne dévierait pas un seul instant de cette ligne de conduite.

Quant à savoir pourquoi cette résolution ne soulageait pas le moins du monde ses inquiétudes, c'était là un autre point névralgique, qu'il était bien décidé à ignorer pour l'instant !

Equipé de pied en cap, Jarrod attendait dans la cour, lorsque sir Thomas et sa fille sortirent du donjon, à l'heure exacte qu'il leur avait fixée. Cette exactitude aurait dû rassurer Maxwell, mais il n'en fut rien, et ce fut avec nervosité qu'il les considéra tous deux du haut de son cheval. Sir Ulrick, qui se tenait près de Jarrod, descendit de son étalon pour accueillir la jeune fille.

— Il me reste à vous souhaiter bonne chance, messieurs, fit lord Greatham, qui s'inclina courtoisement en direction des deux chevaliers.

Jarrod et Ulrick lui rendirent son salut, et le second saisit la bride de la jument noisette qu'un palefrenier venait d'amener dans la cour, afin de la conduire jusqu'à Aislynn.

— Merci, sir Ulrick, murmura la jeune fille, qui adressa un sourire au vieux chevalier.

Puis elle se tourna vers sir Thomas, la gorge serrée.

— Au revoir, mon père !

Le baron se pencha vers elle pour lui embrasser la joue, et répliqua non sans émotion :

— A bientôt, ma chérie. Vous êtes une sœur aimante et la plus dévouée des filles !

Aislynn prit une profonde inspiration avant d'affirmer d'un ton convaincu :

— Ne vous inquiétez pas, père, nous saurons le retrouver et vous le ramener sous peu !

Malgré son parti pris d'indifférence, Jarrod dut s'avouer qu'il se sentait profondément ému par ces manifestations de tendresse familiale. N'était-ce pas là précisément le genre d'affection dont il avait manqué toute sa vie ? Malgré leur profonde inquiétude, Aislynn et son père avaient la chance d'être mieux lotis que lui en la matière…

— J'aurais tant aimé pouvoir vous accompagner ! soupira sir Thomas.

— Ç'aurait été une joie pour moi, père, affirma la jeune fille. Mais ne craignez rien, je suis certaine que tout se passera le mieux du monde.

Elle se tourna une seconde vers Jarrod, dont la contenance impassible parut la déconcerter quelque peu, puis adressa un sourire à sir Ulrick.

— Vous aurez du moins la consolation de savoir que je suis entre des mains on ne peut plus fiables, ajouta-t-elle avec une conviction qui n'était pas de commande.

Sans dire mot, sir Thomas étreignit tendrement sa fille, qui s'approcha ensuite de la jument noisette. Elle avait déjà le pied dans l'étrier, lorsqu'un martèlement de sabots de cheval résonna tout à coup à l'entrée de la cour. Tout le monde se retourna à ce bruit et Jarrod, les sourcils froncés, vit un cavalier de haute taille monté sur un étalon noir s'approcher de leur groupe, une expression de surprise sur le visage.

Parvenu devant Aislynn, le nouveau venu se laissa glisser à bas de sa monture et Jarrod, mû par un obscur instinct, comprit immédiatement de qui il s'agissait. De toute évidence, le nouveau venu était le promis de la jouvencelle, l'homme qui était censé lui assurer cet avenir matrimonial après lequel elle aspirait si fort, selon son propre aveu ! Visiblement surprise par son apparition inopinée, Aislynn s'avança vers le géant, dont la carrure impressionnante la fit paraître encore plus petite et plus fragile qu'elle n'était en réalité.

— Gwyn ! s'écria-t-elle de sa voix cristalline. Que faites-vous là de si bon matin ?

Jarrod sentit sa gorge se serrer étrangement à ces mots, et se persuada que c'était là une réaction bien normale, tant l'union de cette frêle jeune fille et de cet homme à la musculature de charretier lui semblait contre nature. Quelle étrangeté d'avoir apparié deux personnes aussi différentes, vraiment ! Mais après tout, ce n'était pas son affaire, conclut-il avec dédain.

— Seriez-vous sur le point de partir ? s'enquit le géant avec un froncement de sourcils.

— En effet, confirma Aislynn.

Elle désigna sir Thomas de la main avant d'expliquer :

— Mon père a fait cette nuit un rêve fort troublant au sujet de Christian, où il lui a été révélé que je devais rejoindre immédiatement mon frère.

— Alors, il n'y a pas d'hésitation à avoir, opina Gwynn, qui parut aussitôt se désintéresser du sujet. J'ai eu raison en tout cas de venir à cette heure, car j'ai une communication importante à vous faire.

Aislynn lui posa la main sur le bras, et Jarrod, qui observait la scène, sentit un spasme désagréable lui contracter l'abdomen à cette vue.

— Que se passe-t-il, Gwyn ?

Manifestement troublé, le géant prit une profonde inspiration, puis se tourna vers sir Thomas pour demander :

— Puis-je vous demander l'autorisation de m'entretenir un instant en privé avec votre fille, milord ?

Le baron acquiesça.

— Voilà qui est votre droit le plus strict, mon fils, puisque Aislynn est votre fiancée.

Pour une raison inconnue, ces paroles accrurent le malaise de Jarrod, qui regarda d'un fort mauvais œil les deux promis s'éloigner de conserve.

Aislynn contourna le donjon avec Gwyn, troublée par le regard insistant dont Jarrod Maxwell suivait tous ses gestes. Que devait-il penser d'elle, seigneur, après les privautés qu'elle lui avait laissé prendre la veille au soir ? Mais de quelque façon qu'il la jugeât, il ne pouvait être plus sévère avec elle qu'elle ne l'était elle-même. Comment avait-elle pu répondre si passionnément aux caresses de Jarrod, alors même qu'elle était engagée à un autre homme ? Il y avait là de quoi mourir de honte, elle en était parfaitement consciente !

Décidée à chasser cette importune pensée, elle leva le visage vers Gwyn et se concentra sur ses paroles. C'était un homme digne de confiance et elle le tenait en haute estime depuis son enfance. Ne lui devait-elle pas tendresse et fidélité, même s'ils n'avaient jamais cédé aux emportements d'un attachement romantique ? Ce mariage était on ne peut plus souhaitable, et elle n'allait certes pas faillir à l'honneur et au devoir, surtout entre les bras d'un quasi inconnu aux réactions pour le moins déconcertantes !

— Dites-moi ce qui ne va pas, ordonna-t-elle en plongeant le regard dans les prunelles grises de Gwyn.

Le chef gallois hésita quelques secondes avant de se lancer :

— Aislynn, vous ai-je déjà parlé de Leri, ma cousine au second degré ?

La jeune fille acquiesça, perplexe.

— Vous m'en avez dit quelques mots, en effet. Si je me souviens bien, elle est la fille de Llewellyn, n'est-ce pas ? Comme son père n'est pas en bons termes avec le mien, je n'ai jamais eu l'occasion de la rencontrer.

Gwyn fixa sur sa fiancée un regard lourd de signification.

— Elle s'est enfuie de chez elle, déclara-t-il enfin à mi-voix. Vous comprenez, elle… hum, je crois qu'elle attend un enfant.

— Vous devez être fort inquiet pour elle, murmura Aislynn avec sympathie.

Connaissant l'affection que Gwyn vouait à sa cousine, elle compatissait sincèrement à sa peine.

— Je me ronge les sangs, en effet, et je dois absolument la retrouver.

— C'est bien naturel, en effet. Comment pourriez-vous vous désintéresser de son sort ? demanda Aislynn en toute naïveté.

Evidemment soulagé, Gwyn attira la jeune fille vers lui et lui déposa deux vigoureux baisers sur les joues.

— Je savais que vous comprendriez ! s'écria-t-il d'un ton ravi.

Aislynn lui sourit en retour, non sans étonnement. Pourquoi tant de précautions pour lui apprendre cette nouvelle ? S'était-il imaginé qu'elle pouvait prendre ombrage de sa tendresse pour Leri ?

— En tout cas, je vous remercie de m'informer de votre départ, déclara-t-elle avec chaleur. Vous me rendez honteuse de ma propre attitude. Dire que de mon côté, je m'apprêtais à partir à la recherche de Christian sans vous en avoir même prévenu !

— Ce serait malvenu à moi de m'en offusquer dans les circonstances présentes, grommela Gwyn, qui lui lança un regard penaud. Je dois vous avouer que je ne me sens pas très...

Trop préoccupée pour prendre garde au sens de ces paroles, Aislynn l'interrompit d'un geste.

— Vous me raconterez tout cela à mon retour, Gwyn. Je dois absolument y aller maintenant. Mes compagnons commencent à s'impatienter, je le crains.

— Moi aussi, j'ai grand hâte de me mettre en route, et je serais déjà loin si je n'avais souhaité vous prévenir auparavant...

— Allez vite, alors !

Gwyn s'inclina devant elle.

— Nous reparlerons de cela plus tard, déclara-t-il avec une nuance de soulagement dans la voix. Je vais de ce pas organiser les recherches, avant que Leri ne soit tentée de faire quelque sottise. Mon Dieu, pourvu que nous mettions la main sur elle !

Aislynn hocha la tête et se hâta vers le petit groupe réuni devant le manoir.

— Qui est donc le chevalier monté sur l'étalon blanc ? interrogea Gwyn, qui lui avait emboîté le pas.

Aislynn baissa les yeux à cette question, tandis qu'un vif sentiment de culpabilité lui étreignait le cœur.

— Oh, ce... c'est Jarrod Maxwell, l'un des amis de Christian, répliqua-t-elle d'une voix aussi naturelle que possible. Il est accouru à Bransbury pour nous aider à retrouver mon frère.

— Bienvenu soit-il, en ce cas. Mais il n'a pas un caractère facile, à en juger par l'expression de son visage.

Aislynn examina du coin de l'œil le profil finement ciselé de Jarrod, qui se tenait en selle avec une prestance quasi royale.

— Bah, que m'importe son humeur ? répondit-elle d'un ton bref. En l'accompagnant, je ne fais qu'obéir aux ordres de mon père.

Gwyn s'arrêta brusquement et posa une main sur le bras de la jeune fille.

— Il ne s'est pas montré désagréable avec vous, j'espère, ou brutal ?

Aislynn rougit, embarrassée.

— Absolument pas, assura-t-elle. Sir Jarrod ne m'a jamais contrainte en rien.

Ce qui était la stricte vérité, compléta-t-elle en son for intérieur. Rien n'était arrivé à quoi elle n'eût pleinement consenti, pour sa plus grande honte.

Cramoisie, elle brusqua les adieux pour échapper à sa gêne.

— Excusez-moi, reprit-elle, mais je dois vraiment me hâter. J'ai déjà fait attendre trop longtemps mes compagnons, je le crains.

— Très bien. Je voulais seulement m'assurer que vous n'aviez rien à craindre.

Aislynn se força à esquisser un sourire.

— Tout va très bien, Gwyn, ne vous inquiétez pas !

Pressée maintenant de partir, elle s'avança vers sir Thomas, qui l'étreignit une dernière fois avec tendresse. Puis elle accepta l'aide de Gwyn, lequel la souleva tout bonnement dans ses robustes bras pour la hisser sur la jument.

— Dieu vous protège, Aislynn, murmura-t-il, une main sur les rênes. Aujourd'hui, chacun de nous va suivre son propre chemin.

Cet adieu avait quelque chose d'étrange, mais Aislynn n'y prit pas garde dans l'émotion de l'instant.

— A bientôt, Gwyn, répondit-elle simplement.

— Allons, en route ! intervint Jarrod Maxwell d'un ton sec.

Le dos droit et le visage figé, il éperonna son cheval, qui s'engagea sur le pont-levis. La gorge serrée, Aislynn jeta un dernier regard d'adieu à son fiancé et à son père. Puis elle prit une profonde inspiration et s'élança à son tour vers la grande porte, dont les deux battants étaient ouverts malgré l'heure matinale. Devant elle, Jarrod Maxwell avait fait prendre le galop à sa monture et s'éloignait déjà dans un nuage de poussière, sans se soucier de savoir si ses compagnons le suivaient ou non.

Le cœur serré, Aislynn jeta un regard par-dessus son épaule et sourit à sir Ulrick, qui trottait à quelques mètres derrière elle. La vue de ce fidèle entre les fidèles la rassura quelque peu et elle bénit son père de lui avoir donné ce chaperon. Mais la présence du vieux chevalier, aussi réconfortante qu'elle fût, suffirait-elle à la garder des accès d'humeur de l'irascible Jarrod ?

6.

Pensive, Aislynn fixa un instant les flammes crépitantes du feu de camp, tout en s'efforçant de chasser de son esprit l'image par trop obsédante de Jarrod Maxwell. En vain ! La pensée du sombre et hautain chevalier ne cessait de la hanter, même en cet instant où elle se trouvait seule au campement. Toujours scrupuleux dans l'accomplissement de ses devoirs, Ulrick était allé ramasser une provision de bois mort. Quant à Jarrod, il était parti chasser depuis deux bonnes heures, et elle espérait qu'il ne reviendrait pas avant qu'elle ne se fût retirée dans sa tente.

Si seulement elle avait quelque chose à faire pour occuper le temps ! Mais elle avait déjà rangé le restant des provisions que Margaret lui avait préparées et entretenu le feu. Lasse et gelée jusqu'aux os, elle se sentait de plus inutile, privée tout à coup du traintrain de ses tâches quotidiennes.

Pourquoi, au nom du ciel, avait-elle entrepris cet épuisant voyage ? Depuis deux jours qu'ils avaient quitté Bransbury, Jarrod Maxwell ne lui avait pas adressé une seule fois la parole. Le seul être avec qui elle eût encore un contact était le chevalier Ulrick, bien que leurs échanges se limitassent le plus souvent à quelques phrases.

Mais qu'importait, après tout ? La seule chose qui comptât, c'était que Maxwell eût promis de la conduire jusqu'à son frère. Si Christian était vraiment malade, comme sir Thomas l'avait vu en rêve, elle saurait bien le ramener à la santé. C'était à elle en tout cas que son père avait confié ce soin, et elle était bien décidée à se montrer digne de sa confiance.

A cet instant, un bruit de pas se fit entendre dans le sous-bois, et elle leva les yeux dans l'espoir de voir apparaître sir Ulrick, qui veillait à ne jamais la laisser seule plus de quelques minutes. Mais à son grand désappointement, ce fut Jarrod Maxwell qu'elle vit déboucher dans la clairière, un chapelet de lapereaux à la main.

D'un rapide regard, le chevalier examina les lieux et fronça les sourcils, visiblement contrarié de trouver la jeune fille seule. Comment allait-il gérer la situation ? se demanda Aislynn, non sans un brin d'ironie. Mais son amusement fit place à l'irritation, lorsqu'elle vit Jarrod se diriger vers le feu, sans même lui faire l'aumône d'un coup d'œil. Puis il saisit le morceau de bois qu'avait préparé Ulrick et embrocha les lapins, déjà dépecés et apprêtés. Cette tâche achevée, il tourna le dos à la jeune fille pour aller fourrager dans les bagages entassés au pied d'un chêne séculaire.

Outrée par cette incorrection, la jeune fille se leva brusquement et lança d'un ton glacial :

— Je sais que vous êtes occupé, mais serait-ce trop vous demander que de me manifester un minimum de courtoisie, sire chevalier ?

Jarrod fit volte-face à ces mots et examina son interlocutrice avec la même surprise que s'il ne l'avait jamais vue de sa vie.

— Je vous demande pardon ?

Incapable de refréner plus longtemps sa frustration, Aislynn laissa échapper un soupir excédé.

— Je suis en train de vous dire, milord, que vous êtes l'homme le plus mal éduqué qu'il m'ait été donné de côtoyer ! Jamais personne ne m'a traitée avec un tel manque d'égards.

Le regard de Jarrod s'assombrit comme un ciel précurseur d'orage, mais il prit visiblement sur lui, et ce fut avec une froide politesse qu'il répliqua :

— Je suis désolé de vous avoir donné ce sentiment, lady Aislynn. Mon intention n'était certes pas de vous faire insulte.

Peu amadouée par cette vague excuse, Aislynn s'avança vers lui, les mains sur les hanches.

— Si tel est le cas, à quoi rime votre attitude, messire ? s'écria-t-elle. Depuis que nous sommes partis, vous vous évertuez à me donner l'impression que je n'existe pas ! Je sais parfaitement que vous ne souhaitiez pas vous encombrer de ma présence, mais je ne me doutais guère que vous me traiteriez avec tant de désinvolture.

Jarrod parut atteint au vif par le reproche.

— Désinvolture ? répéta-t-il en la fixant droit dans les yeux. Il ne s'agit pas de cela, demoiselle. La vérité, c'est que je...

— Eh bien ? insista Aislynn, comme il laissait sa phrase en suspens.

— J'ai été fort occupé à glaner des informations sur la direction qu'il nous faut prendre, et à vous parler franchement, je n'ai pas de temps à perdre en conversations futiles. Si vous avez besoin d'un homme qui vous fasse la causette au coin du feu, vous vous êtes indéniablement trompée d'adresse !

Et comme la jeune fille fixait sur lui un regard fulgurant, il ajouta en haussant les épaules :

— Je pensais que vous seriez d'accord avec moi pour éviter tout… contact inutile entre nous. Nous désirons l'un et l'autre retrouver Christian et notre expédition n'a pas d'autre but, que je sache !

A cette allusion peu délicate, Aislynn rougit jusqu'à la racine des cheveux. « Contact inutile », vraiment ! se répéta-t-elle avec colère. Cet homme avait décidément le sens des expressions blessantes !

Ralliant sa dignité, elle prit sur elle pour ne pas éclater.

— Ne craignez rien, milord, répliqua-t-elle avec un dédain appuyé, je ne désire pas plus que vous les « contacts » auxquels vous faites allusion. Mais je crois avoir le droit de réclamer de vous un minimum de politesse, même si nos échanges ne vont pas au-delà de la plus plate banalité ! Ne vous est-il pas venu à l'esprit que vous pourriez m'adresser de temps à autre quelques mots, ne serait-ce que sur le temps qu'il fait ?

La bouche bien dessinée de Jarrod esquissa une moue de mépris.

— Je crains de n'être pas un chevalier exemplaire sur ce plan, déclara-t-il d'un ton sarcastique. L'intérêt des conversations inutiles avec les représentantes du beau sexe m'échappe complètement, je l'avoue.

Blême de fureur, Aislynn toisa l'insolent d'un regard incendiaire.

— C'est étrange, il me semble au contraire me souvenir que vous n'avez pas toujours votre langue dans votre poche, surtout avec les « représentantes du beau sexe », pour reprendre votre élégante expression !

Pendant quelques secondes, les yeux de Jarrod, comme irrésistiblement attirés, se fixèrent indécemment sur la bouche d'Aislynn, dont les joues s'empourprèrent aussitôt de confusion. Puis il fit un pas en arrière, le regard brusquement assombri.

— Je crains que vous ne vous soyez méprise, lady Aislynn. Ce n'est pas mon excès de… loquacité, mais bien ma maladresse qui est à l'origine du malheureux incident que vous évoquez.

L'indignation de la jeune fille se réveilla à ces paroles et elle jaugea l'insolent des pieds à la tête, avec tout le mépris dont elle était capable.

— Votre maladresse ? Allons donc ! Croyez-vous que Christian ne m'ait jamais parlé de vos innombrables conquêtes féminines ? J'ai parfaitement vu l'autre soir un ruban bleu tomber de votre poche… Le souvenir d'une précédente relation, je présume !

Le cœur déchiré par cette seule évocation, elle se tut, haletante, tandis que le visage de Jarrod s'assombrissait encore.

— Si vous voulez le savoir, il n'y a qu'une seule femme qui ait jamais compté pour moi et... Mais pourquoi vous parlerais-je de ce qui ne vous regarde pas ? Je me demande bien pourquoi Christian est allé vous raconter toutes ces balivernes ! J'aurai un mot à lui dire lorsque je l'aurai retrouvé.

Aislynn se raidit, et oublia sa propre blessure pour prendre la défense de son frère.

— Laissez-là Christian, il n'est pour rien dans tout cela. Sachant que j'adorais l'écouter, il prenait simplement plaisir à me parler de ses amis. Combien de fois ne m'a-t-il pas narré vos aventures en Terre sainte et à Avington ? De toute évidence, il était fier de vous, bien que je ne comprenne toujours pas pourquoi !

Jarrod s'approcha de la jeune fille et la saisit par les épaules.

— Quoi qu'il en soit, les femmes dont il vous a parlé n'étaient pas des personnes recommandables, déclara-t-il sèchement. Du reste, je ne vois pas de quel droit vous discuteriez les choix de ma vie privée, alors que vous êtes vous-même sur le point d'épouser cette espèce de brute galloise !

Aislynn se raidit derechef, ulcérée par le mépris que dénotaient ces paroles.

— Parlez-vous de Gwyn par hasard ? Que vous a-t-il fait pour mériter cette appellation ?

Jarrod secoua la tête et émit un ricanement de mauvais aloi.

— L'avez-vous seulement regardé ? Il fait quatre fois votre taille et a autant de délicatesse qu'un bœuf de labour. A quoi pensait votre père de vous apparier avec un pareil mastodonte ?

Aislynn se dégagea, indignée.

— Cette fois, c'est vous qui allez trop loin, chevalier ! Je ne vois pas ce que la taille de Gwyn vient faire dans cette histoire...

— Non, vraiment ? Vous ne tarderez pas à le savoir, pauvre innocente !

Outrée par l'indécence de la remarque, la jeune fille prit une profonde inspiration et défia Jarrod du regard.

— Gwyn est un honnête homme et un parfait gentilhomme, allégua-t-elle d'une voix tremblante. Je le connais depuis l'âge de dix ans et il a toujours été affable et dévoué à mon égard. Il se montrera tendre et attentif avec moi, je le sais... au contraire de certains autres !

— Feriez-vous allusion à ma personne, par hasard ? Si tel est le cas...

Aislynn dévisagea son interlocuteur, perplexe. Se trompait-elle, ou avait-elle réellement senti vibrer une note de chagrin dans la voix de Jarrod ? Avant qu'elle ait eu le temps de s'interroger davantage, le chevalier en deux enjambées abolit la distance qui les séparait, et elle sentit sa bouche se poser sur la sienne avec une muette fureur.

Pendant quelques secondes, la jeune fille résista, furieuse de cette inqualifiable audace, puis quelque chose en elle s'adoucit brusquement, et elle céda à l'appel du désir, qui n'avait cessé de la tarauder depuis la mémorable soirée à Bransbury.

Mais au moment où elle entrouvrait les lèvres, prête à s'abandonner toute au délicieux vertige du baiser, elle sentit, mortifiée, que Jarrod la repoussait des deux mains.

— Mais… pourquoi donc ? balbutia-t-elle, déconcertée par cette étrange réaction.

Jarrod la fixa un instant de son regard noir plus étincelant que jamais, avant de lancer avec défi :

— Je suis comme je suis, demoiselle, et vous feriez bien de ne pas entretenir d'illusions sur mon compte. A prendre ou à laisser !

Ne sachant que penser, Aislynn effleura du doigt sa lèvre meurtrie. Fut-ce ce geste candide qui tout à coup adoucit la colère de Jarrod ?

— Pardonnez-moi, milady, murmura-t-il en revenant à un ton plus formel. Je n'ai aucun droit de critiquer le promis que votre père a jugé bon de vous choisir. Je voulais seulement vous faire comprendre que tout ce que je souhaite au monde, c'est…

— Votre indépendance et votre liberté, je sais, coupa Aislynn, non sans amertume. Mais n'ayez crainte, je ne songe pas un seul instant à vous en priver. Et puisque vous semblez me reprocher de vous avoir entraîné plus loin que vous ne souhaitiez, laissez-moi tout de même vous faire remarquer que c'est vous qui avez pris l'initiative de m'embrasser !

Jarrod ouvrit la bouche, mais elle ne lui laissa pas le temps de répliquer.

— Rassurez-vous, reprit-elle avec hauteur, je ne me méprends pas sur ce baiser punitif, que vous m'avez infligé en guise de châtiment.

Le regard de Jarrod s'assombrit de nouveau à cette remarque, mais Aislynn était trop hors d'elle-même pour craindre encore sa colère.

A cet instant, un craquement de branches sèches interrompit la scène et la jeune fille se retourna avec un sursaut. Les bras chargés de branchages, sir Ulrick sortit du sous-bois et vint déposer son chargement près du feu. Inconscient de l'attitude contrainte des deux jeunes gens, qui s'étaient précipitamment écartés l'un de l'autre, il observa de sa voix placide :

— Il a tant plu qu'il est devenu difficile de trouver du bois sec. J'ai dû m'éloigner de plus d'un quart de lieue pour rassembler ce fagot.

Jarrod prit sur lui pour répondre d'une voix aussi naturelle que possible :

— C'est vrai, mais nous serons demain à Clumney et nous pourrons y trouver un gîte plus confortable, du moins pour une nuit. C'est une cité en pleine expansion et j'y connais une auberge de bon renom.

Bien qu'elle fît mine de ne pas écouter, Aislynn se réjouit de la nouvelle. Quel soulagement de passer enfin une nuit confortable, à l'abri des premiers frimas de l'automne ! Qui sait, peut-être aurait-elle même l'opportunité de prendre un bain chaud ?

Mais cette perspective, aussi réjouissante qu'elle fût, ne vint pas à bout de sa nervosité. Fébrile, elle enfouit ses mains dans un pli de sa jupe, pour en dissimuler le tremblement. Pourquoi, grands dieux, s'était-elle abaissée jusqu'à reprocher à Jarrod Maxwell ses innombrables aventures sentimentales ? L'homme ne lui était rien, et en toute objectivité, il avait eu raison de lui reprocher son indiscrétion. Si seulement elle n'éprouvait pour lui qu'une salutaire indifférence ! songea-t-elle en étouffant un soupir.

Mais sa réaction au baiser imposé par Jarrod avait été assez éloquente en elle-même pour qu'elle ne conservât plus le moindre doute à ce sujet. Malgré tous les griefs qu'elle avait accumulés contre lui, elle désirait passionnément cet audacieux, dont la moindre caresse avait le pouvoir de lui faire perdre la tête !

A cet instant, Jarrod vint tisonner le feu pour accélérer la cuisson de la brochette et dans la lueur rougeâtre des flammes, son visage aux contours bien dessinés lui parut si séduisant qu'elle ne put s'empêcher de rougir, honteuse d'être encore si sensible au charme ravageur de ce malotru. Au même moment, Jarrod releva la tête et son regard rencontra le sien. Confuse, Aislynn se détourna en hâte, persuadée que le jeune homme avait lu dans ses pensées.

Anxieuse de dissimuler son trouble, elle se releva d'un bond et se glissa sous sa tente, où elle demeura allongée dans la pénombre. Mais à peine se détendait-elle un peu qu'elle entendit approcher le pas d'Ulrick.

— Tout va bien, demoiselle ? s'informa le vieux chevalier d'un ton inquiet.

— Parfaitement bien, messire, assura la jeune fille, d'une voix plus calme qu'elle n'avait osé l'espérer. J'ai seulement besoin de repos.

Ulrick ne parut pas convaincu par la réponse.

— Ne voulez-vous pas vous restaurer un peu ? insista-t-il. Notre brochette est rôtie à point, il me semble.

Touchée par cette sollicitude, Aislynn ne céda pas pour autant.

— Non, merci, sir Ulrick. Je me sens trop fatiguée pour avaler quoi que ce soit.

— Il est vrai que nous avons fait aujourd'hui une épuisante chevauchée, commenta le vieil homme avec une évidente commisération.

Pendant un long moment, Aislynn n'entendit plus que le crépitement du feu, accompagné par un bruit étouffé de conversation. Enfin, les deux hommes, leur frugal repas achevé, se retirèrent à leur tour pour la nuit.

Soulagée, Aislynn put fermer les paupières et s'enfoncer dans un sommeil agité, où l'image de Jarrod Maxwell ne manqua pas de venir troubler ses rêves.

Dieu merci, Jarrod connaissait bien le paysage qui s'étendait maintenant sous ses yeux et repérait sa route sans peine entre les collines boisées. Cette région d'Angleterre, toute proche de la frontière d'Ecosse, n'était qu'à une demi-journée de cheval de Kewstoke, le domaine paternel, et c'étaient tous ses souvenirs d'enfance qui s'éveillaient en lui en cet instant. Que de randonnées il avait faites dans cette délicieuse contrée, dont les moindres chemins creux lui étaient encore aussi familiers que s'il les avait parcourus la veille !

Mais malgré leur charme nostalgique, ces réminiscences ne suffisaient pas à apaiser sa mauvaise humeur. En vérité, il n'était pas exactement fier de lui-même et regrettait les propos inconsidérés qu'il avait tenus la veille à Aislynn Greatham.

Pourquoi diable lui avait-il déclaré sans ambages que ce Gwyn n'était pas un parti pour elle ? Pour être franc, c'était là un fait dont il était intimement persuadé, mais il n'avait aucun droit d'en faire part à la principale intéressée ! Et que dire du baiser qui avait clos la scène ? Décidément, il était impardonnable. Et tout cela parce que la jeune fille lui avait reproché son manque de courtoisie à son égard !

En réalité, il n'avait jamais eu l'intention de se montrer impoli envers elle. Mais comment aurait-il pu avoir une attitude un tant soit peu normale à son égard, après ce qui s'était passé entre eux à Bransbury ?

Au diable ce malencontreux intermède ! L'épisode ne l'avait déjà que trop troublé et il ferait mieux d'oublier jusqu'à son souvenir. Aislynn Greatham était fiancée à un autre homme, dont il n'avait aucune raison objective de mettre les qualités en doute, malgré son persiflage de la veille.

Quant à l'attrait que la jeune personne exerçait sur lui… Eh bien, il mettrait la flamme sous le boisseau, voilà tout. Nonobstant le brutal baiser qu'il lui avait imposé, il n'avait aucune intention de se ruer sur elle à la première occasion, comme elle semblait se l'imaginer.

En fait, elle s'était fait de lui une image totalement fausse, à travers les récits probablement fantaisistes et exagérés de Christian. Certes, il avait eu bien des femmes dans sa vie, mais aucune ne lui avait inspiré davantage que du désir, ou au mieux une éphémère passion.

C'était là la conséquence directe de ses choix, il en était bien conscient. Comment attendre de l'existence autre chose que la fugitive jouissance de l'instant ? Il avait déjà perdu trop d'êtres aimés pour croire en la pérennité du bonheur : son père, son foyer, le Dragon enfin, dont il portait encore le deuil dans son cœur. Tout dans la vie était fugace, et s'attacher à un être, c'était aller au-devant de la souffrance.

Toujours présente en lui, cette crainte le retenait dès qu'il songeait à s'approcher d'Aislynn, afin de lui présenter ses excuses. Que les choses demeurent en l'état ! songea-t-il farouchement. De toute façon, il ne pouvait rien lui offrir de ce qu'elle espérait, et mieux valait maintenir entre eux de prudentes distances. « Et quand bien même elle serait libre, lui criait la voix de la raison, cela changerait-il quoi que ce soit à ta philosophie ? »

Ce conflit intérieur le mettait cependant à cran, et il se sentit plus que soulagé de voir les toits de Clumney se profiler enfin sur le ciel hivernal. Dans cette petite cité active et fourmillante de monde, il avait davantage de chances de recueillir quelques informations sur Ashcroft.

Déterminé à oublier tout ce qui n'avait pas un rapport direct avec sa mission, il se dirigea avec ses compagnons vers le centre de la ville, où il savait trouver au bout d'un lacis de ruelles l'accueillante auberge du Faisan Doré. Cette nuit du moins, il pourrait dormir en paix, après avoir mis de solides murs entre lui et la permanente tentation que représentait Aislynn Greatham !

Malgré le trouble que suscitait en elle la proximité de Jarrod, Aislynn n'en jetait pas moins autour d'elle des regards curieux et intéressés. Clumney était effectivement une ville grouillante d'activité, et jamais de sa vie elle n'avait vu autant de monde rassemblé en un seul lieu.

Quelle différence avec la tranquillité de Bransbury et de ses calmes paysages de campagne !

Ici, les artères fourmillaient de monde, et la jeune fille oublia les pavés boueux et l'âcre odeur de fumée pour se concentrer sur le spectacle animé de la rue. Avec une attention passionnée, elle détailla les vêtements des femmes de qualité, qui exhibaient sans complexe les plus riches étoffes et les broderies les plus fines. A contempler cet étalage de parures, elle finit par faire un retour honteux sur sa propre tenue. Quelle piètre allure elle devait avoir, dans son surcot de velours maculé par la poussière du voyage !

La mine hautaine et le dos bien droit sur sa selle, Jarrod ouvrait le chemin à ses compagnons, tandis que sir Ulrick fermait la marche, menant la mule lourdement chargée de ballots.

Après avoir parcouru quelques centaines de mètres, le chevalier fit halte devant une bâtisse neuve dont l'enseigne, représentant un faisan au plumage mordoré, se balançait au moindre souffle de vent. Après avoir examiné la façade chaulée, il mit pied à terre et tendit ses rênes à un garçon d'écurie vêtu d'un hoqueton à la propreté douteuse. Puis il se dirigea vers la grande porte de l'établissement sans jeter un regard en arrière, tandis qu'Aislynn descendait de la jument en s'appuyant sur le bras secourable de sir Ulrick.

Mais lorsque la jeune fille pénétra dans la salle de l'auberge, quelques secondes plus tard, elle eut la surprise de trouver Jarrod dans les bras d'une attrayante commère, aux formes voluptueuses et à la chevelure de jais.

— Mais c'est bien Jarrod Maxwell ! s'écria la femme. J'en crois à peine mes yeux, savez-vous ? Quel plaisir de vous voir ici, mon beau chevalier ! Il y a si longtemps qu'on ne vous a aperçu dans la contrée...

Aislynn sentit son cœur se serrer devant cet accueil et elle eut le plus grand mal à soutenir le regard de Jarrod, qui se tourna à cet instant vers elle et la désigna à l'attention de la cabaretière.

— Sadona, déclara-t-il, voici lady Aislynn Greatham, la sœur de lord Christian.

Il y avait dans sa voix une indéniable nuance de contrainte, qui acheva de déstabiliser la jeune fille.

— Bienvenue, milady, fit la femme en inclinant poliment la tête.

Jarrod pivota de nouveau sur les talons et sourit à la pulpeuse beauté.

— Nous aimerions faire une petite halte dans votre belle ville, déclara-t-il. Auriez-vous de quoi nous loger tous trois, par hasard ?

La tenancière haussa les sourcils et examina Aislynn avec une visible curiosité. Mais elle s'abstint cependant de poser la moindre question à Jarrod.

— J'ai une vaste salle au premier, déclara-t-elle, mais il vous faudra la partager avec d'autres clients. Le beau temps nous a amené un afflux de voyageurs et toutes les autres pièces sont occupées.

Jarrod secoua la tête et dédia à son interlocutrice un sourire engageant.

— Ce sera parfait pour sir Ulrick et pour moi, dit-il en désignant son compagnon. Mais la demoiselle doit absolument avoir sa propre chambre.

— Comment serait-ce possible ? J'ai déjà casé du monde un peu partout et je ne vois vraiment pas comment je pourrais...

Jarrod lui imposa silence en lui posant un doigt sur les lèvres.

— Allons, Sadona, faites un effort ! insista-t-il d'un ton enjôleur. Notre voyage a été éprouvant, et la demoiselle n'a pas pu prendre de bain depuis que nous avons quitté le château de son père. Savez-vous que je serais le plus reconnaissant des hommes, si vous pouviez lui trouver un petit coin à elle ?

Oubliant ses autres motifs de grief, Aislynn observait la scène avec un pincement au cœur. C'était la première fois qu'elle avait l'occasion d'observer le côté charmeur de Jarrod, et elle n'était pas sûre d'apprécier cet aspect de sa personnalité, surtout quand il se mettait ainsi en frais pour une autre !

Manifestement amadouée, Sadona rejeta en arrière sa chevelure d'ébène. Puis elle éclata d'un rire perlé et tapota l'épaule du chevalier.

— Toujours aussi convaincant, mon cœur ! commenta-t-elle. Allons, ne vous inquiétez pas ! Je trouverai quelque chose pour vous complaire,

Et comme Jarrod se déridait à son tour, elle se hâta d'ajouter :

— Mais ne vous attendez à rien de spacieux, surtout !

— Bah, nous nous en accommoderons, assura le chevalier. Merci de votre complaisance, belle dame.

Il s'inclina fort bas, comme s'il eût salué une duchesse. Puis il parut se souvenir qu'il avait une autre requête.

— Dites-moi, ma toute belle...

Il eut un sourire ravageur, qui découvrit une rangée de dents éblouissantes de blancheur.

— Vous seriez décidément un ange si vous pouviez faire préparer un bain pour cette demoiselle, ajouta-t-il de sa voix chaude et bien timbrée.

— Comment vous résister, bel ami ? Mais il va sans dire que vous devrez payer un extra... Les affaires sont les affaires et je suis une commerçante avant tout, comme vous le savez !

— Marché conclu, opina Jarrod. Je connais vos talents de femme d'affaires.

A la stupéfaction d'Aislynn, la tenancière se pencha vers le chevalier et déposa un léger baiser sur ses lèvres. Outrée, la jeune fille se tint à quatre pour ne pas s'insurger. Comment Jarrod osait-il flirter aussi outrageusement avec une autre femme en sa présence ? Dire qu'il ne l'avait jamais regardée avec cette lueur dansante dans les yeux ! Plutôt coucher dehors que d'accepter l'hospitalité de cette créature, même avec la perspective d'un bain chaud...

Au même instant, Sadona se tourna vers elle et lui lança une œillade complice, qui désarma en partie sa colère. Puis elle désigna la porte de communication et intima du ton le plus naturel du monde :

— Si vous voulez bien me suivre, milady... Je vais vous donner la mansarde de l'une de mes servantes. Rien de luxueux, comme vous pouvez imaginer, mais vous y jouirez du moins d'un minimum d'intimité !

Partagée entre des sentiments contradictoires, Aislynn releva fièrement la tête et suivit son hôtesse dans l'escalier étroit, qui permettait d'accéder à l'étage des chambres. Parvenue au premier, Sadona ouvrit une porte et invita sa compagne à pénétrer dans une pièce étroite, meublée en tout et pour tout d'une paillasse posée à même le sol.

— Je vous avais prévenus, dit-elle d'un ton d'excuse. Le lieu n'est guère spacieux. Quant à vous, messires chevaliers…

Elle se tourna vers Jarrod et Ulrick, qui avaient emboîté le pas à Aislynn, et les conduisit vers la chambre voisine, où étaient disposées une demi-douzaine de litières de paille.

— Et maintenant, dit-elle, je retourne dans la cuisine, où j'ai du pain sur la planche. Si vous n'avez pas autre chose à requérir de moi…

— Juste une petite question avant de vous laisser aller, interrompit Jarrod. Connaîtriez-vous par hasard un village nommé Ashcroft ? Je crois qu'il est situé de l'autre côté de la frontière, sur la côte d'Ecosse.

La femme fronça les sourcils dans un effort de réflexion, puis secoua la tête.

— Désolée, chevalier, mais je ne vois vraiment pas ! Pourquoi ne pas vous renseigner en ville ? Peut-être aurez-vous plus de chance avec quelqu'un d'autre.

— Je l'espère. Merci en tout cas de votre chaleureux accueil.

Souriante, Sadona lui tapota la joue d'un geste mutin. Puis elle s'adressa à Aislynn, qui attendait sans mot dire dans l'embrasure de la porte.

— Je vous fais préparer un bain tout de suite, assura-t-elle d'un ton affable. Il n'y a rien de tel pour détendre les muscles après une longue chevauchée.

Incapable de proférer un son, la jeune fille se contenta d'acquiescer d'un hochement de tête. Puis elle regarda s'éloigner l'accorte aubergiste, dont les formes voluptueuses étaient décidément aussi séduisantes de dos que de face. Les lèvres pincées, elle se retourna ensuite vers ses deux compagnons.

— La qualité de l'hébergement laisse fort à désirer et ne peut convenir à lady Aislynn, observa sir Ulrick, dès qu'ils se retrouvèrent seuls tous les trois. La pièce est si étroite et si sombre, avec son unique fenêtre... Milady n'est pas habituée à un tel dénuement...

— Sa chambre n'est guère attrayante, j'en conviens, admit Jarrod. Mais elle y sera au moins à l'abri du froid et pourra procéder tranquillement à ses ablutions. Du reste, je n'ai pas la moindre intention de m'éterniser ici. Pendant que vous prenez un peu de repos, je vais tâcher d'obtenir quelques renseignements sur notre lieu de destination, et nous repartirons dès demain matin.

Bien que le lieu ne lui plût guère et qu'elle n'eût pas davantage apprécié le comportement de Sadona envers Jarrod, Aislynn se hâta d'intervenir.

— Ne vous faites pas de souci pour moi, messieurs. Je ne suis pas exigeante et me contenterai parfaitement de ce gîte pour ce soir.

Jarrod accueillit cette assurance d'une légère inclination du buste, puis se tourna vers Ulrick.

— Je compte sur vous pour veiller sur votre demoiselle jusqu'à mon retour, messire. Je tâcherai de n'être pas trop long.

Aislynn fit un pas vers lui, stupéfaite.

— Vous n'allez tout de même pas me... nous laisser seuls ici ! se récria-t-elle.

Jarrod se rembrunit à ce reproche.

— Je vais simplement faire le tour du marché dans l'espoir de glaner des informations sur Ashcroft, expliqua-t-il sèchement. Il nous faut tout de même savoir où diriger nos pas demain matin.

Aislynn sentit son cœur se serrer à la seule idée de passer tant d'heures dans cette chambre obscure. Et que dire de la proximité de l'encombrante aubergiste ? Rien ne pouvait moins lui plaire que de rester dans les parages de la trop séduisante hôtesse pour qui Jarrod avait déployé tout son charme.

Surmontant sa fierté, elle jeta au chevalier un regard implorant.

— Mon intention n'est pas de vous encombrer, mais il est encore très tôt, et je... J'aurais bien aimé découvrir un peu la ville, allégua-t-elle.

Jarrod et sir Ulrick se consultèrent du regard, visiblement perplexes.

— N'ayez crainte, dit enfin le second, je veillerai à la sécurité de milady pendant que vous menez votre enquête. Vous n'aurez pas à vous occuper d'elle.

Bien que l'idée ne plût manifestement guère à Jarrod, il finit par accepter.

— Très bien, mais vous prendrez garde à ne jamais vous éloigner de sir Ulrick, intima-t-il à la jeune fille.

Aislynn se raidit à cette injonction. Quand donc cet arrogant personnage cesserait-il de la morigéner comme si elle était une petite fille ? La nuit où il l'avait prise dans ses bras à Bransbury, il ne l'avait pourtant pas traitée en gamine !

Parvenue à ce point de ses réflexions, Aislynn déglutit, bien décidée à s'interdire désormais d'aussi dangereuses réminiscences.

— Puisqu'il en est ainsi, ne perdons pas de temps, reprit Jarrod.

Quelques instants plus tard, les trois compagnons se retrouvaient au beau milieu de la foule colorée et bruyante du marché, et Aislynn, malgré sa mauvaise humeur, finit par se laisser prendre au spectacle divertissant des étalages chargés de légumes, de fruits et de marchandises diverses. Quelle abondance et quelle variété d'articles ! songea-t-elle avec admiration. Les odeurs appétissantes de pain fraîchement cuit et de viande rôtie lui chatouillaient agréablement les narines et elle s'attarda un instant, alléchée, à contempler l'éventaire d'un marchand de galettes.

— Je crois que la demoiselle est affamée, milord, déclara sir Ulrick, qui n'avait pas été sans remarquer son manège. Je vous avouerai du reste qu'après notre longue chevauchée, j'ai moi-même l'estomac dans les talons !

Le regard de Jarrod s'assombrit et son expression se fit tellement dédaigneuse qu'Aislynn se hâta d'intervenir.

— Ne vous inquiétez pas pour moi, milord. Je mangerai plus tard, lorsque vous serez vous-même prêt à dîner.

Tout en parlant, elle vit passer un gamin qui dévorait un morceau de viande aux épices couchée sur une large tranche de pain, et ses yeux s'arrondirent de convoitise.

— Très bien, soupira Jarrod, nous allons manger un morceau.

Le ton de sa voix exprimait tant de mauvaise grâce qu'Aislynn releva fièrement le menton.

— Je n'ai pas faim, affirma-t-elle en niant l'évidence. Continuons notre chemin.

D'un geste impatient, Jarrod Maxwell s'empara de son bras et la conduisit d'une main impérieuse jusqu'à l'éventaire du rôtisseur.

Quelques instants plus tard, la jeune fille se délectait d'un délicieux morceau de poulet frit que le marchand, sur la demande de Jarrod, lui avait présenté enveloppé dans un morceau d'étoffe propre. Après s'être également restaurés, ses compagnons l'entraînèrent de nouveau dans la foule, et Jarrod, qui marchait à quelques pas en avant, entreprit bientôt d'arrêter quelques passants, afin de s'enquérir du mystérieux village d'Ashcroft.

Absorbé comme il l'était par son enquête, il ne s'aperçut pas qu'un homme vêtu de gris le fixait avec insistance, à demi dissimulé par la foule des badauds. Mais Aislynn, plus attentive, ne tarda pas à aviser le personnage et elle demeura un instant interloquée par l'intensité dépourvue de bienveillance avec laquelle l'inconnu se livrait à son observation. Il y avait une nette animosité dans son regard, nota-t-elle, et à voir l'expression de son visage, il était évident que la personne de Jarrod Maxwell lui déplaisait souverainement.

Intriguée, Aislynn examina elle-même Jarrod, et ne trouva rien qui pût attirer ainsi l'attention dans sa contenance ou sa tenue, à part la fibule en forme de dragon qui agrafait son manteau sur l'épaule. Or, c'était précisément à cette broche que les yeux de l'inconnu revenaient avec une particulière obstination.

Troublée par cette constatation, Aislynn fronça les sourcils et jeta un coup d'œil inquiet à Jarrod. Mais le jeune homme, inconscient d'être l'objet d'une telle attention, ne prit même pas garde à ce muet avertissement.

7.

C'était à son corps défendant que Jarrod avait amené Aislynn avec lui au marché. Mais comment résister à la prière qu'il avait lue dans les grands yeux bleus candidement levés vers lui ? En fait, il se doutait bien que la jeune fille répugnait à demeurer à l'auberge avec Sadona. Lorsque la cabaretière l'avait embrassé, il avait vu le regard d'Aislynn s'assombrir, tandis que sa bouche esquissait une moue nettement désapprobatrice.

S'il avait écouté sa première impulsion, il n'aurait pas manqué de lui expliquer que ce badinage n'avait rien que d'innocent. Sadona était mariée à l'un des soldats qui l'avaient accompagné dans son voyage en Terre sainte, et l'homme comptait parmi ses meilleurs amis. Mais comment aborder ce sujet sans sous-entendre que la jeune fille avait pris ombrage du baiser, et qu'il l'avait parfaitement remarqué ? C'eût été une façon de remettre le feu aux poudres, alors qu'il était bien déterminé à éviter toute cause de conflit avec sa compagne de voyage. Après tout, n'était-il pas libre d'embrasser qui bon lui semblait ?

Bien qu'il fût décidé à jouer la carte de l'indifférence, il ne put s'empêcher d'être touché par la joie naïve d'Aislynn, qui contemplait avec délectation le spectacle du marché et s'émerveillait de tout avec une fraîcheur enfantine. Se fût-elle livrée à de savantes manœuvres pour le séduire qu'elle n'aurait pas trouvé plus sûrement le chemin de son cœur. En vérité, il lui suffisait d'être elle-même pour l'émouvoir plus qu'il ne l'aurait souhaité !

Désireux d'échapper à cette dangereuse attirance, Jarrod s'arrêta devant l'échoppe d'un mercier pour demander :

— Je cherche un village nommé Ashcroft. En auriez-vous entendu parler, par hasard ?

Le commerçant jaugea la tenue de Maxwell, dont les riches étoffes, bien que maculées de poussière, trahissaient l'homme de qualité. Satisfait de l'examen, il se fit aimable pour répliquer dans un soupir :

— Hélas non, monseigneur. C'est la première fois que j'entends ce nom.

Jarrod masqua sa déception derrière un sourire.

— Ne connaîtriez-vous personne qui puisse me renseigner ? J'ai entendu dire que cette localité se trouvait en Ecosse.

Les yeux du marchand s'illuminèrent à cette question et il se frappa le front.

— En ce cas, je vous conseillerai de vous adresser à Wibert, le potier, qui a beaucoup voyagé dans le nord. Si quelqu'un a entendu parler de cet endroit, c'est certainement lui !

Ce n'était guère qu'une ombre d'espoir, mais Jarrod reprit aussitôt courage.

— Pourriez-vous me dire où je peux trouver ce Wibert ?

Le mercier pointa le doigt vers la gauche.

— Vous ne pouvez pas vous tromper, il tient l'avant-dernier éventaire de l'allée.

— Merci de votre obligeance, répliqua Jarrod en inclinant le buste.

Il jeta un regard par-dessus l'épaule pour s'assurer que ses compagnons le suivaient… et heurta par inadvertance un passant enveloppé d'une cape grise, qui marchait en sens inverse.

— Je vous demande pardon, messire ! s'écria aussitôt Jarrod, sincèrement navré de sa maladresse.

L'inconnu, dont la tenue et la contenance trahissaient l'homme de noble extraction, le toisa de son regard gris aussi glacial qu'un matin d'hiver.

— Et pourquoi accepterais-je vos excuses ? lança-t-il avec hauteur.

Jarrod haussa les sourcils, bien que la réaction du quidam ne l'étonnât qu'à demi. Ce n'était certes pas la première fois qu'il croisait la route de l'un de ces chevaliers ombrageux, à qui toute occasion était bonne pour en découdre avec le monde entier. Frustré et irrité par tout ce qui s'était passé ces derniers jours, il n'eût pas été fâché lui-même de s'accorder un petit duel en guise d'intermède. Mais il était responsable d'Aislynn, se souvint-il *in extremis*, et il ne pouvait exposer la jeune fille aux dangers d'une telle mésaventure. Aussi prit-il sur lui pour rétorquer poliment :

— C'est grand dommage, car je vous les présente de bon cœur. En tout cas, je tâcherai de ne plus vous faire offense à l'avenir.

Il voulut continuer sa route, mais l'homme vint se camper devant lui pour lui bloquer le passage.

— Vous ferez fort bien, messire, fit-il avec arrogance, car vous venez déjà de m'être suffisamment désagréable, et je ne suis pas prêt à laisser passer l'insulte, je vous en préviens !

Jarrod cette fois eut le plus grand mal à refréner la colère qui s'était emparée de lui. Dieu savait que sans la présence Aislynn, il se fût déjà jeté sur l'impudent personnage !

Le mercier, qui suivait la scène avec inquiétude, crut le moment venu d'intervenir.

— Oh là, bonnes gens, à moi ! s'écria-t-il à la cantonade. Ces deux chevaliers vont en venir aux mains, c'est à craindre. Que l'un d'entre vous aille tout de suite chercher le shérif !

Ces paroles eurent un effet magique sur l'inconnu, qui tourna les talons promptement et se fondit en un instant dans la foule. Profondément étonné par cette attitude, Jarrod se tourna vers Aislynn et s'empara d'autorité de son bras.

— Venez ! lui intima-t-il.

La jeune fille n'éleva pas la moindre protestation, tandis que Jarrod l'entraînait à grands pas hors de la cohue. Parvenu dans une allée plus tranquille, il fit brusquement halte, à la grande surprise d'Aislynn.

— Pourquoi vous arrêtez-vous ici, sire chevalier ? Ne serait-il pas plus sage de rentrer à l'auberge ?

Au lieu de lui répondre, Jarrod se tourna vers Ulrick, qui leur avait emboîté le pas.

— Raccompagnez la demoiselle au Faisan Doré, voulez-vous ? ordonna-t-il d'un ton bref. Je vous rejoins dans peu de temps.

— Mais vous n'allez tout de même pas m'imposer... s'insurgea Aislynn.

— Je ne veux pas courir le risque d'une autre mésaventure de ce genre en votre compagnie, coupa abruptement Jarrod. De plus, j'ai une enquête à poursuivre et je voudrais bien la mener à bien avant la nuit. Or, cela ira plus vite si je peux me mouvoir librement, sans avoir à me préoccuper de votre sécurité.

— Mais, Jarrod, il y a quelque chose que je dois vous dire...

Irrité par sa résistance, le chevalier l'interrompit d'un geste impérieux.

— Je vous en prie, essayez de comprendre ! intima-t-il. Je ferai beaucoup plus vite sans vous, vous pouvez tout de même comprendre cela. Pensez de plus au souci que se ferait votre père, s'il avait assisté à l'incident qui vient de se produire ! Or, je lui ai formellement promis de veiller sur vous...

— Sir Jarrod a raison, demoiselle, intervint Ulrick avec sa pondération habituelle. Quiconque vous voudrait du mal aurait d'abord à me marcher sur le corps, mais c'est un risque qu'il vaudrait mieux ne pas prendre.

Maxwell pour sa part ne doutait pas de la loyauté du vieux chevalier, fort robuste encore et rompu au maniement de toutes les armes.

Mais Aislynn secoua la tête, bien décidée à se faire écouter.

— Et moi, je déclare que je ne bougerai pas d'ici que vous n'ayez entendu tous deux ce que j'ai à dire ! déclara-t-elle fermement.

Jarrod comprit qu'il ne lui imposerait pas silence et tâcha de refréner son impatience.

— Parlez en ce cas, mais faites vite, lui enjoignit-il sèchement.

Aislynn se rapprocha de lui pour expliquer dans un chuchotement :

— Ce chevalier qui vous a cherché noise avait l'œil sur vous depuis déjà un certain temps. Il s'est placé sur votre chemin volontairement, j'en mettrais ma main à couper. Il ne s'agissait pas d'un accident, mais bel et bien d'une provocation !

Jarrod fronça les sourcils.

— Pourquoi aurait-il fait cela ? interrogea-t-il, encore incrédule.

— Je ne sais pas. Tout ce que je peux vous dire, c'est qu'il est resté longtemps le regard rivé sur le dragon de votre fibule.

— Le dragon ? répéta Jarrod, qui palpa machinalement le bijou du bout des doigts.

Aislynn confirma d'un hochement de tête.

— Est-ce si surprenant ? demanda-t-elle.

— Je ne vois surtout pas quel intérêt cette fibule peut avoir pour lui. Outre la mienne, il n'en existe que deux copies dans tout le royaume, celles de Christian et de Simon. Nous tenions tous trois à porter l'emblème de notre bien-aimé tuteur.

Il plongea un instant le regard dans les prunelles couleur de pervenche pour s'enquérir :

— Avez-vous l'impression d'avoir déjà vu cet individu quelque part ?

Aislynn secoua lentement la tête, tandis que Jarrod continuait :

— Il y a moins d'un an que mes deux amis et moi sommes rentrés en Angleterre. En dehors de sa détention à Dragonwick, Simon a passé le plus clair de son temps à Avington. Quant à Christian, il était soit avec moi, soit à Bransbury. En résumé, fort peu de gens nous connaissent dans ce pays, que nous avons quitté alors que nous étions encore des adolescents. Je ne vois donc pas comment cet homme aurait pu me reconnaître.

Bien que ce raisonnement semblât imparable, Aislynn émit un soupir d'impatience.

— C'est pourtant le cas, affirma-t-elle. Je surveillais cet individu du coin de l'œil, et je sais qu'il s'en est pris à vous en toute connaissance de cause.

Cette fois, Jarrod haussa franchement les épaules.

— Voyons, comment serait-ce possible ? Nous ferions mieux d'oublier tous trois ce regrettable incident. L'homme s'est éclipsé, de toute façon, et il ne peut plus nous causer le moindre ennui, puisque nous quittons Clumney dès demain matin.

Désespérant de lui faire entendre raison, Aislynn se tourna vers le vieux chevalier :

— Ne pouvez-vous le persuader de prendre garde à lui, sir Ulrick ?

Visiblement partagé, l'interpellé hésita un instant, puis haussa ses larges épaules.

— Sir Jarrod doit rester sur ses gardes, c'est certain, opina-t-il. Mais d'un autre côté, il n'a pas tort. Quel danger pouvons-nous bien courir, puisque nous serons déjà loin d'ici au lever du soleil ?

Désappointée, Aislynn dévisagea tour à tour ses deux compagnons.

— Ainsi, aucun de vous ne veut tenir compte de mon avis ! conclut-elle avec dépit.

Elle tourna les talons sans ajouter un mot et Ulrick, fidèle à son devoir, lui emboîta aussitôt le pas. Resté seul, Jarrod réprima un soupir. Dieu savait qu'il n'avait pas voulu la blesser derechef, songea-t-il avec regret. Après tout, le fait qu'elle se souciât de sa sécurité n'avait rien en soi de déplaisant, et il devait même reconnaître qu'il en était fort touché. Mais au diable ces pensées importunes ! Il avait d'importantes affaires à régler, et l'heure n'était pas aux états d'âme, mais à l'action.

Déterminé à en apprendre un peu plus sur Ashcroft, il se faufila entre les éventaires pour regagner l'allée centrale. Mais il eut beau faire, il ne put s'empêcher de regretter la présence de la blonde jouvencelle, dont le regard bleu s'illuminait si joliment au spectacle animé de la rue.

Furieuse contre Jarrod, Aislynn suivit Ulrick sans mot dire jusqu'à l'auberge du Faisan Doré. Mais lorsqu'elle se retrouva sur le seuil de sa chambre, elle ne put se résoudre à abandonner ainsi la partie. Saisie d'une brusque impulsion, elle se tourna vers son chaperon et lui adressa un regard enjôleur.

— Sir Ulrick, retournez au marché, je vous en prie, et essayez d'en apprendre davantage sur notre inconnu.

Bien qu'il y ait foule aujourd'hui, la présence d'un homme de qualité ne passe jamais inaperçue, et il se trouvera peut-être quelqu'un qui le connaît.

— Mais il est hors de question que je vous laisse seule ici, milady ! protesta Ulrick, alarmé. Que dirait votre père, si je vous abandonnais ainsi ? Je suis censé veiller nuit et jour sur votre sécurité.

Bien que la pensée de se retrouver enfermée dans cette étroite pièce n'eût rien de réjouissant, Aislynn secoua la tête. Qu'importait cet inconfort passager ? Ce qui comptait avant tout, c'était la sécurité de Jarrod !

— Vous le pouvez et vous le devez, déclara-t-elle fermement. Ma porte est munie d'un solide verrou et j'ai bien l'intention de le pousser dès que vous serez parti. Si cela peut vous tranquilliser, je vous donne en outre ma parole que je ne sortirai pas d'ici ni ne laisserai entrer qui que ce soit, à part cette... Sadona ou ses servantes. Elles devaient me préparer un bain, et je vous serais d'ailleurs reconnaissante de les informer que je suis rentrée.

Ulrick se rembrunit à cette injonction, visiblement mal à l'aise.

— Sir Jarrod va être vraiment furieux contre nous, milady, argua-t-il.

— Eh bien, qu'il le soit ! lança Aislynn, à qui l'énoncé de ce nom avait rendu son humeur combative. Je me soucie de ce qu'il pense comme d'une guigne ! Tout ce qui importe, c'est qu'il ne lui arrive rien de fâcheux. Or cet individu lui veut du mal, j'en suis absolument certaine. Qui sait, si vous apprenez qui il est, vous pourrez peut-être convaincre Jarrod du bien-fondé de mes craintes.

Ulrick capitula enfin, bien que ce fût de mauvaise grâce.

— Très bien, milady. Mais qu'il soit bien entendu que vous ne mettrez pas un pied hors de cette chambre !

Ravie d'être parvenue à ses fins, Aislynn lui adressa un sourire enchanteur.

— Je vous le promets !

— Jurez-moi aussi de vous enfermer soigneusement.

— Entendu, messire. Vous pouvez me faire confiance !

Encore indécis, Ulrick hésita quelques secondes avant de s'incliner enfin. Puis il attendit que la jeune fille eût tiré le verrou selon ses instructions, et s'éloigna à contrecœur.

Après dix minutes d'attente, Aislynn entendit la voix de Sadona la héler derrière le panneau de chêne et elle ouvrit la porte à l'accorte commère, qui pénétra dans la chambre avec un baquet rempli d'eau chaude.

— Je suis désolée de vous causer ce dérangement, commença la jeune fille, étonnée de voir la tenancière accomplir elle-même cet office.

— C'est d'habitude le rôle des servantes, expliqua Sadona, mais sir Ulrick m'a instamment priée de m'en acquitter moi-même.

Elle déposa son fardeau dans un coin et s'apprêta à quitter la pièce, pressée de retourner à ses tâches. Mais

Aislynn la rappela d'un geste, au moment où elle posait la main sur le loquet.

— Oui, milady ?

— Oh, je voulais seulement vous demander…

La jeune fille s'interrompit, rougissante, avant d'oser interroger :

— Vous… vous êtes une amie de sir Jarrod, à ce que j'ai cru comprendre ?

Sadona haussa les sourcils et hésita quelques secondes. Puis une expression mi-amusée mi-apitoyée passa dans son regard.

— En effet, répliqua-t-elle simplement.

La franchise de la réponse déconcerta Aislynn, qui sentit son cœur se contracter de souffrance. Mais après tout, que lui importait les incartades amoureuses de Jarrod ? Ne lui avait-il pas clairement déclaré qu'il tenait à sa liberté comme à la prunelle de ses yeux ?

Comme si elle avait lu dans les pensées de son interlocutrice, Sadona sourit tout à coup et reprit avec enjouement :

— Allons, cessez de vous tourmenter, demoiselle ! Je suis une amie de sir Jarrod, c'est vrai, mais en tout bien tout honneur. Il a été le compagnon d'armes de mon mari, Lewis, qui l'a suivi autrefois en Terre sainte. A son retour, Sir Jarrod nous a avancé l'argent nécessaire pour acheter cet établissement, ce dont je lui serai reconnaissante jusqu'à la fin de mes jours.

Bien que profondément soulagée, Aislynn n'en joua pas moins l'indifférence.

— Le passé de sir Jarrod ne me concerne en rien, non plus que son avenir !

Mais pour sa plus grande confusion, Sadona éclata franchement de rire à ces mots.

— Voilà ce que vous ne me ferez jamais croire, par exemple ! s'esclaffa-t-elle sans la moindre retenue.

Elle cligna de l'œil, égrillarde, avant d'ajouter :

— Entre nous, vous avez raison d'avoir jeté votre dévolu sur lui. Vous auriez pu plus mal choisir, c'est certain, et j'en connais plus d'une qui donnerait cher pour être à votre place !

Le visage d'Aislynn s'empourpra jusqu'aux racines des cheveux.

— Je crains que vous ne vous mépreniez, allégua-t-elle. Sir Jarrod n'est pas… enfin, nous ne sommes pas… Vous ne devriez pas faire de telles suppositions !

La cabaretière la dévisagea pendant quelques secondes avec une évidente sympathie, puis esquissa une révérence polie.

— En ce cas, veuillez me pardonner d'avoir parlé trop vite, milady.

Craignant de s'être montrée un peu sèche, Aislynn lui tendit la main.

— Je ne vous blâme en rien, assura-t-elle. C'est seulement que je souhaitais vous éclaircir, afin que la situation ne prête pas à méprise.

Sadona, qui avait manifestement gardé sa petite idée sur la question, haussa les épaules.

— Je vous ai vue nous regarder lorsque j'ai embrassé sir Jarrod, et j'ai observé aussi la manière dont il vous mange des yeux lorsque vous n'y prenez pas garde. Tout cela m'a réchauffé le cœur, je vous l'avoue. Il y a si longtemps que je n'ai vu Jarrod amoureux…

Aislynn, dont cette phrase avait suffi à éveiller l'intérêt, fixa sur son interlocutrice un regard brillant d'une avide curiosité.

— Longtemps ? répéta-t-elle d'un ton interrogateur. Que voulez-vous dire ?

La cabaretière se mordit la lèvre, manifestement incertaine.

— Hum... Je ne devrais rien vous dire, en vérité, soupira-t-elle. Sir Jarrod a été si bon pour mon Lewis et moi ! Quand je l'ai rencontré il y a huit ans, je n'étais guère plus qu'une fille à soldats. Du reste, je n'aurais jamais su qu'il était épris de cette Fatima, si je n'avais pas exercé moi-même cette profession.

— Fatima ? répéta Aislynn, dont le cœur s'emballa douloureusement à ce nom.

— Oui. C'était une levantine aux grands yeux noirs, très jolie, mais sensiblement plus âgée que Jarrod. J'ai entendu dire qu'elle avait dû quitter son pays pour fuir sa propre famille, qui ne lui pardonnait pas les fautes de son passé. Une sorte de paria, en somme ! Sir Jarrod en est tombé amoureux à première vue et il est venu plusieurs fois au camp pour lui parler. Un soir, comme tant d'autres avant lui, il a payé pour pouvoir entrer sous sa tente.

Aislynn ne put réprimer une grimace à ces mots, et Sadona se hâta d'ajouter :

— L'histoire n'est pas allée bien loin, rassurez-vous. Fatima a eu tôt fait de le congédier et il est sorti pour ne plus jamais revenir. Si vous aviez vu son visage lorsqu'il a quitté la tente ! Cela faisait pitié de le voir aussi bouleversé par le chagrin.

Elle se tut un instant, les yeux mi-clos comme si elle revivait ce lointain passé, avant d'ajouter :

— Je ne l'ai revu que quelques mois plus tard, lorsque Fatima, malade depuis longtemps sans que nous le sachions, a succombé à une phtisie galopante. Sir Jarrod a payé les frais de ses funérailles et c'est alors que je me suis liée d'amitié avec lui. En fait, je n'ai jamais cherché à lui soutirer la moindre explication sur ce qui s'était passé entre Fatima et lui, et c'est sans doute pourquoi il m'a accordé sa confiance. Je me contentais le plus souvent de m'asseoir à son côté, jusqu'à ce qu'il se sente un peu moins malheureux… C'est lui qui m'a présentée à Lewis et m'a avancé l'argent dont nous avions besoin pour prendre un nouveau départ dans la vie.

Elle plongea son regard vert dans les yeux d'Aislynn et observa avec conviction :

— Vous avez raison d'avoir jeté votre dévolu sur sir Jarrod. C'est un homme réellement bon et digne d'amour. Mais je vous conseille cependant de le ménager. En dépit de son apparente assurance, il est sensible et vulnérable, et il est facile de le blesser.

Bien que bouleversée par ce qu'elle venait d'apprendre, Aislynn n'en essaya pas moins de rétablir la vérité.

— Je crains que vous n'ayez mal compris, déclara-t-elle. Sir Jarrod et moi ne… sommes pas amoureux l'un de l'autre. En fait, nous n'avons pas d'autre intérêt commun que de rechercher mon frère Christian, qui a disparu depuis plusieurs semaines.

Sadona l'observa un instant, une lueur de doute dans le regard. Puis elle haussa les épaules.

— En ce cas, j'espère que vos recherches aboutiront. Ce qui est sûr, c'est que sir Jarrod ne ménagera pas sa peine pour retrouver Christian. Ce dernier a toujours été comme un frère pour lui

— Merci de me rassurer, murmura Aislynn, dont les pensées étaient visiblement ailleurs.

L'aubergiste s'éclipsa après cet échange et la jeune fille, pensive, verrouilla la porte derrière elle. Ainsi, Jarrod avait été amoureux et celle qu'il aimait l'avait repoussé ! pensa-t-elle, encore sous le coup des révélations de Sadona. Comment s'étonner qu'il refusât désormais de s'attacher à une femme ? Il avait dû être si profondément blessé qu'il ne souhaitait pour rien au monde être de nouveau la proie de l'amour.

Elle revit en un éclair le ruban bleu qui était tombé de la tunique de Jarrod, lors de la fameuse soirée à Bransbury. Sans doute s'agissait-il là d'un souvenir de sa belle Orientale. Quelle femme, après cela, pouvait espérer gagner sa tendresse, alors qu'il était si inexorablement lié à un fantôme du passé ?

Aislynn sentit un étrange sentiment de regret lui étreindre le cœur à cette pensée. « Voyons, que t'importe, vraiment ? se morigéna-t-elle. Cet homme n'est ni ton frère, ni ton fiancé, et tu as bien autre chose à faire que de songer à conquérir son amour… »

Mais elle eut beau faire, ni la pensée de Gwyn, ni la perspective de leur futur mariage ne parvint à apaiser sa poignante nostalgie. Le cœur serré, elle se dévêtit et se plongea dans le tub d'eau chaude. Pourquoi fallait-il que l'homme vers lequel la portait son désir fût précisément le seul qu'elle ne pourrait jamais avoir ?

Deux heures s'étaient à peine écoulées, lorsque Aislynn, qui avait succombé au sommeil, fut éveillée par un martèlement furieux à sa porte. Il ne lui fut pas difficile de deviner qui tambourinait avec cette violence. Jamais sir Ulrick, elle en était certaine, ne se fût laissé aller à violer ainsi toutes les règles de la politesse !

L'esprit encore embrumé, elle s'assit sur sa paillasse, tandis que la voix irritée de Jarrod criait derrière le panneau de chêne :

— Aislynn, pour l'amour du ciel, ouvrez cette porte tout de suite !

Outrée par la brutalité de l'injonction, Aislynn, qui était demeurée en chemise après son bain, drapa la couverture sur ses épaules et se décida à obtempérer.

A peine eut-elle tiré le verrou que Jarrod pénétra dans la chambre sans autre forme de procès, non sans claquer la porte derrière lui.

— Où est sir Ulrick ? demanda-t-il en se tournant vers elle, le regard étincelant de colère.

Ainsi agressée, Aislyn décida de jouer la carte de la nonchalance.

— Si vous tenez à le savoir, milord, je l'ai envoyé faire une course.

— Une course ? Mais vous avez perdu l'esprit, ma parole ! Avez-vous oublié nos conventions ? Je ne vous ai laissée seule qu'à la condition qu'Ulrick veillerait sur vous.

Décidée à ne pas perdre son calme, la jeune fille alla s'asseoir sur le bord de sa paillasse. Puis elle releva le menton et répliqua vertement :

— Je n'ai pas perdu l'esprit le moins du monde, et je vous serais reconnaissante d'observer les formes les plus élémentaires de la civilité, lorsque vous vous adressez à moi !

Jarrod se pencha vers elle, incrédule.

— Serait-ce que vous devenez insolente, milady ?

Aislynn lui lança un regard indigné.

— Et c'est vous qui m'accusez d'insolence, après la manière inqualifiable dont vous avez pénétré dans cette chambre ? Je pensais qu'un chevalier se devait de respecter un autre code de conduite. Ces manières brutales sont peut-être tolérées dans les pays où vous avez vécu, mais on est plus exigeant en Angleterre, messire !

Les yeux de Jarrod lancèrent des éclairs à ces mots, mais Aislynn ne se laissa pas démonter pour autant. Qu'avait-elle à se reprocher, en vérité ? Elle avait seulement envoyé Ulrick s'enquérir de l'homme qui avait provoqué Maxwell avec un regard chargé de haine. En somme, elle avait tremblé pour lui comme n'importe quelle femme amoureuse, mais c'était bien la dernière chose qu'elle lui aurait avouée en cet instant !

— Comportez-vous avec un minimum de courtoisie, poursuivit-elle, et mon attitude changera en conséquence, chevalier.

Le regard de Jarrod vacilla, et la jeune fille comprit qu'elle avait touché un point sensible. Manifestement décidé à se contrôler, il prit une inspiration et répliqua d'un ton aussi calme que possible :

— Très bien, Aislynn, je tâcherai de me montrer courtois, bien qu'il m'en coûte en cet instant, je dois l'avouer. Mais je vous demande en retour de m'expliquer pourquoi vous avez jugé bon d'envoyer Ulrick au-dehors, alors qu'il était supposé veiller sur vous. En agissant ainsi, vous avez non seulement contrevenu à mes instructions, mais aux ordres de votre père ! Vous savez fort bien qu'il nous a confié à tous deux la responsabilité de votre personne. Que pensera-t-il si nous nous montrons indignes de sa confiance ?

Touchée par l'argument, Aislynn prit un ton moins revêche pour répliquer :

— Et comment avez-vous su que sir Ulrick était sorti, si je puis me permettre ? Après tout, il aurait pu se trouver avec moi dans cette pièce.

Jarrod haussa les épaules.

— C'est Sadona qui m'a involontairement mis la puce à l'oreille en louant votre prudence. « La demoiselle a obéi aux instructions de sir Ulrick et a scrupuleusement tiré le verrou après mon départ », m'a-t-elle dit. Sans doute pensait-elle que je serais ravi de l'apprendre !

Comprenant qu'elle ne pouvait se taire davantage, Aislynn avoua dans un soupir :

— J'ai envoyé le chevalier s'informer du mystérieux inconnu.

— Faites-vous allusion à l'énergumène du marché, par hasard ?

— Celui qui vous a cherché querelle…

Jarrod fronça les sourcils.

— Je ne comprends pas pourquoi vous faites perdre son temps à sir Ulrick avec une enquête parfaitement inutile. Cette affaire est terminée, et nous ne reverrons jamais l'olibrius en question. Pourquoi diable me soucierais-je de son identité ?

Aislynn secoua la tête.

— Vous ne devriez pas faire fi de mon avis, chevalier, dit-elle fermement. Cet homme vous veut du mal, j'en suis certaine.

Jarrod se passa nerveusement la main dans les cheveux et soupira, excédé.

— Je ne dédaigne pas vos conseils, Aislynn, mais je ne vois vraiment pas pourquoi cet homme, que je ne connais pas le moins du monde, pourrait nourrir contre moi une telle animosité. De plus, j'ai bien d'autres sujets de préoccupation en ce moment, vous en conviendrez.

— Que peut-il y avoir de plus important que votre propre sauvegarde ?

Jarrod observa une pause, comme pour donner plus de poids à ses paroles.

— Je dois retrouver Christian, et j'y arriverai, déclara-t-il enfin. Je ne goûterai pas de repos avant d'avoir mené cette mission à bien, et j'entends que Sir Ulrick et vous me prêtiez toute l'aide désirable.

— Mais vous ne pourrez pas accomplir cette tâche si cet homme attente à votre vie !

— Grands dieux, Aislynn, quelle étrange idée ! Cessez donc d'imaginer ainsi le pire…

— Je suis sûre que cet homme va essayer de vous nuire, et qu'il y réussira si vous n'êtes pas sur vos gardes. Pourquoi prenez-vous ma mise en garde à la légère ?

Jarrod balaya la question d'un geste de la main.

— Je connais mieux que vous ce genre d'individu, Aislynn. Il n'est malheureusement pas le seul de son espèce. C'est le type même du chevalier ombrageux prêt à en découdre avec tous ceux qui croisent son chemin.

Sans doute est-ce là leur façon de se prouver à eux-mêmes qu'ils sont des hommes !

— Même si c'était vrai, il n'en représenterait pas moins un danger pour vous !

Maxwell exhala un lourd soupir, et la jeune fille comprit qu'il était à bout de patience. Pourquoi ne pouvait-il la prendre un seul instant au sérieux ?

— Quand bien même ce serait le cas, je ne vois pas pourquoi je lui donnerais la satisfaction de le craindre. J'ai fait la guerre pendant des années, Aislynn, entouré d'ennemis qui ne songeaient qu'à m'occire. Cela ne m'a pas empêché d'en revenir vivant !

Aislynn se mordit la lèvre, dépitée de se sentir incomprise. Jarrod avait beau dire, elle avait lu dans le regard de l'homme une haine inexorable et savait qu'il ne ferait pas de quartier à Maxwell, pour peu qu'il en eût l'occasion. Cette animosité, elle en avait l'intuition, allait bien plus loin que le simple désir d'affirmer sa virilité. Il y avait anguille sous roche, c'était certain, et Jarrod ne devait pas négliger ce risque.

Malgré son intolérable arrogance et la rudesse dont il faisait preuve envers elle, il ne lui en était pas moins cher, qu'elle le voulût ou non, et elle ne supporterait pas qu'il lui arrivât malheur !

8.

Mû par l'impulsion de lui administrer une magistrale fessée, Jarrod examina plus attentivement la rebelle… et faillit s'étrangler, lorsqu'il s'aperçut que la jeune fille était à demi nue ! Les épaules drapées dans une mince couverture de laine, Aislynn n'était vêtue en tout et pour tout que d'une chemise de coton blanc. Souple comme une seconde peau, l'étoffe ne laissait rien ignorer des formes éminemment féminines de son corps !

Effrayé par la pensée qui venait juste de se glisser dans son esprit, Jarrod baissa précipitamment le regard et déclara d'une voix rude :

— Je vais vous laisser vous reposer et me coucher moi-même. Nous devons partir très tôt demain matin, et mieux vaut prendre notre compte de sommeil.

— Je vous en prie, promettez-moi d'abord d'être prudent et de veiller à votre propre sécurité ! s'écria Aislynn d'une voix vibrante d'émotion.

Tout en parlant, elle se rapprocha de lui et posa une main sur son bras dans un geste implorant.

Plus troublé qu'il ne l'eût voulu par ce contact, Maxwell déglutit péniblement.

— Ne vous faites pas de souci à ce sujet, articula-t-il enfin. Tout ira bien.

Aislynn ferma les yeux une seconde, submergée par une indicible émotion.

— Je le souhaite, répondit-elle dans un murmure. Mais je ne peux m'empêcher de craindre... Ce serait si terrible s'il vous arrivait quoi que ce soit de mal ! Je... je crois que je ne pourrais pas le supporter.

A ces mots, toutes les réticences de Jarrod fondirent comme neige au soleil. Sans même avoir conscience de ce qu'il faisait, il ouvrit les bras et Aislynn s'y précipita, comme si elle n'attendait que ce geste pour oublier tous ses griefs, emportée par l'élan passionné du désir. Le visage levé vers lui, elle s'offrait dans toute sa tremblante innocence, la bouche entrouverte et le souffle haletant. Que pouvait faire Jarrod, sinon succomber à cet appel, comme un homme altéré qui découvre enfin la source où il pourra désaltérer sa soif ? Entraîné malgré lui, il pencha la tête vers les lèvres palpitantes, qu'il écarta du bout de la langue avant de plonger dans les délices d'un vertigineux baiser.

Eperdue, Aislynn se pressa contre lui, tandis que la couverture glissait sur le sol, révélant la rondeur de ses épaules et la douce courbe de ses seins sous la soie transparente de la chemise.

Jarrod releva la tête et l'enveloppa toute d'un regard émerveillé.

— Si délicieuse... si divinement belle ! s'écria-t-il dans un murmure passionné.

De ses mains puissantes et délicates à la fois, il parcourut le corps de la jeune fille, fasciné par les courbes provocantes de sa poitrine et de ses hanches, qui suscitaient les caresses aussi naturellement qu'un sol assoiffé appelle la pluie. Dieu, qu'il la désirait ! songea-t-il, le souffle court et le cœur battant à se rompre.

Encouragé par les réactions d'Aislynn, qui se pressait avec ardeur contre lui, il referma les lèvres autour d'un mamelon durci qui pointait sous le mince tissu de la chemise, et le tourmenta jusqu'à ce que la jeune fille se courbât contre lui, affolée de désir.

— Oh, Jarrod, chuchota-t-elle dans un appel éperdu, donnez-moi davantage ! Voyez, je me consume pour vous…

Comment résister à une aussi ardente prière ? A peine conscient de ses gestes, Jarrod passa la main sous l'étoffe transparente et la posa à la jonction de deux cuisses satinées, qui s'entrouvrirent aussitôt pour lui faciliter le passage.

Les tempes bourdonnantes et tous les sens en feu, il entendit alors comme du fond d'un rêve résonner derrière lui un martèlement de coups, et il lui fallut quelques secondes avant de réaliser que quelqu'un frappait à la porte de la chambre.

— Lady Aislynn, êtes-vous là ? interrogea une voix familière.

Brutalement rappelé au sens de la réalité, Jarrod retira sa main et se redressa, le cœur cognant contre ses côtes. Sir Ulrick ! songea-t-il en un éclair. Seigneur, à quelle tentation avait-il été sur le point de céder ?

— Lady Aislynn ? répéta le vieux chevalier d'un ton interrogateur.

D'un geste prompt, Jarrod ramassa la couverture et la jeta à Aislynn, qui d'une main tremblante, en enveloppa maladroitement ses épaules. Elle était si manifestement bouleversée que son compagnon, mesurant tout à coup les risques qu'elle encourait, l'encouragea d'un murmure :

— Reprenez-vous, je vous en prie ! Il ne faut pas qu'Ulrick se doute de quoi que ce soit. Rappelez-vous qu'il est le chevalier de votre père !

Blessée par cette considération, Aislynn s'assit sur le bord de la paillasse et lui tourna le dos, tandis que Jarrod allait calmement déverrouiller la porte. Quel prosaïsme, vraiment ! songea-t-elle avec aigreur. Comment pouvait-il faire preuve d'un tel sang-froid, après les moments de passion qu'ils venaient de vivre ? Dépitée, elle serra ses mains l'une contre l'autre et refoula les larmes qui lui étaient montées aux yeux. Comment aurait-elle pu deviner que sous son calme apparent, Jarrod sentait son cœur battre la chamade, et que tout son corps brûlait de désir contrarié ?

Incapable de contrôler sur-le-champ cet accès de frustration, il proféra sèchement, tandis que leur compagnon pénétrait dans la chambre :

— Vous n'auriez jamais dû la laisser seule. Songez à ce qui aurait pu lui arriver !

Ulrick se raidit visiblement à ce reproche, et Jarrod regretta aussitôt cet accès d'humeur intempestif.

— Pardonnez-moi, se reprit-il aussitôt. Je n'ai aucun droit de vous morigéner ainsi. J'étais seulement très inquiet et je me suis dit…

Il jeta un coup d'œil à Aislynn, qui s'était levée de sa couche et faisait mine de regarder par la fenêtre. Puis il s'interrompit, embarrassé.

— Laissons cela, fit sir Ulrick en haussant les épaules. J'ai une importante information à vous transmettre. Je connais désormais l'identité du chevalier qui vous a cherché noise au marché.

A ces mots, Aislynn s'arracha à la contemplation de la cour, déjà enténébrée par l'approche de la nuit, et fit promptement volte-face.

— Qui est-il ? s'enquit-elle d'une voix vibrante d'inquiétude.

Sir Ulrick reprit sa respiration, conscient de l'importance de la nouvelle.

— Il se nomme sir Fredrick et il est au service du comte de Kelsey.

— Un vassal de Kelsey ! répéta Jarrod, stupéfait. Grands dieux, j'aurais dû relever le défi de cet individu et me battre avec lui ! D'après Christian et Simon, c'est ce damné comte qui a mortellement blessé Jack, notre fidèle soldat. Comment s'en étonner, du reste ? C'est un homme qui n'a jamais reculé devant aucun crime.

Aislynn émit une exclamation étouffée et une lueur d'effroi passa dans ses yeux.

— J'avais donc raison de penser qu'il en voulait à votre vie, déclara-t-elle d'une voix blanche.

Jarrod se passa la main dans les cheveux et réfléchit quelques secondes, le cœur empli d'un poignant regret. Seigneur, et dire qu'il avait laissé passer l'occasion d'en découdre avec l'un des proches de l'homme qui avait trahi le Dragon, et détruit le seul vrai foyer qu'il eût jamais connu en ce monde !

Qu'importait le temps qui avait passé depuis lors ? C'était là une perte qu'il n'oublierait jamais, dût-il vivre encore cent ans ! Le Dragon ne lui avait pas seulement appris les lois les plus sacrées de la chevalerie, il lui avait également enseigné à devenir un homme digne de ce nom. Jamais il ne pardonnerait au félon qui l'avait occis.

— Le diable emporte ce maudit Kelsey en enfer ! grommela-t-il entre ses dents. Oui, le Seigneur m'en est témoin, je lui souhaite les tourments éternels pour les forfaits qu'il a osé accomplir !

Frissonnante, Aislynn contempla le visage assombri de Jarrod et comprit en un éclair qu'il ne faisait pas bon être l'ennemi de cet homme. Que de vindicte en lui et de farouche énergie ! Dieu merci, cette passion qui le brûlait trouvait parfois d'autres exutoires pour s'exprimer. N'était-ce pas la même force indomptable qui l'avait emporté vers elle quelques instants plus tôt, sans qu'il eût le pouvoir d'en refréner la fougue ?

Confuse, elle s'empourpra à cette pensée et un sentiment de honte s'empara d'elle au souvenir de ses propres réactions, aussi inattendues que passionnées. Dieu seul savait ce qui serait arrivé, si sir Ulrick n'avait pas tambouriné à la porte au moment fatidique !

Elle secoua la tête, incapable d'affronter cette pensée. Non, elle ne pouvait tout simplement songer à cela en cet instant ! Jarrod ne l'avait-il pas repoussée sans la moindre délicatesse, lorsqu'il avait craint d'être surpris par le vieux chevalier ?

Ulcérée par cette réminiscence, elle se concentra plutôt sur l'information que venait de leur transmettre sir Ulrick. Le comte de Kelsey… Ce seul nom avait de quoi la faire frissonner !

Instruite par Christian, elle savait que l'homme avait trahi son propre frère pour usurper son fief et que Jarrod, Christian et Simon le haïssaient pour cette félonie. Tous trois nourrissaient le désir de tirer vengeance de celui qui avait tenté aussi d'éliminer Simon Warleigh. Bien sûr, le mariage forcé que ce dernier avait dû contracter avec Isabelle, la fille de Kelsey, s'était révélé en fin de compte fort assorti. Par amour pour son mari, la jeune femme n'était-elle pas allée jusqu'à fuir le domaine de son père ? Mais cette conclusion heureuse n'était certes pas le fait du terrible comte !

Jarrod cependant tâtait sa fibule d'un air pensif. Puis il jeta un regard oblique à Aislynn.

— Pas étonnant que sir Fredrick ait paru hypnotisé par cette broche ! commenta-t-il. Simon portait la même à Dragonwick, et pour ces traîtres, le dragon symbolisait l'ennemi à abattre.

Il prit visiblement sur lui pour calmer sa colère et ajouta d'une voix affermie :

— Dieu sait que je donnerais tout au monde pour voir cet homme étendu raide mort à mes pieds, mais il y a un temps pour tout. J'ai d'abord une autre mission à accomplir, qui requiert toute mon attention. Demain matin, nous prendrons le chemin de l'Ecosse.

Aislynn eut une moue désapprobatrice.

— La situation est sérieuse, objecta-t-elle, et vous ne devriez pas partir avant d'avoir déposé une plainte auprès du shérif. J'ai suffisamment observé cet homme avant qu'il ne se place délibérément sur votre passage. Son regard brûlait littéralement de haine, et il n'épargnera rien pour vous nuire, vous pouvez m'en croire !

Jarrod se rembrunit aussitôt.

— Je ne confierai à personne le soin de faire justice en mon nom, déclara-t-il fermement. Au moment voulu, sir Fredrick me trouvera de nouveau sur son chemin et je viendrai à bout de lui, s'il plaît à Dieu.

Comprenant qu'il était vain de tenter de le convaincre, Aislynn rengaina ses arguments. Mais une sourde inquiétude demeurait en elle, que les paroles lénifiantes de Jarrod n'avaient pu apaiser.

— Nous nous mettrons en route dès l'aube, ajouta Maxwell en se tournant vers sir Ulrick.

— Avez-vous glané des informations sur le village que nous cherchons ? s'enquit le vieux chevalier.

A la grande surprise d'Aislynn, qui l'observait attentivement, Jarrod manifesta quelque embarras, et elle put même constater que ses pommettes rougissaient légèrement sous leur hâle.

— En effet, répondit-il. Où ai-je donc la tête ? Si les instructions que l'on m'a fournies sont exactes, Ashcroft est à deux journées de cheval d'ici, pour peu que l'on ne lambine pas en route.

Le visage d'Ulrick s'éclaircit à cette précision et Aislynn se sentit elle-même soulagée. Mais pourquoi Maxwell ne l'avait-il pas informée plus tôt de cette circonstance ? Parvenue à ce point de ses réflexions, elle se souvint de la scène passionnée qui avait probablement retardé les confidences de Jarrod, et s'empourpra à son tour.

— Voilà une bonne nouvelle, commenta-t-elle du bout des lèvres.

Sir Ulrick se tourna vers elle pour conseiller :

— Vous devriez vous coucher, milady. Une rude journée nous attend demain.

Aislynn releva fièrement la tête.

— Pour retrouver mon frère, j'affronterais volontiers toutes les fatigues, assura-t-elle avec superbe. Mais je n'en suis pas moins prête à suivre votre conseil.

Pour la première fois depuis la scène du baiser, elle se força à regarder Jarrod en face et ajouta d'un ton uni :

— Je vous souhaite une excellente nuit, messire chevalier.

Ainsi interpellé, le jeune homme détourna les yeux et répondit d'une courbette.

— Bonne nuit, milady.

Aislynn salua également sir Ulrick, et les deux hommes quittèrent sa chambre de conserve pour se retirer dans la salle voisine.

Restée seule, la jeune fille put enfin laisser libre cours à ses pensées. Pourquoi éprouvait-elle tant de gêne à affronter la présence de Jarrod ? se demanda-t-elle avec reproche. Ce qui s'était passé entre eux ne se reproduirait plus jamais et la meilleure des solutions était d'en extirper le souvenir de sa mémoire. S'il fallait en croire Sadona, Jarrod avait été trop profondément épris de cette Fatima pour jamais accueillir une autre femme dans son existence. Son cœur appartenait à un fantôme, et il n'y avait pas de place dans sa vie pour une créature de chair !

Epuisée par les émotions de la journée, la jeune fille s'étendit sur la paillasse, et contre toute attente, sombra assez rapidement dans un sommeil sans rêve.

Le soleil n'était pas encore levé lorsque la voix familière d'Ulrick la tira de sa torpeur.

— Milady ! L'aube commence à pointer et il est temps de se préparer au départ…

— Très bien, je vous rejoins dans quelques instants, répliqua Aislynn, encore ensommeillée.

D'une main tâtonnante, elle procéda en hâte à ses ablutions, ce qui acheva de la réveiller. Puis elle enfila en un tournemain ses vêtements de la veille, que Sadona avait eu le soin de faire laver. Elle se coiffa ensuite devant le bout de miroir posé sur la cheminée et quitta sa chambre, portée par un regain d'énergie. Que lui importait après tout les paroles ou les actions de Jarrod Maxwell ? Elle avait une tâche à accomplir et la mènerait à bien, sans se soucier de ce qu'il en pensait. Au diable l'arrogant chevalier ! Elle n'avait pas besoin de son approbation, et encore moins de son amour.

Bien que cette dernière considération ne la convainquît pas vraiment elle-même, elle n'en redressa pas moins les épaules, et ce fut d'un pas alerte qu'elle descendit au rez-de-chaussée. Parvenue au bas de l'escalier, elle entendit dans la salle voisine un bruit de conversation entrecoupé de rires, et prêta l'oreille en reconnaissant les voix de Sadona et de Jarrod.

— C'est une brave petite, votre demoiselle, assurait la première. Malgré la différence de nos conditions, elle m'a traitée avec beaucoup de respect, je peux vous l'assurer. Voyez-vous, ce sont là des nuances qui n'échappent pas à une femme !

La réponse fusa avec une spontanéité qui blessa Aislynn jusqu'au fond du cœur :

— Qu'allez-vous chercher là, ma mie ? Ce n'est pas le moins du monde *ma* demoiselle !

— Oui, oui, on dit cela, ironisa Sadona, qui n'avait manifestement tenu aucun compte des dénégations d'Aislynn à ce sujet.

Quelques secondes de silence suivirent cette réponse empreinte de scepticisme, avant que la cabaretière ne reprît d'un ton plus sérieux :

— Prenez soin d'elle en tout cas. Elle a beau jouer l'indifférence, elle est beaucoup plus fragile qu'elle n'en a l'air.

N'était-ce pas, à quelques mots près, ce que Sadona avait affirmé la veille à propos de Jarrod ? Aislynn, toute à ce souvenir, prêta l'oreille pour mieux entendre la réponse du chevalier, qui acheva de lui briser le cœur en rétorquant :

— Merci de votre sollicitude, Sadona. J'apprécie beaucoup votre affection et vous la rends bien, mais en l'occurrence, vous ne savez pas de quoi vous parlez. Contrairement à ce que vous semblez croire, miss Greatham et moi n'avons rien de commun, et c'est le hasard seul qui nous a rassemblés. Du reste, nous nous séparerons dès que nous aurons retrouvé son frère.

Aislynn rougit à ces mots, qui exprimaient en somme l'exacte vérité. Elle ne représentait absolument rien pour Jarrod, et leurs sulfureux baisers n'avaient jamais été pour lui qu'une fugitive distraction, due au hasard des circonstances.

Le cœur serré, elle se rencogna dans l'ombre, dans l'espoir d'en entendre davantage, mais à son grand dépit, Ulrick à cet instant déboucha du corridor qui menait aux cuisines et se heurta presque à elle au pied de l'escalier.

— Ah, milady ! s'écria-t-il. Je m'apprêtais justement à monter vous chercher. Nos montures attendent dans la cour et nous n'avons plus qu'à nous mettre en selle.

Il ne restait plus à Aislynn qu'à emboîter le pas au vieux chevalier, qui la conduisit dans la salle commune. A leur entrée, Jarrod dévisagea les nouveaux venus de ses énigmatiques yeux noirs, tandis que Sadona plongeait dans une respectueuse révérence.

— Merci de votre accueil, lui dit Aislynn avec un faible sourire. Je n'oublierai pas votre gentillesse et j'espère bien avoir l'occasion de revenir un jour.

— C'était un plaisir pour moi, milady, d'avoir sous mon toit une aussi gente demoiselle. Je vous souhaite bonne route et la réalisation de tous vos souhaits.

Malgré la gêne persistante qu'elle éprouvait à affronter le regard de Jarrod, Aislynn se tourna vers lui... et son cœur s'emballa aussitôt.

Debout dans la lueur rougeâtre qui émanait du foyer, Jarrod Maxwell ne manquait pas de prestance, et elle dut s'avouer qu'il était vraiment l'homme le plus séduisant qu'elle eût jamais rencontré de sa vie. Dans sa cape sombre nonchalamment drapée sur ses larges épaules, il avait l'air d'un héros de roman, avec son regard de jais et ses cheveux encore humides du bain, qui bouclaient sur son front hâlé par le soleil des grands chemins. Mais il y avait tant de froideur dans sa contenance qu'elle se demanda si elle n'avait pas tout bonnement rêvé l'intermède passionné de la veille. Où s'étaient envolées l'ardeur des caresses et la fougue des baisers ?

— Etes-vous prête, milady ? interrogea Jarrod d'une voix aussi glaciale qu'un matin d'hiver.

— Allons ! répliqua simplement Aislynn, la gorge trop serrée pour proférer un son de plus.

Pendant toute la journée, elle chevaucha la tête haute entre ses deux compagnons, à qui elle adressa le moins possible la parole. Le terrain sur lequel avançaient les trois voyageurs était devenu rocailleux et accidenté, ce qui justifiait en partie son silence. Sur ces hauteurs aux pentes escarpées, ruisseaux et torrents roulaient des flots tumultueux, et les inégalités du sol requéraient toute l'attention et l'adresse des cavaliers.

Mais le tourment de la jeune fille retrouva toute son acuité, lorsqu'ils eurent ce soir-là établi leur camp sur le contrefort d'une colline. Couchée sous sa tente, elle se tourna et retourna longtemps sans parvenir à trouver le sommeil. La voix de Jarrod résonnait encore implacablement à son oreille. « Miss Greatham et moi n'avons rien en commun et nous nous séparerons dès que nous aurons retrouvé Christian ! » N'était-ce pas ce qu'il avait affirmé à Sadona d'un ton sans réplique ?

A ce souvenir, Aislynn sentit une vague de ressentiment déferler dans son cœur. Mais à quoi bon ressasser ainsi les propos qui l'avaient si profondément blessée ? Jarrod Maxwell savait ce qu'il voulait, c'était un fait, et ne ménageait pas ses peines pour atteindre son objectif.

Le seul problème, c'était qu'elle ne fît pas partie de ses projets d'avenir !

Incapable de trouver le repos, elle se tourna sur le côté, résolue à attendre l'aube patiemment. Mais elle se rendit compte bientôt que poussée par sa hâte à fuir Jarrod, elle avait oublié ce soir-là de satisfaire à ses besoins naturels. Impossible de tenir jusqu'à la pointe du jour dans ces conditions, songea-t-elle. Mais oserait-elle s'aventurer à cette heure dans les bois obscurs, alors que Jarrod lui avait tant recommandé de ne jamais s'éloigner seule du camp ?

Poussée par la nécessité, elle rejeta cependant sa couverture, puis se drapa dans sa cape et sortit précautionneusement de la tente. Dieu merci, le feu de camp allumé par les deux chevaliers brûlait encore suffisamment haut pour éclairer vaguement les alentours de ses flammes dansantes.

Immobile dans la pénombre, la jeune fille prêta l'oreille un instant, pour s'assurer que ses compagnons étaient profondément endormis. Comme tous deux semblaient reposer paisiblement, étendus à l'orée du bois, elle se glissa entre deux arbres et s'enfonça discrètement dans l'ombre du sous-bois.

Elle s'apprêtait à regagner sa tente un instant plus tard, lorsqu'un bruit léger, pareil à un froissement de feuilles, attira tout à coup son attention. Mue par un obscur instinct, elle tourna promptement la tête et scruta les ténèbres.

Avait-elle rêvé ? s'interrogea-t-elle, tous les sens en alerte. Mais non ! Là, à quelques pas de l'endroit où Jarrod dormait sur un lit de mousse… Stupéfaite, elle distingua l'espace de quelques secondes la silhouette d'un homme qui se faufilait à la lisière du bois, les bras tendus pour écarter les basses branches des sapins. Effrayée, elle poussa un petit cri d'alarme, et la forme suspecte se fondit aussitôt dans l'épaisseur des halliers.

Eveillé par le bruit, le chevalier se redressa instantanément et fixa sur elle un regard inquisiteur.

— Que se passe-t-il donc ?

— Là ! balbutia Aislynn en pointant le doigt vers les fourrés. J'ai vu... un homme qui rôdait tout près de votre couche.

Sans perdre une seconde, Jarrod se leva d'un bond et saisit son épée, avant de s'enfoncer lui-même dans les profondeurs de la forêt.

Le cœur battant à se rompre, Aislynn attendit en silence à côté de sir Ulrick, qui s'était levé à son tour et brandissait également sa rapière, prêt à en découdre avec un éventuel agresseur.

Dix minutes plus tard, Jarrod sortit des bois et s'avança vers eux, manifestement bredouille.

— Je n'ai rien trouvé, déclara-t-il en jetant à Aislynn un regard perplexe. Dites-moi exactement ce que vous avez cru voir.

Encore bouleversée, la jeune fille prit une profonde inspiration et précisa tout d'une haleine :

— Je vous l'ai dit, j'ai aperçu la silhouette d'un homme qui se glissait derrière les arbres. Il semblait vous épier, sir Jarrod.

— L'avez-vous reconnu ?

Aislynn tâcha de se remémorer la forme entrevue, et secoua lentement la tête.

— Non, car son visage était déformé par la lueur des flammes. Mais je suis sûre qu'il avait des intentions malveillantes.

— Je n'ai pas relevé la moindre empreinte sur le sol, et n'ai rien entendu pour ma part.

— Comment l'auriez-vous pu ? Vous étiez profondément endormi !

Jarrod haussa les épaules.

— Peut-être, mais j'ai généralement le sommeil léger, et le moindre bruit suffit à m'éveiller !

Frappé d'une pensée soudaine, il fronça les sourcils et interrogea de nouveau la jeune fille, une ombre de soupçon dans le regard.

— Mais que faisiez-vous là vous-même, au lieu d'être couchée sous votre tente ?

Aislynn rougit légèrement.

— Je... j'avais un besoin à satisfaire, expliqua-t-elle avec embarras.

— Voyons, miss Greatham, vous aviez donné votre parole de ne pas vous éloigner seule du camp ! interrompit sir Ulrick avec reproche.

C'était la première fois qu'il s'adressait à elle sur ce ton, et Aislynn le considéra un instant, surprise de le voir prendre le parti de Jarrod.

— Je n'ai pas voulu vous réveiller pour si peu, argua-t-elle. D'ailleurs, je peux vous assurer que je n'ai jamais perdu le camp de vue.

— Voilà qui n'excuse rien, et vous ne devriez pas recommencer ce genre d'incartade, déclara Jarrod d'une voix rogue.

Blessée par la sécheresse de la remontrance, Aislynn se tourna vers lui pour lui faire face. Pourquoi cette soudaine sollicitude, alors qu'il n'éprouvait pas le moindre atome d'intérêt pour sa personne ? se demanda-t-elle non sans amertume.

— Ce sujet épuisé, ne ferions-nous pas mieux de concentrer nos efforts à éclaircir l'épisode ? demanda-t-elle d'un ton glacial. Que vous le vouliez ou non, j'ai tout de même vu un inconnu se glisser dans l'ombre, à deux mètres à peine de l'endroit où vous dormiez !

Malgré la véhémence de l'affirmation, Jarrod secoua la tête d'un geste sceptique.

— J'ai fouillé le bois alentour et n'ai absolument rien vu de suspect ! objecta-t-il.

— Douteriez-vous de ma parole, par hasard ? s'insurgea Aislynn, poussée à bout.

Cette fois, ce fut de nouveau Ulrick qui prit la parole, résolument conciliant :

— Non, milady, sir Jarrod ne veut certainement pas dire cela. Mais il pense que vous avez pu vous tromper, tout simplement...

— Il faisait sombre, enchaîna Maxwell, et vous n'avez distingué cette silhouette que pendant quelques secondes. Peut-être s'agissait-il d'un simple reflet projeté par la lueur des flammes...

Aislynn se redressa, offusquée par la supposition. Décidément, on ne la prendrait jamais au sérieux, quoi qu'elle pût faire !

— Me prenez-vous pour une sotte ? s'indigna-t-elle. J'ai une fort bonne vue, ne vous en déplaise, et je sais parfaitement ce que j'ai aperçu !

Décidé à se montrer patient, Jarrod eut un léger haussement d'épaules.

— Je n'en doute pas, répliqua-t-il d'un ton plus amène, mais il convient de nous montrer réalistes. Qui diable aurait pu ainsi surgir de cette contrée déserte, au mitan de la nuit ? Nous sommes au beau milieu d'une forêt, et à part d'éventuels sangliers, il n'y a pas âme qui vive aux alentours ! S'il s'agissait d'un voleur ou d'un malandrin quelconque, il n'aurait pas hésité à nous attaquer, soyez-en sûre.

Aislynn lui lança un regard étincelant de reproche. En vérité, elle ne savait pas qui était ce rôdeur et n'avait aucune idée de ses motivations, mais elle n'en était pas moins sûre de ce qu'elle avait vu ! Son imagination ne lui avait pas joué de tours, comme le supposaient ses compagnons. L'inconnu était bel et bien réel et ne voulait pas de bien à Jarrod, elle en aurait mis sa main à couper.

Dans l'espoir de trouver un appui en sir Ulrick, elle se tourna vers lui, mais l'incrédulité qu'elle lut dans ses yeux la convainquit qu'elle n'avait rien à attendre de lui. Encore une fois, les deux hommes semblaient décidés à faire corps contre elle.

Offusquée par leur attitude, elle releva fièrement le menton et les défia du regard.

— Pensez-en tous deux ce que vous voudrez, lança-t-elle, mais je n'en démordrai pas. Je n'ai fait que mon devoir en vous prévenant. A vous maintenant de décider si mon témoignage vaut qu'on s'y arrête ou non. Je retourne pour ma part me coucher, à moins que vous n'ayez quelque chose à ajouter.

Elle se tourna tour à tour vers ses deux interlocuteurs, qui ne pipèrent mot. Sir Ulrick se contenta de s'incliner respectueusement, aussitôt imité par Jarrod.

Dépitée, Aislynn regagna sa tente sans ajouter un mot. Mais sa déconvenue ne se laissa pas si facilement oublier, et malgré sa fatigue, elle fut longue cette nuit-là à trouver le sommeil.

Jarrod avait beau s'activer ce matin-là à lever le camp, il n'en accomplissait pas moins toutes ces tâches d'un cœur lourd. Aislynn était irritée contre lui, comme en témoignait la raideur de son attitude. Non seulement elle vaquait sans adresser la parole à Ulrick ni à lui, mais elle ne daignait même pas les honorer d'un regard !

Cette attitude le blessait plus qu'il n'aurait voulu, et il n'eût pas demandé mieux que de calmer la jeune fille, en lui affirmant qu'il ajoutait foi à son récit. Malheureusement, il n'avait rien trouvé aux abords du camp qui pût corroborer ses dires. Bien sûr, les aiguilles de pin qui tapissaient le sol auraient fort bien pu étouffer d'éventuels bruits de pas. Mais comment expliquer qu'il n'eût même pas trouvé une seule brindille cassée ?

Non, décidément, il ne pouvait encourager chez elle cette propension à le mettre en garde contre des dangers sortis tout droit de son imagination. C'eût été là une attitude aussi stupide qu'inutile. Mais il n'en restait pas moins qu'il eût donné beaucoup pour apaiser l'irascible jeune fille. Et Dieu savait pourtant que ce désir ne rimait à rien ! Que savait-il en effet des pensées d'Aislynn et de ses sentiments pour lui ?

La seule chose dont il fût certain, c'était que tout ce qui avait pu se passer entre eux ne devait plus jamais se reproduire. Aislynn était une jeune femme passionnée, certes, mais elle n'avait fait en somme que répondre à ses caresses et c'était lui chaque fois qui avait pris l'initiative d'abolir entre eux les distances. Que le seul souvenir de ces intermèdes lui embrasât littéralement le corps ne devait pas entrer en considération. C'était là une réaction qu'il se devait de contrôler, et il était bien décidé à faire ce qu'il fallait pour y parvenir.

Tandis qu'Ulrick menait les chevaux au bord du ruisseau, afin de les abreuver avant le départ, Jarrod se surprit à essayer désespérément de capter le regard de la jeune rétive. Mais Aislynn, occupée à nourrir sa jument d'une poignée d'herbes odorantes, ne se prêta pas au manège, et Jarrod en fut réduit à l'observer sans qu'elle parût s'en apercevoir. Les yeux de la jeune fille étaient entourés de cernes mauves, témoignage sans doute d'une nuit sans sommeil. Mais loin de l'enlaidir, ces marques de fatigue ne faisaient qu'ajouter une note de vulnérabilité touchante à sa beauté délicate et quasi diaphane. Oh, Dieu, pourquoi leurs rapports étaient-ils donc si compliqués ? Il aurait tant aimé la prendre en toute simplicité dans ses bras...

A cet instant, Aislynn releva les paupières et lui jeta un regard si froid qu'il se figea littéralement sur place.

Furieux de se laisser ainsi déconcerter par ce minuscule bout de femme, il commença d'une voix rude :

— Aislynn, je...

La jeune fille haussa les sourcils si dédaigneusement à ces prémices, qu'il s'arrêta net et reprit sur un ton infiniment plus courtois :

— Lady Aislynn, je voulais vous dire que je suis désolé de vous avoir blessée en mettant votre témoignage en doute. Je n'avais pas la moindre intention de vous être désagréable, et je serais navré que vous puissiez vous méprendre sur mes réactions.

L'interpellée ne parut pas amadouée le moins du monde par ces excuses.

— Ne vous mettez pas en peine, messire, répliqua-t-elle avec hauteur. Votre attitude ne m'a pas peinée le moins du monde, pour la simple raison que nous ne représentons absolument rien l'un pour l'autre. Aussi vous prierai-je de ne pas vous soucier de moi.

Elle tourna les talons sur ces mots et s'éloigna, laissant Jarrod décontenancé. Les paroles qu'elle venait de prononcer lui rappelaient de trop douloureux souvenirs pour qu'il pût rester indifférent à la rebuffade. Le jour où il avait mis son cœur à nu devant Fatima, et où elle l'avait impitoyablement repoussé, demeurait encore trop vivant dans sa mémoire pour qu'il pût réagir avec indifférence à ce genre de propos.

Combien de temps, pourtant, s'était déjà écoulé depuis cette scène regrettable ? Il avait alors à peine vingt ans, et s'il avait déjà la carrure d'un homme fait, il n'en avait pas moins gardé toutes les incertitudes et les timidités de l'adolescence. Il était allé vers cette femme avec une naïve confiance, et le mépris dont elle l'avait souffleté hantait encore ses souvenirs.

— Pour qui vous prenez-vous, jeune Anglais, de venir ainsi réclamer mon amour ? Je reconnais bien là l'outrecuidance de vos semblables ! Vous n'êtes rien pour moi, sachez-le une fois pour toutes. Voulez-vous un bon conseil ? Evitez de venir m'importuner à l'avenir.

Même après neuf ans, ces paroles cruelles résonnaient encore à son oreille. Sa douleur n'avait pas été apaisée par le passage du temps.

Bouleversé par cette réminiscence, il tâcha de contrôler sa respiration, afin de calmer les émotions désordonnées qui s'agitaient en lui. Tout plutôt que de laisser Aislynn Greatham remettre en cause son équilibre péniblement reconquis ! Qu'avait-il à faire, en vérité, des réflexions mortifiantes d'une simple jouvencelle ?

Malgré ses résolutions, il ne put s'empêcher cependant d'observer du coin de l'œil la jeune fille, tandis qu'Ulrick l'aidait à se mettre en selle. Occupée à remercier le vieux chevalier, la cavalière ne lui accorda pas le moindre regard, et il se sentit mortifié par cette indifférence.

Pour la première fois, il comprit ce qu'Aislynn avait dû éprouver, lorsqu'il avait joué lui-même à l'ignorer, pendant les deux premiers jours de leur périple. Mais bien entendu, sa froideur à lui s'expliquait tout autrement. Il n'avait agi que par nécessité, trop conscient de l'attrait invincible qu'exerçait sur lui cette sirène blonde. Jamais il n'eût observé cette attitude pour exprimer sa mauvaise humeur, comme Aislynn en cet instant !

Parvenu à ce point de ses pensées, il se reprit de nouveau et haussa les épaules. Qu'importait ce que cette jeune péronnelle pouvait penser de lui ? Qu'elle le tînt désormais à distance était en somme la meilleure attitude qu'elle pût choisir. Il aurait même dû la remercier de lui faciliter ainsi la tâche !

Mais il eut beau feindre la plus totale indifférence, ce fut le cœur plein d'amertume qu'il enfourcha à son tour son étalon. En vérité, jamais le ciel ne lui avait paru plus gris qu'en ce début de journée, ni les nuages aussi chargés de menace !

9.

Pendant toute la matinée, Aislynn sentit le regard de Jarrod fixé sur elle, mais elle ne fit pas mine de s'en apercevoir. Ce goujat ne méritait pas qu'elle lui accordât la moindre attention, songeait-elle avec un reste de dépit.

En même temps, elle n'avait pu s'empêcher de remarquer à quel point le bref échange qu'ils avaient eu avant de se mettre en route avait perturbé Maxwell. En fait, il avait paru atterré par la rebuffade qu'elle lui avait infligée. Pourtant, ne s'était-elle pas contentée de répéter ce qu'il avait lui-même affirmé à Sadona ? En toute logique, il aurait dû adhérer à une remarque qui allait dans le sens de sa propre conviction !

Tiraillée entre des pensées contradictoires, la jeune fille se réjouit presque lorsque leur progression se fit plus difficile, et que les difficultés du voyage requirent toute son attention. Plus ils avançaient en effet, plus la route se faisait étroite et le sol accidenté. A leur droite, les trois voyageurs percevaient le grondement continu de la mer, dont les vagues s'écrasaient sur la côte parsemée de rochers.

Il était déjà tard lorsque Jarrod, qui trottait en tête, tira brusquement sur ses rênes et se souleva sur les étriers pour examiner la portion de chemin qui s'étendait devant lui. Puis il fit faire demi-tour à sa monture et revint vers ses compagnons.

Aislynn fronça les sourcils en le voyant mettre pied à terre.

— Que se passe-t-il donc ?

Jarrod, soucieux, lui désigna le tournant amorcé par la sente quelques dizaines de mètres plus loin.

— Venez voir, intima-t-il. Il y a là quelque chose qui me semble assez curieux.

Oubliant ses griefs, la jeune fille accepta la main qu'il lui tendait et se laissa glisser sur le sol. Aussi rapide qu'il fût, ce contact lui arracha un frémissement qu'elle réprima aussitôt, honteuse de ses propres réactions. Puis elle suivit Jarrod jusqu'à l'endroit exact où il était revenu sur ses pas quelques instants plus tôt.

— Seigneur ! s'écria-t-elle à la vue du spectacle qui s'offrait à ses yeux.

Au-delà du tournant, la route en effet se resserrait au point de n'être plus qu'un étroit sentier, qui serpentait dangereusement à l'extrême bord des hautes falaises surplombant la mer. Même à quelque distance, il était facile de voir que les vagues avaient mouillé le sol et que le moindre faux pas, sur ces roches glissantes, pouvait précipiter les voyageurs dans l'abîme.

— Dieux du ciel ! balbutia Aislynn. Je ne m'étonne plus que nous n'ayons croisé personne sur la route. Nul n'oserait se risquer sur une pareille piste !

— C'est exactement ma pensée, répliqua Jarrod, la mine de plus en plus sombre.

Sa compagne leva vers lui un regard interrogateur.

— Etes-vous certain d'avoir correctement suivi les instructions du potier ?

Jarrod se contenta de hocher la tête, tandis que sir Ulrick, qui les avait rejoints, commentait avec inquiétude :

— Il est hors de question que vous empruntiez ce chemin, milady. C'est bien trop dangereux.

Jarrod approuva d'un hochement de tête. De toute évidence, le vieux chevalier n'avait fait qu'exprimer à voix haute ce qu'il pensait lui-même.

Aislynn se tourna vers Jarrod et prit une profonde inspiration.

— Nous devons absolument vérifier si mon frère se trouve ou non dans ce village, argua-t-elle.

— La seule solution, c'est que je continue tout seul et revienne ensuite vous transmettre les informations que j'aurai pu glaner.

Mais Aislynn secoua la tête d'un geste déterminé.

— Je ne suis pas d'accord, déclara-t-elle. Mon père a rêvé que je devais secourir Christian, et je ne me montrerai pas indigne de la confiance qu'il a placée en moi. Il est pour moi hors de question de me dérober à mon devoir.

Jarrod contracta spasmodiquement les mâchoires, visiblement contrarié.

— Pourquoi faut-il que vous soyez si obstinée ? s'emporta-t-il enfin en lui jetant un regard sombre.

Obstinée, non, mais déterminée, corrigea Aislynn en elle-même. Décidée à ne pas gaspiller son temps en vaines discussions, elle fixa Jarrod droit dans les yeux et déclara nettement :

— J'irai à la recherche de mon frère, avec ou sans votre approbation.

Sir Ulrick crut bon alors de s'interposer.

— Lorsqu'il vous a confié cette mission, sir Thomas n'a jamais envisagé qu'elle pourrait mettre votre vie en péril, milady. Il n'aurait pas voulu cela, j'en suis certain !

— Mais il ne voudrait pas non plus que sa vision demeure sans effet. Il s'est senti trop coupable après l'accident de ma mère pour revivre un tel épisode. Dans cette perspective, je n'ai vraiment pas le choix. Il me faut obéir à tout prix à ses instructions. Ne comprenez-vous pas ?

Sir Ulrick fronça les sourcils, mais n'objecta rien. Quant à Jarrod, il émit un soupir d'exaspération, puis se tourna vers l'autre chevalier, en ignorant délibérément la jeune fille.

— Puisqu'il en est ainsi, je vais l'accompagner, déclara-t-il.

Ulrick acquiesça, bien que ce fût visiblement sans le moindre enthousiasme.

— Quant à vous, le mieux serait que vous restiez là avec les chevaux. Le sentier est si étroit et dangereux qu'il serait suicidaire de s'y engager autrement qu'à pied.

Devant la justesse de l'observation, le vieux chevalier ne put qu'acquiescer.

— Très bien. Je vais monter la tente tout près d'ici, sur cet emplacement herbu, et attendre votre retour.

Aislynn aurait dû se réjouir de sa facile victoire, mais il n'en était rien. En fait, elle se sentait offusquée par la façon cavalière dont Jarrod et son compagnon l'avaient exclue de leur échange. Mais après tout, que lui importait leur évident dédain ? En insistant pour se rendre à Ashcroft, elle n'accomplissait que son devoir. N'était-ce pas son père qui lui avait assigné cette tâche ?

En moins de temps qu'il n'en fallait pour le dire, Jarrod eut rassemblé les chevaux, dont il confia les rênes à Ulrick. Leur décision prise, les deux hommes ne souhaitaient manifestement pas lambiner, et leur impatience n'était que trop compréhensible. Dans deux heures en effet, la nuit commencerait à tomber, et le sentier de la falaise n'en deviendrait que plus dangereux dans l'obscurité.

Désireuse de ne pas retarder le départ, Aislynn rassembla en hâte ses affaires et attendit que son coéquipier voulût bien donner le signal du départ. Que ce zèle plût ou non à Maxwell, il n'en laissa rien paraître et ne lui adressa pas un mot de plus. Le regard assombri, il se contenta de suivre un instant des yeux leur compagnon, qui s'éloignait avec les chevaux et la mule en direction d'un petit tertre recouvert de bruyère.

— Allons ! ordonna-t-il brièvement.

Puis il pivota sur les talons sans mot dire, et s'engagea avec aisance sur la piste parsemée d'obstacles. Moins habituée que lui à ce genre d'exercice, Aislynn le suivit avec plus de prudence, la gorge sèche et les jambes légèrement tremblantes. Plût au ciel que Christian fût vraiment à Ashcroft et que ce dangereux périple ne se révélât pas inutile ! pria-t-elle ardemment.

Après quelques dizaines de mètres, le sentier se révéla encore plus dangereux qu'il ne le paraissait vu d'en bas. Les pieds d'Aislynn avaient à chaque instant tendance à glisser sur les rochers gluants, et par endroits, le passage devenait si exigu que la jeune fille était obligée de prendre garde à chacun de ses pas.

De temps à autre, Jarrod tournait la tête et s'assurait d'un regard par-dessus l'épaule qu'elle était toujours derrière lui. Bien qu'elle sût parfaitement qu'il ne veillait sur elle que pour honorer la promesse qu'il avait faite à sir Thomas, elle se sentait tout de même touchée par sa sollicitude. Bienheureuse celle qui deviendrait l'épouse de Jarrod Maxwell ! se surprit-elle à penser. Il était homme à protéger sa moitié contre vents et marées, et il devait être fort doux de se sentir aussi choyée.

Mais de telles pensées n'étaient guère salutaires, et elle s'efforçait de les chasser de son esprit, lorsque Jarrod s'arrêta net et lui tendit la main pour l'aider à franchir une crevasse. Aussitôt sur la défensive, Aislynn releva le menton avec arrogance.

— Je vous remercie, mais je peux fort bien y arriver seule, déclara-t-elle sèchement.

— Comme vous voudrez, milady !

Jarrod se détourna, manifestement blessé, et Aislynn se reprocha de l'avoir une fois de plus rebuté. Mais comment aurait-elle pu agir autrement, alors que le moindre contact physique avec lui éveillait dans son corps les réactions les plus déconcertantes ?

Elle eut tout lieu cependant de regretter son attitude, car le sentier devenait de plus en plus impraticable, au fur et à mesure qu'il s'élevait sur la pente escarpée de la falaise. Plus d'une fois, Aislynn trébucha et rétablit son équilibre juste à temps pour ne pas basculer dans l'abîme. Si elle n'avait pas été guidée par l'espoir de retrouver son frère au bout du chemin, elle aurait renoncé sur-le-champ à cette éprouvante ascension.

Au moment où ils allaient atteindre le sommet, Jarrod se retourna vers elle et lui tendit la main.

— Vous ne vous en sortirez pas seule, expliqua-t-il. Ces derniers mètres sont les plus périlleux de tous.

Vaincue par la nécessité, la jeune fille accepta le secours qu'il lui offrait, mais évita soigneusement son regard pendant toute la durée de l'opération. Sensible à cette froideur, Jarrod s'éloigna d'elle dès qu'elle fut en sécurité, et la laissa se reposer un instant sur l'herbe sans émettre la moindre remarque.

Ce fut Aislynn qui lui adressa la parole, aussitôt qu'elle eut retrouvé son souffle :

— Nous pouvons continuer maintenant. Je me sens beaucoup mieux.

Au lieu d'obtempérer, Jarrod hésita un instant, puis se résolut à mettre les choses au clair.

— Je sais que vous m'en voulez, commença-t-il, mais je vous propose tout de même d'observer une trêve. J'ai besoin d'avoir l'esprit libre pour me concentrer sur mon enquête. Notre principal objectif est bien de retrouver Christian, n'est-ce pas ? C'est pourquoi j'aimerais pouvoir compter sur votre collaboration !

La franchise du propos surprit la jeune fille, mais elle ne put qu'acquiescer à la requête, dont le bien-fondé lui parut évident.

Courtoise, elle esquissa une révérence pour sceller l'accord.

— Il en sera comme vous voudrez, milord.

Jarrod inclina la tête, satisfait, et les deux jeunes gens reprirent leur route de conserve en direction du village.

Ashcroft, comme ils ne tardèrent pas à le découvrir, n'était en fait qu'une minuscule agglomération, où une douzaine de cottages assez bien entretenus voisinaient avec quelques ateliers et une ou deux boutiques. Un puits occupait le centre du village et la seule créature vivante qu'ils aperçurent en approchant de la place fut une vieille femme au dos courbé, occupée à remonter un seau d'eau au bout d'une corde. Dès qu'elle les eut remarqués, la villageoise, manifestement peu habituée à côtoyer des étrangers, leva sur eux un regard suspicieux.

— Laissez-moi faire, murmura Jarrod à l'oreille de la jeune fille. Ces gens vivent si coupés du reste du monde qu'ils doivent être fort méfiants à l'égard des rares voyageurs qui se risquent dans les parages.

Reconnaissant la justesse de la remarque, Aislynn opina d'un hochement de tête, et Jarrod s'avança d'un air dégagé vers la vieille femme.

— Bien le bonjour, ma bonne dame, commença-t-il avec un sourire affable.

L'interpellée examina d'un regard scrutateur la tenue des deux jeunes gens, et l'expression de son visage se teinta d'un involontaire respect, lorsqu'elle eut noté la qualité des étoffes et l'élégance de la façon.

— Milord, milady..., marmonna-t-elle en esquissant une révérence.

Calquant son attitude sur celle de son compagnon, Aislynn sourit et lui rendit son salut, tandis que Jarrod reprenait :

— Verriez-vous un inconvénient à ce que la demoiselle et moi usions de votre puits ?

La paysanne haussa les épaules.

— Il est là pour l'usage commun, et vous pouvez bien faire comme bon vous semble !

Bien que la réponse ne fût pas excessivement amène, il était visible que la vieille femme avait apprécié la courtoisie de la requête. D'un geste prévenant, elle détacha le seau plein suspendu à un crochet de fer et le déposa à ses pieds. Puis elle montra du doigt un petit pichet de terre cuite déposé près de la margelle. Jarrod s'en empara aussitôt, et après l'avoir rempli d'eau fraîche, le tendit à Aislynn.

Surprise de cette délicatesse, la jeune fille le remercia du regard et but à longs traits, heureuse de pouvoir se désaltérer après l'éreintante ascension. Puis elle rendit à Jarrod le récipient encore à demi plein, qu'il acheva avec une évidente volupté.

— Assoiffés, on dirait ? fit la vieille femme en haussant les sourcils.

Jarrod acquiesça, tout en s'essuyant les lèvres du revers de la main.

— C'est une rude montée pour parvenir jusque chez vous, observa-t-il.

La villageoise le dévisagea un instant, manifestement intriguée.

— On ne vient pas ici sans de sérieuses raisons, pour sûr, commenta-t-elle, non sans interroger son interlocuteur du regard.

— Nous sommes à la recherche de mon frère, se hâta de répliquer Aislynn, qui ne voulait pas laisser à Jarrod le soin de s'expliquer à sa place.

Visiblement déconcertée, la vieille femme haussa les sourcils.

— Etrange idée de le chercher à Ashcroft ! commenta-t-elle. Pourquoi le frère d'une noble demoiselle comme vous irait-il se perdre dans les parages ? On se demande bien ce qu'il y viendrait chercher !

Jarrod jeta à Aislynn un regard comminatoire avant d'assurer :

— C'est aussi ce que nous avons pensé. Mais certains indices nous ont persuadé qu'il était peut-être passé par ici, et nous avons préféré vérifier cette piste, aussi incertaine qu'elle soit.

— Je vois… Vous êtes donc si soucieux de retrouver cet homme ?

Jarrod examina la paysanne, et en conclut que mieux valait jouer franc-jeu avec elle.

— Oui, avoua-t-il sans détour, car nous sommes très inquiets pour lui. Il a quitté sa demeure sans explication et il y a déjà un certain temps que ses proches le cherchent. Or, nous savons qu'il a pris des renseignements sur Ashcroft avant son départ, ce qui nous laisse penser qu'il a pu diriger ses pas vers votre village. N'auriez-vous rien remarqué qui puisse éclairer notre lanterne ?

La femme observa les deux jeunes gens, incertaine. Elle ouvrait enfin la bouche pour répondre, lorsqu'une voix d'homme résonna derrière elle, inquisitrice et plutôt rude :

— Que diable se passe-t-il, mère ?

Aislynn se retourna et vit s'avancer au beau milieu de la rue un jeune homme bien découplé, aux cheveux bruns et à l'air décidé. Parvenu à deux pas du petit groupe, le nouveau venu s'arrêta et examina tour à tour les deux voyageurs d'un regard méfiant.

Vaguement penaude, la vieille femme leva les yeux vers son fils.

— Ces personnes cherchent quelqu'un, Sean, expliqua-t-elle en triturant le coin de son tablier.

— Mon frère a disparu depuis plusieurs semaines, précisa Aislynn, et nous sommes partis à sa recherche. Nous avons des raisons de penser qu'il est peut-être venu à Ashcroft. Son nom est Christian Greatham de Bransbury.

Le jeune homme secoua la tête avant de se retourner vers sa mère.

— J'espère que vous leur avez dit que nous n'avons jamais vu le moindre noble dans les environs, fit-il d'un air réprobateur.

La villageoise baissa les yeux, gênée.

— C'est bien ce que je m'apprêtais à faire, Sean, affirma-t-elle.

Jarrod et Aislynn échangèrent un regard de doute, et le premier se permit d'insister :

— En êtes-vous bien sûrs ?

Sean acquiesça sans le moindre embarras.

— Absolument, messire. Ashcroft est un tout petit village et s'il se trouvait ici un étranger, tout le monde serait au courant. Nul ne se risque jamais par ici, à part quelques colporteurs pendant la belle saison.

A cette réplique péremptoire qui semblait devoir lui ôter tout espoir, Aislynn eut du mal à cacher sa déception. Ce fut seulement alors qu'elle mesura à quel point elle avait misé sur la piste d'Ashcroft, persuadée qu'elle retrouverait son frère dans ce lointain village écossais. Où aller, maintenant, puisque cet espoir venait de s'évanouir comme une ombre ?

— Allons, mère ! reprit Sean à l'adresse de la vieille femme. La nuit est en train de descendre et il est temps pour nous de rentrer. Je vais vous aider à porter l'eau au cottage.

Il s'empara du seau, mais Jarrod fit un pas vers lui et l'arrêta d'un geste.

— Sauriez-vous par hasard où nous pourrions trouver à nous loger pour la nuit ? interrogea-t-il. Je suis prêt à payer un prix convenable en échange de l'hébergement.

Aislynn faillit protester, surprise de cette requête. Pourquoi resteraient-ils à Ashcroft, si Christian n'avait aucune chance de s'y trouver ? Mais les paroles de Jarrod eurent tôt fait d'éclairer sa lanterne.

— Il se fait tard, expliqua le chevalier, et je ne puis décemment demander à cette demoiselle de se risquer sur les falaises dans l'obscurité. Ce serait beaucoup trop dangereux pour elle.

Sean dévisagea le voyageur, sans prendre la peine de déguiser sa méfiance.

— En fait de logement, vous ne trouverez rien ici que de très modeste, grommela-t-il.

Jarrod haussa les épaules, bien décidé à ignorer l'évidente mauvaise volonté de son interlocuteur.

— Cela n'a aucune importance. Nous nous contenterons de fort peu.

Sean secoua la tête, obstiné.

— Je ne vois absolument rien dans les parages, affirma-t-il sans la moindre aménité.

Mais sa mère intervint, les sourcils froncés.

— Voyons, Sean, nous ne pouvons tout de même pas nous montrer inhumains. Avec un effort, nous trouverons bien un lieu sec à offrir à ces jeunes gens.

Elle esquissa une révérence à l'adresse d'Aislynn avant de poursuivre :

— Evidemment, ce ne sera pas très confortable. Mais si cela vous convient, milady, vous pouvez dormir dans le grenier à foin, au-dessus de notre étable.

Aislynn s'inclina en retour.

— Soyez remerciée de votre gentillesse, madame. Je suis si épuisée que même le sol me semblerait une couche moelleuse. Dans ces conditions, un lit de paille sera vraiment le paradis !

Sean grimaça légèrement, mais s'abstint de tout commentaire.

— Je m'appelle Hagar, poursuivit la vieille femme, et Sean est mon unique enfant. Si vous voulez bien me suivre à la maison, je vais vous servir un bon dîner bien chaud avant que vous n'alliez vous coucher.

Trop heureux de l'aubaine, Aislynn et Jarrod emboîtèrent le pas à la paysanne et à son fils, qui les conduisirent vers un petit cottage situé à l'extrémité de la rue.

Le repas que leur offrit Hagar, essentiellement composé de mouton et de navets, était fort simple, mais assez substantiel pour leur remplir l'estomac. Affamée par son périple, Aislynn dévora littéralement le contenu de son écuelle, et il lui sembla qu'elle n'avait jamais rien goûté d'aussi savoureux. Même les tranches de pain noir que leur hôtesse déposa à même la table lui parurent un pur délice. Le cottage, bien qu'exigu, était méticuleusement propre et entre deux bouchées, elle prit plaisir à examiner le modeste ameublement, dont Hagar prenait visiblement le plus grand soin.

Assis en face d'elle, Jarrod mangeait également de fort bon appétit, ce qui ne l'empêchait pas de surveiller Sean, qui avait tiré un tabouret près du feu et se restaurait de son côté en silence. Le jeune homme avait beau feindre la plus totale indifférence à l'égard des invités de sa mère, il ne les épiait pas moins du coin de l'œil, attitude qui laissait fort à penser au chevalier. Ou il se trompait fort, ou le nommé Sean avait une idée derrière la tête…

Le repas à peine terminé, Jarrod repoussa son écuelle et se leva sans attendre.

— Nous vous remercions beaucoup, ma bonne dame. Et maintenant, si vous voulez bien nous montrer le fenil, nous pourrons vous laisser finir la soirée en paix, votre fils et vous.

Probablement consciente de la mauvaise humeur de Sean, Hagar n'émit pas la moindre protestation et s'empara d'un chandelier. Puis elle conduisit les jeunes gens dans un autre bâtiment, auquel on accédait par une entrée séparée, bien qu'il fût mitoyen avec le cottage.

Une agréable odeur de foin imprégnait les lieux, et un léger bêlement, qui s'éleva au moment où tous trois pénétraient dans la pièce obscure, renseigna Aislynn sur la nature des occupants du lieu.

Sa chandelle à la main, Hagar fit gravir à ses compagnons une étroite échelle qui donnait accès au fenil, petit réduit à toit fort bas où l'on avait entassé des bottes de paille. La vieille femme voulut arranger une couche pour ses invités, mais Jarrod l'arrêta d'un geste.

— Ne vous donnez pas cette peine, ma bonne dame. Vous en avez déjà assez fait pour nous.

Hagar regarda tour à tout Aislynn et son compagnon, et une pensée soudaine dut lui venir à l'esprit, car son regard pétilla soudain de malice.

— Je vais au moins vous laisser un peu de lumière, déclara-t-elle.

Elle sortit de sa poche une chandelle neuve et l'alluma à son falot avant de la tendre à Jarrod.

— Il ne me reste plus qu'à vous souhaiter une bonne nuit, fit-elle d'un ton jovial.

Sans attendre la réponse, elle descendit l'échelle avec plus de dextérité qu'on aurait pu en attendre chez une femme de son âge, et quelques instants plus tard, les deux jeunes gens entendirent la porte de l'étable se refermer derrière elle.

Restée seule avec Jarrod, Aislynn se détourna, le rouge aux joues. Qu'est-ce que la vieille Hagar était allée s'imaginer ? songea-t-elle. Plus gênée qu'elle ne l'avait jamais été, elle s'arrangea en hâte un semblant de lit dans un coin du fenil.

— Je suppose que nous repartons à l'aube, fit-elle pour masquer son embarras.

Mais la réponse de son compagnon eut tout lieu de la surprendre.

— Hum… Rien n'est moins sûr, déclara-t-il d'un ton énigmatique.

Aislynn, stupéfaite, le dévisagea à la lueur tremblante de la chandelle.

— Mais voyons, pourquoi rester ici, puisque Christian n'y est visiblement jamais venu ? Sean a été formel sur ce point, vous en conviendrez.

Tout en prononçant ces mots, elle sentit un poignant regret lui serrer le cœur. Mais à quoi bon refuser de voir la réalité en face ? La piste d'Ashcroft n'avait jamais été qu'un leurre !

— Voilà ce qui reste à prouver, répliqua Jarrod, toujours aussi mystérieux.

Aislynn, qui ne savait plus que croire, se redressa sur sa couche.

— Que voulez-vous dire ?

— Seulement que ce Sean nous cache quelque chose !

— Quel intérêt aurait-il à mentir ?

Jarrod passa une main dans sa chevelure sombre et réprima un soupir.

— Voilà ce que je suis incapable de vous dire ! Je sens seulement qu'il y a anguille sous roche, et tiens à vérifier si cela concerne Christian ou pas.

Bouleversée par cette éventualité, Aislynn se frotta machinalement les tempes.

— En ce cas, j'ai commis un impair. Peut-être n'aurais-je pas dû avouer si vite à Hagar la raison de notre présence à Ashcroft...

— Ne vous inquiétez pas pour cela. A vous dire la vérité, j'ai l'impression que la vieille dame s'apprêtait à nous fournir une information importante, et que Sean l'a interrompue précisément pour cette raison ! En fait, Hagar a probablement senti votre détresse, et c'est ce qui l'a émue au point de l'inciter à vous parler.

Pendant quelques secondes, Aislynn se laissa envahir par un espoir insensé, qui accéléra les battements de son cœur et fit renaître le rose à ses joues. Puis le bon sens reprit le dessus et elle soupira :

— Malheureusement, nous ne sommes pas sûrs d'avoir raison. Qu'allons-nous faire si Sean en définitive n'est qu'un jeune homme naturellement mal embouché, qui n'a rien de particulier à dissimuler ?

— Dans ce cas, nous n'aurons guère perdu que quelques heures, car je compte bien aller au fond de l'histoire aussi rapidement que possible.

Aislynn le considéra un instant, plus émue qu'elle ne l'aurait voulu. Que d'énergie il avait déjà dépensée pour retrouver son frère ! Jarrod avait beau ne pas vouloir d'elle, il était tout de même un homme de bien, plus fidèle et fiable qu'aucune autre personne de sa connaissance, admit-elle en toute équité.

— Merci, Jarrod. Je... Je voudrais vous dire à quel point votre attitude me touche. J'aurai toujours une profonde gratitude pour vous et me sentirai éternellement redevable à votre égard.

Bien que Jarrod se tînt à plus de deux mètres d'elle, Aislynn le sentit se raidir à ces propos. Seigneur, avait-elle commis encore une bévue ?

— Gardez votre gratitude, milady, répliqua-t-il sèchement. Je croyais vous avoir déjà précisé que je n'agissais ainsi que par affection pour votre frère.

Aislynn sentit sa gorge se serrer à cette abrupte réponse. Se pouvait-il que cet étranger distant et glacial fût le même homme qui lui avait dispensé deux jours plus tôt tant de caresses et de baisers passionnés ? La différence était si sensible qu'elle en arrivait presque à croire qu'elle avait imaginé la scène de l'auberge. Un simple rêve, que le souffle de la réalité avait fait éclater comme une bulle...

Trop fière pour laisser transparaître sa déception, elle soutint le regard sombre de Jarrod et hocha la tête.

— Très bien, milord. Je me le tiendrai pour dit, n'ayez crainte.

Quelle autre réponse aurait-elle pu donner, de toute façon ? Jarrod ne lui laissait jamais le choix !

— Et maintenant, vous feriez bien de dormir, déclara le chevalier d'un ton froid. Nous avons eu une journée éprouvante, et tout laisse à penser que de nouvelles épreuves nous attendent demain.

Sans répondre, Aislynn étendit sa cape sur les bottes de paille afin de s'allonger sur le vêtement, dont elle ramena un pan sur elle. Puis elle prêta l'oreille, attentive aux mouvements de Jarrod, qui préparait son lit de son côté.

Quelques secondes plus tard, le jeune homme souffla la chandelle sans mot dire, et Aislynn, protégée par l'obscurité, eu tout loisir de remettre un peu d'ordre dans ses pensées en déroute.

10.

Lorsque Aislynn s'éveilla le lendemain matin, Jarrod avait déjà disparu. Soulagée par cette constatation, elle s'apprêtait à se lever, lorsqu'elle s'aperçut que pendant son sommeil, le chevalier avait jeté sa cape sur elle en guise de couverture.

Un voluptueux frisson lui parcourut tout le corps à cette vue. Touchée par cette attention presque aussi troublante qu'un toucher, elle plia soigneusement le vêtement et le plaça sur la couche de Jarrod.

Comment s'étonner qu'elle n'eût même pas été consciente de son geste ? Troublée par l'intimité physique imposée par la promiscuité, elle avait eu le plus grand mal à s'endormir, et c'était seulement à l'approche de l'aube qu'elle avait plongé enfin dans un profond sommeil. Dieu merci, Jarrod ignorerait toujours quelles images lascives étaient venues la perturber dans son insomnie !

En tout cas, il ne pouvait ignorer qu'elle eût souhaité être à son côté pour s'enquérir de Christian. Pourquoi dans ce cas avait-il quitté le fenil sans l'éveiller ?

Impatiente d'avoir de ses nouvelles, elle descendit l'échelle en hâte et se retrouva dans l'étable, déjà désertée par ses occupants à quatre pattes. Peu désireuse d'affronter en cet instant le regard de son hôtesse, Aislynn remonta l'unique rue du village, dont les pavés portaient encore les traces d'une averse nocturne. Attentive à ne pas mouiller ses sandales de cuir dans les flaques, elle parvint près du puits où Jarrod et elle avaient rencontré Hagar la veille, et remarqua la présence d'une jeune femme qui se penchait sur la margelle pour remonter un seau d'eau. Une fillette de quatre ans environ se tenait à son côté, l'air profondément absorbée par l'opération.

Alertée par le bruit de pas, l'enfant leva la tête et se cramponna d'un air effrayé aux jupes de sa mère. Mais quoi de plus naturel ? Les tout-petits se comportaient toujours ainsi à la vue des étrangers. Aislynn, qui adorait les enfants, sourit à la petite d'un air engageant. Puis elle héla la villageoise :

— Je vous souhaite le bonjour, bonne dame !

La femme se tourna vers elle à ces mots, et Aislynn nota qu'elle se trouvait dans un état de grossesse avancé. Après avoir examiné l'ample cape de velours que portait son interlocutrice, la villageoise s'inclina respectueusement avant de murmurer :

— Bien le bonjour à vous, milady !

Puis elle se baissa pour soulever le seau débordant d'eau claire. Sans réfléchir, Aislynn se précipita pour prévenir son geste.

— Laissez-moi vous aider, pria-t-elle.

La paysanne la dévisagea, manifestement peu habituée à de telles attentions.

— Ne vous donnez pas cette peine..., commença-t-elle.

Sans écouter, Aislynn s'empara du seau et l'attacha au crochet fixé dans une barre de bois que la jeune maman allait sans doute suspendre à son épaule, car un autre récipient plein attendait déjà à l'autre bout du bâton. Puis elle aida la jeune femme à endosser son fardeau et lui dédia un sourire aimable.

— Tous mes remerciements, milady, fit la villageoise avec gratitude.

Elle se tourna vers la petite fille, qui jouait près de la margelle :

— Allons, Fi, ne vous approchez pas ainsi du bord ! Il est temps que nous rentrions.

Mais Aislynn, mue par une brusque impulsion, lui posa une main sur le bras.

— Si cela ne vous ennuie pas, j'aurais une question d'importance à vous poser…

La jeune maman la regarda droit dans les yeux et secoua la tête d'un air dubitatif.

— J'ai déjà entendu dire que vous étiez venue à Ashcroft pour y rechercher votre frère, répondit-elle.

Puis elle abaissa son regard vers la pointe des ses chaussures avant d'ajouter :

— Je vous suis très reconnaissante de votre aide, mais je ne peux rien faire pour vous, mademoiselle. Je ne sais absolument rien.

Aislynn, secrètement dépitée, n'en haussa pas moins les épaules.

— Je ne vous ai pas rendu service dans l'espoir d'une contrepartie, affirma-t-elle. Evidemment, je me serais réjouie si vous aviez pu me fournir une quelconque information. Soyez remerciée du moins pour votre franchise.

La femme eut un sourire hésitant et esquissa une nouvelle révérence.

— Je dois retourner à mon travail, allégua-t-elle d'un ton timide. Il est déjà…

Elle fut interrompue par un cri perçant, qui retentit tout à coup derrière elle. Surprises, les deux femmes se retournèrent, juste à temps pour voir une petite silhouette penchée sur la margelle basculer brusquement et disparaître à l'intérieur du puits !

La mère poussa un hurlement qui répondit comme un écho à l'exclamation de sa fille, tandis qu'Aislynn se précipitait vers la citerne pour en scruter les profondeurs obscures. Malgré son regard perçant, elle ne put rien distinguer dans le noir, mais un bruit d'éclaboussement, accompagné de faibles sanglots, lui parvint distinctement aux oreilles.

Instinctivement, Aislynn saisit le filin qui servait à descendre les seaux et le jeta dans le puits.

— Accroche-toi à la corde ! intima-t-elle en se penchant sur la margelle.

Les cris de terreur ne s'apaisèrent pas pour autant, et la jeune fille dut répéter l'injonction d'une voix plus forte. Mais la fillette, manifestement affolée, continua à hurler sans obtempérer le moins du monde.

En désespoir de cause, Aislynn se tourna vers la jeune mère.

— Elle ne m'écoutera pas, déclara-t-elle d'une voix haletante. C'est à vous d'essayer de la convaincre. Parlez-lui, je vous en prie !

Comme paralysée d'effroi, la villageoise se contenta de fixer sur elle un regard béant d'horreur.

Consciente que chaque seconde pouvait décider de la vie de l'enfant, Aislynn s'empara du bras de la mère et la secoua vigoureusement, comme pour l'aider à reprendre ses esprits.

— Entendez-vous ? s'écria-t-elle. Dites-lui de saisir immédiatement la corde, ou elle va se noyer !

Cette fois, la jeune femme parut comprendre l'enjeu, car elle vola vers le puits et se pencha vers l'abîme pour crier d'une voix impérieuse :

— Ecoute-moi, Fiona ! Accroche-toi immédiatement à la corde, entends-tu ?

Les sanglots hystériques qui résonnaient en bas ne cessèrent pas pour autant, et la mère dut répéter son injonction.

— Fiona, ma chérie, fais ce que je te dis tout de suite, au nom du ciel !

Les pleurs de l'enfant s'apaisèrent enfin, ce qui ne l'empêcha pas de gémir d'une toute petite voix :

— Oh, maman, il fait si noir et si froid ! J'ai très peur, tu sais !

Aislynn sentit son cœur se serrer désespérément à ces mots. Mais que dire de la douleur de la pauvre mère, dont le regard exprimait toute la silencieuse agonie ? Décidément, il fallait agir sans perdre une seconde. A en juger par la raideur du filin, la petite avait enfin attrapé la corde, mais elle ne pouvait tenir très longtemps, ainsi suspendue dans le noir. A tout moment, la panique pouvait s'emparer d'elle de nouveau.

Apparemment, la maman de Fiona était parvenue en même temps qu'elle à cette conclusion, car elle arracha d'un geste brusque le cordon de son surcot de laine. Comprenant ce qu'elle s'apprêtait à faire, Aislynn l'arrêta d'un geste impérieux.

— Inutile d'essayer, lui dit-elle. La citerne est trop étroite pour que vous puissiez descendre et vous allez risquer inutilement votre vie.

— Mais voyons, je ne peux pas abandonner Fiona à son sort ! cria la jeune femme avec désespoir.

Sans hésiter, Aislynn défit la fibule qui retenait sa cape et jeta le vêtement à terre. Puis elle se débarrassa aussi de sa robe et prit une profonde inspiration.

— Je suis beaucoup plus mince que vous, déclara-t-elle, et j'ai davantage de chances de réussir. Lorsque je serai en bas, je lui attacherai la corde autour de la taille, et vous n'aurez plus qu'à la tirer.

Subjuguée par l'autorité qui émanait de sa voix, la femme n'émit plus la moindre objection, et aida Aislynn à enjamber la margelle.

— Dieu vous vienne en aide, milady ! s'écria-t-elle dans un sanglot.

Après avoir hoché la tête, Aislynn empoigna la corde et laissa glisser ses jambes dans ce qui lui parut être un gouffre insondable. Puis elle commença à descendre lentement, prenant appui des épaules et des pieds contre les parois de pierre. Ce contact humide et froid lui arracha un frisson et elle invoqua mentalement la protection des saints. Que le ciel lui donne le courage d'aller jusqu'au bout ! En attendant, son souci immédiat était de ne pas trop tirer sur la corde, afin que le bout du filin ne pût échapper à la fillette.

Les tempes bourdonnantes, elle continua ainsi, enveloppée de ténèbres, avec l'impression que cette descente dans la nuit durait depuis des siècles. Dieu, aurait-elle jamais la force de soutenir cette épreuve ? Mais elle finit enfin par toucher l'eau glacée et après avoir tâtonné un instant, sentit sous sa main la forme d'un petit corps.

— Fiona ? Je suis là ! s'écria-t-elle d'une voix aussi ferme et rassurante que possible.

Mais le résultat ne fut pas celui qu'elle escomptait. Effrayée par cette présence étrangère, l'enfant se mit à hurler plus fort que jamais, prise d'une véritable crise d'hystérie. En désespoir de cause, Aislynn tendit la main vers elle, mais sans pouvoir saisir autre chose que l'ourlet de sa robe trempée. Puis un étrange gargouillement lui parvint, et elle réalisa avec horreur que la tête de la fillette venait de s'enfoncer sous l'eau.

— Oh, Seigneur..., balbutia-t-elle.

Dans un geste désespéré, elle renouvela la tentative et réussit enfin à agripper Fiona de ses mains gourdes de froid. Bandant toutes ses forces, elle tira lentement la petite fille à elle, et avec un cri de triomphe, parvint à la sortir de l'eau pour la serrer conte sa poitrine.

Mais elle s'était bien leurrée si elle avait cru être au bout de ses peines... A peine dans ses bras, Fiona se débattit éperdument et agrippa le cou de sa compagne, qu'elle étrangla littéralement de ses menottes crispées de terreur.

— Reste tranquille, ma chérie, supplia Aislynn dans un chuchotement désespéré. Si tu continues ainsi, nous allons nous noyer toutes les deux !

A son grand soulagement, l'enfant cessa de se débattre, comme si elle avait réellement compris l'enjeu. Pantelante, Aislynn put enfin reprendre son souffle, tandis qu'une action de grâce s'élevait dans son cœur. Mais le plus difficile restait encore à faire.

— Que se passe-t-il donc ? s'écria d'en haut la voix de la mère, qui semblait elle-même au bord de la crise de nerfs.

— Ne vous inquiétez pas, je la tiens ! répliqua Aislynn, aussi rassurante que possible.

— Dieu soit loué ! s'écria la malheureuse jeune femme dans un sanglot.

Prenant appui du dos et des pieds pour garder les mains libres, Aislynn attacha la corde autour de la taille de la fillette. Puis elle leva la tête vers le haut du puits. Comme ce petit rond de lumière lui paraissait loin tout à coup !

Réprimant son angoisse, elle assujettit le nœud et en éprouva la solidité d'une secousse…

— Vous pouvez la tirer maintenant ! ordonna-t-elle à la maman.

Le filin se raidit, et l'enfant commença à s'élever lentement au-dessus de la surface de l'eau. Mais après quelques secondes d'ascension, le mouvement s'interrompit net et l'on entendit la femme crier :

— Un… un instant ! Il faut que je trouve une meilleure prise.

L'opération recommença enfin, mais pour s'arrêter de nouveau après quelques secondes. Aislynn sentit un frisson glacé la parcourir.

— Je n'y arrive pas, je n'ai pas la force ! gémit une voix désespérée.

A ces mots, la jeune fille eut l'impression que les parois humides se resserraient autour d'elle, et l'obscurité lui parut plus profonde et menaçante que jamais.

Décidée à lutter contre la panique qui menaçait de s'emparer d'elle, elle se raidit et répliqua d'une voix aussi ferme que possible :

— Inutile de vous épuiser, vous n'arriverez jamais à nous remonter ni l'une ni l'autre. Tout ce qu'il vous reste à faire, c'est à aller chercher de l'aide.

Un sanglot étranglé répondit à son injonction.

— Mais je ne peux pas, voyons ! gémit la paysanne. Comment pourrais-je vous laisser dans cette horrible situation ?

Aislynn prit une profonde inspiration.

— Vous n'avez pas le choix, assura-t-elle d'une voix tremblante. Courez vite, et tâchez de ramener quelqu'un qui puisse nous tirer de là !

Décidé à cacher sa déception, Jarrod examina d'un regard scrutateur le forgeron, dont le robuste torse était ceint d'un tablier de cuir.

— Je ne vous veux pas le moindre mal, assura-t-il, pas plus à vous qu'à aucun habitant de ce village. Tout ce que je souhaite, c'est retrouver l'homme dont je viens de vous parler. Il est le frère de la jeune dame qui m'accompagne, et elle se fait beaucoup de souci pour lui.

L'homme pinça les lèvres tout en continuant à travailler un morceau de métal incandescent, dans l'intense chaleur qui émanait de la forge. Lorsqu'il parla enfin, ce fut d'un ton trop indifférent pour être naturel, du moins selon Jarrod.

— J'espère que vos recherches aboutiront, milord. Mais comme je vous l'ai déjà dit, je ne suis absolument au courant de rien.

Jarrod se tut, obligé de ravaler le déni qui lui était monté aux lèvres. Comme les autres villageois, cet homme lui cachait quelque chose, il en était de plus en plus certain. Pourquoi tous ces gens s'étaient-ils donné le mot ?

Il s'apprêtait à insister malgré tout, lorsqu'une voix féminine résonna tout à coup sur la route qui longeait la façade.

— A l'aide, à l'aide ! Oh, mon Dieu, quelqu'un pourrait-il venir tout de suite à notre secours ?

A cet appel, le maréchal-ferrant laissa choir le bout de métal dans les flammes. D'un même élan, Jarrod et lui franchirent le seuil d'un bond avant de se ruer dans la direction d'où provenaient les cris. Quelques mètres plus loin, ils se heurtèrent presque à une jeune femme échevelée qui descendait la rue en courant, une main sur son ventre et la voix haletante de terreur.

— Oh, John, venez vite, balbutia-t-elle en agrippant le bras du forgeron. Ma petite Fiona et la demoiselle sont toutes deux au fond du puits !

A ces mots, le sang de Jarrod ne fit qu'un tour et quelques gouttes de sueur apparurent instantanément sur son front. Oh, Dieu, se pouvait-il…

Incapable d'aller jusqu'au bout de sa pensée, il aspira une goulée d'air.

— La demoiselle ? répéta-t-il d'une voix brève, tandis que son cœur s'emballait littéralement dans sa poitrine.

Pour la première fois, la villageoise parut s'apercevoir de son existence.

— Oui, oui, la jeune dame ! confirma-t-elle dans un bredouillement d'angoisse.

Bien qu'il eût laissé Aislynn endormie dans le fenil, Jarrod comprit intuitivement de qui il s'agissait et le monde lui parut chavirer autour de lui.

— Vous voulez parler de lady Aislynn ? parvint-il à articuler.

— Elle ne m'a pas dit son nom, milord. Tout ce que je sais, c'est qu'elle est la plus courageuse des femmes que j'aie jamais rencontrées. Elle est descendue sans hésiter dans le puits où est tombée ma petite fille. Seulement, je n'ai pas la force de les tirer…

Mais Jarrod en savait déjà suffisamment ! Sans perdre une seconde de plus, il se rua vers le puits où Aislynn et lui avaient rencontré Hagar la veille au soir. Parvenu près de la margelle, il se pencha pour crier :

— Aislynn ! M'entendez-vous ?

Après une angoissante seconde de silence, une voix légèrement tremblante et déformée par l'écho répondit à son appel.

— Est-ce vous, Jarrod ?

Comprenant qu'il était impératif de garder son calme, Jarrod surmonta son angoisse et s'obligea à réfléchir posément. Descendre dans le puits n'était même pas envisageable. Le passage était beaucoup trop étroit pour un homme de sa carrure.

— Attachez-vous avec la corde et je vais vous hisser, ordonna-t-il.

Tremblante et angoissée, la réponse monta aussitôt des ténèbres de la citerne :

— Mais il y a une petite fille avec moi, Jarrod ! Elle est tombée dans le puits en jouant. Il faut la sortir d'abord, et aussi vite que possible. Il fait trop noir pour que je me rende compte si elle a été blessée ou non.

Sans perdre un instant, Jarrod se mit à tirer sur le filin, tandis que la jeune mère et le forgeron se penchaient à son côté.

— Fiona, ma chérie ! cria la femme entre deux sanglots hystériques.

Gêné par ces hurlements incessants, Jarrod tourna la tête vers John :

— Essayez de la calmer, voulez-vous ? La petite aura probablement moins peur si elle n'entend pas sa mère pleurer.

D'une façon ou d'une autre, le forgeron s'acquitta de la mission, car les gémissements de la villageoise ne s'entendirent plus que de façon assourdie. Soulagé, Jarrod put se concentrer de nouveau sur sa besogne. Comprenant que l'enfant risquait de s'égratigner aux parois de pierre s'il se contentait de tirer directement sur la corde, il fit usage de la poulie, qui permettait de maintenir le filin au milieu du puits. Bien entendu, cette façon de procéder lui rendait les choses plus malaisées, et il dut ronger son frein pendant que l'enfant émergeait lentement de l'obscurité du puits.

Une petite foule s'était rassemblée autour de lui, fascinée par le spectacle de ce sauvetage. Mais il ne lui accorda pas la moindre attention, tant il était absorbé par sa tâche. En vérité, il était incapable de penser à autre chose qu'à Aislynn, ainsi prise au piège des ténèbres. Pourvu qu'il parvînt à la remonter avant qu'il ne fût trop tard !

Lorsque la petite fille apparut enfin, sanglotante et trempée, la mère échappa à l'étreinte de John et se précipita vers elle pour la prendre dans ses bras. Fiona était livide, nota Jarrod d'un regard, et elle tremblait violemment de froid et de frayeur. Pourvu qu'Aislynn, encore confrontée au cauchemar, réussît à tenir quelques minutes de plus ! pria-t-il en son cœur.

Tâchant de maîtriser le tremblement de ses mains, il sépara la fillette de sa mère, afin de défaire la corde qui lui enserrait la taille.

— Que Dieu bénisse la demoiselle, milord ! s'écria la jeune femme d'une voix mouillée de pleurs. Elle a tenu à descendre à ma place, car elle est bien plus mince que moi, et c'est elle qui a attaché Fiona, pour l'empêcher de couler. Je n'aurais pas pu le supporter, si...

Jarrod, qui en savait assez, leva une main pour lui imposer silence. Puis il se tourna vers le forgeron, qui avait soulevé dans ses bras la petite fille tremblant comme une feuille.

— Ramenez-les chez elles, voulez-vous ? Je vais m'occuper d'Aislynn maintenant.

— Très bien, milord.

Sans se retourner, Jarrod se pencha de nouveau vers le puits et laissa descendre le filin.

— Aislynn, pouvez-vous saisir le bout de la corde ? interrogea-t-il d'une voix forte, qui résonna entre les parois de pierre.

— Ou...i, répondit la jeune fille après quelques angoissantes secondes. Voilà, je suis en train de la nouer autour de ma taille.

— Dites-moi quand vous serez prête, pour que je commence à tirer.

Deux minutes de silence suivirent cette injonction, et Jarrod eut l'impression qu'une éternité s'était écoulée, lorsque Aislynn lui cria enfin :

— C'était long, je suis désolée, mais mes mains sont tellement glacées... Voilà, c'est fait maintenant !

Aussitôt, Jarrod se mit en devoir d'enrouler lentement la corde, bien que son impatience allât croissant. Dieux du ciel, combien de temps encore lui faudrait-il pour extirper Aislynn de cet enfer ? Au moment où il se croyait incapable de supporter ce supplice une seconde de plus, la tête de la jeune fille apparut enfin dans l'étroit passage, et après un nouveau tour de poulie, ce fut tout son corps qui émergea de l'obscurité du puits. D'un regard éperdu, il enveloppa le petit visage blafard et les boucles trempées de la malheureuse, dont tous les membres tremblaient comme si elle était secouée de fièvre.

— Je... je vous remercie, murmura-t-elle d'une voix à peine audible, tout en s'efforçant de lui sourire.

Bien qu'elle fît montre du plus grand courage, il était évident que l'épreuve qu'elle avait subie n'avait pas été sans la marquer profondément. Son regard bleu semblait moins limpide que de coutume, assombri par les terribles instants qu'elle venait de vivre.

Jarrod se tut, incapable d'articuler le moindre mot. Son besoin de la protéger était trop impérieux et poignant à la fois pour qu'il pût l'exprimer autrement que par gestes.

D'un mouvement spontané, il saisit la jeune fille à bras-le-corps et l'attira dans ses bras. Puis il la serra étroitement contre sa poitrine, effrayé de la sentir toute secouée de frissons.

— Tout va bien, Aislynn, chuchota-t-il d'une voix rassurante. Vous n'avez pas besoin de parler. Je vais m'occuper de tout à présent.

Pour toute réponse, Aislynn ferma les yeux, et pendant quelques secondes, malentendus et griefs fondirent comme neige au soleil, remplacés par un profond sentiment de confiance et de tendresse.

Au bout d'un instant, Jarrod l'écarta de lui à regret pour dénouer la corde qui lui ceignait la taille. Fut-ce le regard des assistants qui l'alerta ? Brusquement ramené au sens de la réalité, il s'avisa de la quasi-nudité de la jeune fille, dont la chemise mouillée épousait indiscrètement les formes voluptueuses. Son corps réagit aussitôt de manière purement virile à cette vue, et il lui fallut quelques secondes pour surmonter son émoi. Réalisant que les villageois réunis en cercle autour d'eux profitaient comme lui du spectacle, il offrit de nouveau à Aislynn l'abri de ses bras.

— Quelqu'un peut-il me passer le manteau de la demoiselle ? interrogea-t-il à la ronde.

Il vit Hagar sortir du groupe et s'avancer vers lui, la cape d'Aislynn à la main. La vieille femme avait dû accourir avec les autres villageois, poussée par la curiosité et l'effroi.

D'un geste protecteur, il enveloppa Aislynn dans le vêtement humide, sous le regard apitoyé de Hagar.

— Amenez-la dans ma chaumière, suggéra-t-elle. Vous y trouverez un bon feu qui la réchauffera.

Après avoir rassemblé les autres habits d'Aislynn, elle prit la direction du cottage et Jarrod lui emboîta le pas sans hésiter, portant la jeune fille dans ses bras.

Dieu merci, Jarrod n'avait pas réagi comme elle le craignait ! songea Aislynn, profondément touchée par les attentions de son compagnon. Après avoir mis ainsi sa propre vie en danger, elle s'était attendue à des reproches, ou pour le moins à d'acerbes remarques, mais le chevalier n'avait rien proféré de tel. Loin d'être en colère contre elle, il paraissait tout à fait…

Parvenue à ce point de ses réflexions, elle s'arrêta net, mécontente d'elle-même. N'était-ce pas interpréter hasardeusement les réactions de Jarrod ? La lueur qu'elle lisait dans ses yeux n'était que le reflet d'une sollicitude passagère, rien de plus. Pourquoi se serait-elle imaginé autre chose ? Jarrod Maxwell n'éprouvait pas la moindre tendresse pour elle, et elle ferait bien de ne pas se bercer d'illusions !

A cet instant, Jarrod la déposa sur un siège, près du feu qui flambait dans l'âtre. Mais elle se sentit moins réconfortée qu'elle n'aurait dû l'être par la proximité du foyer et l'ambiance douillette du cottage. Pourquoi Jarrod ne l'avait-il pas tout simplement gardée dans ses bras ? Etre serrée contre sa poitrine et écouter les battements de son cœur était certainement la meilleure des panacées !

A cet instant, son regard rencontra celui du chevalier et elle crut discerner dans les profondeurs sombres de ses yeux une expression qu'elle n'y avait jamais vue jusque-là. Un sentiment indiscernable, entre douceur et inquiétude, comme s'il se souciait réellement de son sort… Se pouvait-il qu'il éprouvât vraiment un semblant d'intérêt pour elle ?

Avant qu'elle n'ait eu le temps d'approfondir la question, Hagar vint lui ôter sa cape humide et lui enveloppa les épaules d'une épaisse fourrure.

— Merci, murmura Aislynn d'une voix épuisée. Vous êtes bien bonne…

Comme si le geste d'Hagar avait brisé le charme qui lui avait fait oublier le froid, elle se reprit à frissonner violemment, incapable de se réchauffer malgré le feu crépitant tout près d'elle.

Hagar hocha la tête, inquiète.

— Il vaudrait mieux que je lui ôte sa chemise trempée, observa-t-elle.

A la grande surprise d'Aislynn, Jarrod rougit légèrement sous son hâle.

— Pourquoi ne retourneriez-vous pas questionner les villageois ? suggéra la jeune fille en hâte. Certains auront peut-être un indice à vous fournir…

— Hum… Etes-vous sûre de ne plus avoir besoin de moi ?

— Mais oui ! Je suis entre de bonnes mains, comme vous voyez.

— Si vous le dites… Je vous laisse, en ce cas, fit Jarrod avec une gaucherie tout à fait inhabituelle de sa part.

Aislynn le regarda sortir, tenaillée par l'envie de le rappeler sur le champ. Dieu merci, Hagar la détourna de cette pensée en déclarant :

— Mon fils est allé pêcher l'anguille et ne rentrera pas avant un bout de temps. Personne ne viendra nous déranger, n'ayez crainte.

En moins de temps qu'il n'en fallait pour le dire, elle aida la rescapée à ôter sa chemise mouillée, pour revêtir une simple robe de lainage blanc. Puis elle lui apporta un bol de vin chaud qu'Aislynn sirota lentement, heureuse de sentir le vivifiant breuvage lui réchauffer peu à peu les membres. Tandis qu'elle buvait, Hagar s'assit en face d'elle et se contenta de l'observer en silence.

Après quelques instants, Aislynn sentit qu'une tension anormale planait dans la pièce et elle jeta à sa compagne un regard interrogateur.

— Quelque chose ne va pas ? s'enquit-elle en fronçant les sourcils.

Hagar détourna aussitôt les yeux et secoua la tête. Mais le geste parut à Aislynn trop prompt pour être sincère.

— Voyons, je vois bien que vous avez quelque chose sur le cœur ! insista-t-elle. Ai-je fait quelque chose de mal, dites-moi ?

— Oh, non, milady, répliqua Hagar avec empressement. N'allez surtout pas penser cela. Vous avez montré tant de courage et de générosité ! Non, ce qui me trouble, c'est que nous vous ayons si mal payée de retour...

Elle se mordit la lèvre et jeta un coup d'œil sur la petite commode de bois blanc qui occupait l'un des coins de la salle.

Incapable de comprendre le sens de cette mimique, Aislynn n'en sentit pas moins instinctivement que quelque chose d'important était en train de se jouer. Aussi demeura-t-elle coite, tandis que Hagar continuait à la dévisager en silence, visiblement partagée entre des sentiments contraires.

Puis elle parut se décider brusquement et prit une profonde inspiration avant de lancer :

— Il y a quelque chose que vous devez savoir, milady. Nous... nous ne vous avons pas dit la vérité !

Aislynn retint son souffle, pendant que la vieille femme poursuivait :

— Votre intuition ne vous avait pas trompée. Christian Greatham a séjourné parmi nous à Ashcroft.

Ainsi, c'était bien cela ! songea Aislynn, partagée entre la surprise et le soulagement. Mais qu'est-ce que son frère était donc venu faire en ce lieu désolé, et pourquoi les villageois s'étaient-ils tous ligués pour lui mentir ? C'était là autant de questions auxquelles elle était bien incapable de répondre. Tout d'abord, il lui fallait s'assurer que Hagar parlait bien de Christian, et non d'un autre voyageur qui se serait risqué dans les parages.

Mais avant qu'elle ait pu articuler un mot, Hagar se leva et marcha jusqu'à la commode, de laquelle elle retira un morceau de parchemin. A peine Aislynn eut-elle jeté un coup d'œil sur l'objet qu'elle ne conserva plus le moindre doute à ce sujet. C'était un dessin au fusain, dont le style lui était si familier qu'elle l'eût reconnu entre mille. Seul Christian avait pu tracer cette esquisse !

Frappée d'une pensée subite, elle demanda d'une voix altérée :

— Est-il… est-il vivant ?

— Oh, oui, milady, répliqua Hagar en toute hâte. Bien vivant, grâce à Dieu, et sans doute en bonne santé !

Aislynn poussa un long soupir, tandis qu'une vague de soulagement déferlait en elle. D'une main tremblante, elle saisit le dessin et l'examina un instant en silence. Il représentait une jeune femme au visage allongé, dont les yeux en forme d'amande, le nez droit et les lèvres délicatement dessinées s'alliaient harmonieusement pour composer un ensemble à la fois noble et gracieux. Dans un coin du parchemin, elle nota la présence du dragon qui ornait déjà le portrait de Jack le soldat.

Les yeux pleins de larmes, elle leva sur sa compagne un regard empli de gratitude.

— Merci, murmura-t-elle. Vous ne pouvez savoir à quel point je vous suis reconnaissante de m'avoir révélé cela. Mais pourquoi Christian n'est-il pas revenu à la maison ? A moins qu'il ne soit rentré pendant que j'étais en quête de lui sur les routes d'Ecosse…

Hagar eut une moue sceptique.

— Cela m'étonnerait, demoiselle.

Aislynn fronça les sourcils.

— Si vous savez cela depuis le début, pourquoi nous avoir menti à notre arrivée ? Je vous ai pourtant dit qu'il s'agissait de mon frère !

Hagar regarda le feu un instant, comme si elle rassemblait ses idées.

— Je ferais mieux de commencer par le commencement, déclara-t-elle enfin dans un soupir. Voyez-vous, lorsqu'il est arrivé à Ashcroft, votre frère était vraiment très malade. Pour tout vous dire, il était même à l'article de la mort, et nous désespérions de le sauver.

Aislynn poussa une exclamation étouffée, et Hagar s'empressa de préciser :

— Il va tout à fait bien maintenant, rassurez-vous. Mais lorsque nous l'avons découvert, il gisait sur la plage, au pied des falaises. Il n'avait avec lui ni bagages ni cheval, rien qui puisse nous permettre de déterminer son identité, à part ses beaux habits.

Elle dévisagea un instant Aislynn d'un air perplexe, comme si elle s'interrogeait sur la nécessité de lui en confier davantage.

— C'est l'apothicaire du village, une certaine Rowena, qui l'a soigné et ramené à la vie, reprit-elle enfin. Elle a accompli là un miracle que nous pensions tous impossible, bien qu'elle soit fort savante dans l'art de préparer les simples. Sean ne voulait pas qu'elle ramène cet étranger chez elle, mais elle a répondu qu'elle ferait comme bon lui semblait. Christian Greatham est resté plusieurs semaines dans sa chaumière au bord de la mer, et c'est là qu'elle lui a prodigué ses soins.

Décidément intriguée, Aislynn se pencha de nouveau vers le dessin.

— Votre fils est épris de cette femme, n'est-ce pas ? demanda-t-elle.

Hagar émit un long soupir.

— C'est la seule qu'il ait jamais aimée, hélas ! C'est pour cette raison qu'il a dérobé ce dessin et l'a apporté ici, malgré mes remontrances.

Elle hésita quelques secondes, puis secoua la tête avant d'avouer :

— Quand sir Christian est reparti, il y a déjà quelques jours de cela, il n'était plus seul. Il emmenait cette Rowena avec lui !

Aislynn lâcha le parchemin et se leva, stupéfaite.

— Pourquoi aurait-il fait cela ? s'enquit-elle. Et que faisait-il depuis le début dans ces parages ?

Hagar haussa les sourcils.

— Il semblerait qu'il soit venu ici pour Rowena, déclara-t-elle. Quelqu'un lui avait assuré qu'il la trouverait à Ashcroft, et il avait fait tout ce voyage pour la retrouver. A son départ, c'est lui qui nous a fait promettre de ne révéler à personne qu'il avait séjourné ici. Et il ne nous a pas dit non plus où il allait.

Voilà décidément qui était étrange ! songea Aislynn, décontenancée.

Comme si elle espérait y trouver la clé du mystère, elle se pencha et ramassa le portrait, qu'elle examina cette fois de plus près. Quelle grâce et quelle beauté son frère avait su insuffler à cette simple esquisse ! Le modèle avait dû décidément l'inspirer. Mais que signifiait donc cet étrange dragon aux yeux flamboyants qu'il avait tracé dans un coin du dessin ?

— Je ne comprends pas, fit-elle en relevant la tête. Tout cela me semble absolument incohérent. Comment Christian aurait-il pu connaître cette femme ? Il n'y a que quelques mois à peine qu'il est revenu d'Orient, et il a passé le plus clair de son temps avec mon père et moi à Bransbury, lorsqu'il n'était pas avec ses amis Jarrod et Simon. Où aurait-il pu la rencontrer ? Jarrod ne connaît pas son existence, j'en suis certaine, sans quoi il nous en aurait parlé.

Décidément interloquée, elle réfléchit quelques secondes avant de hasarder :

— A moins que cette Rowena n'ait séjourné elle-même en Terre sainte ?

Hagar secoua la tête.

— Voilà qui est impossible, milady, affirma-t-elle. Cette jeune femme habite parmi nous depuis l'âge de quatre ans, et elle n'avait jamais quitté ces parages jusqu'à présent. Autant dire que je la connais depuis toujours !

Suspendue à ses lèvres, Aislynn ne put réprimer son impatience.

— Racontez-moi tout ce que vous savez sur elle, voulez-vous ?

Au moment où la vieille femme allait s'exécuter, la porte s'ouvrit et Sean apparut sur le seuil. Son regard se posa aussitôt sur le dessin qu'Aislynn tenait à la main, et il émit une exclamation de dépit.

— Mère, vous n'auriez pas dû..., commença-t-il d'un ton de reproche.

Mais Hagar ne l'entendait pas de cette oreille. Déterminée, elle se leva de son banc et lui fit face, les mains sur les hanches.

— Cette jeune fille a sauvé la vie de la petite Fiona, et je ne pouvais pas...

— Ce n'était pas une raison pour lui dévoiler le secret que vous aviez juré de garder ! La vie de Rowena dépend peut-être de notre discrétion.

Le front barré d'une ride de contrariété, il s'avança vers Aislynn et tendit la main.

— Donnez-moi cela.

Il y avait dans sa voix une note de profonde souffrance à laquelle Aislynn compatit aussitôt. Mais elle n'en obéit pas pour autant à l'injonction. Ce dessin recelait peut-être une indication précieuse et il n'était pas question qu'elle s'en séparât !

Résolue, elle secoua la tête.

— C'est l'œuvre de mon frère, et vous ne pourrez pas me le prendre ! s'écria-t-elle.

Et avant que le jeune homme n'ait eu le temps de réagir, elle se rua hors de la maison, le portrait à la main. Une seule pensée lui martelait l'esprit, retrouver Jarrod à tout prix. N'avait-il pas su déjà la tirer de cet affreux puits pour l'envelopper de ses bras rassurants ? Lui seul saurait la protéger efficacement et empêcher Sean de lui reprendre le précieux dessin, seul indice qui pût la mettre sur la piste de son frère !

11.

Une fine pluie tombait sur Ashcroft et Aislynn frissonna dans sa mince robe de laine. Ses pieds nus étaient déjà glacés, bien qu'elle s'efforçât d'éviter les flaques, et son cœur battait la chamade à la seule idée que Sean pût avoir l'idée de la poursuivre pour lui arracher le précieux parchemin.

Mais malgré son angoisse, elle se réjouissait d'avoir glané au moins un renseignement d'importance. Elle savait maintenant que Christian avait bel et bien séjourné à Ashcroft, où il avait été très malade. Comme son père l'avait si bien vu dans son rêve, il était revenu à la santé, grâce aux soins de la blonde Rowena…

Pressée de retrouver Jarrod, elle passa en courant devant la forge et aperçut enfin le chevalier qui descendait la rue à sa rencontre. Leurs regards se rencontrèrent et une expression de surprise se peignit instantanément sur le visage de Jarrod, qui se hâta de la rejoindre.

— Aislynn, à quoi diable pensez-vous ? s'écria-t-il avec réprobation. Vous n'auriez pas dû sortir dans cette tenue, surtout après votre séjour au fond du puits.

Encore essoufflée de sa course, Aislynn lui lança un regard implorant.

— Oh, Jarrod, je vous en prie ! Il fallait absolument que je vous retrouve. Sean est rentré à l'improviste et il voulait me prendre ce dessin…

Elle sortit le parchemin roulé de sa manche et Jarrod ouvrit de grands yeux à cette vue.

— C'est une œuvre de Christian ! s'écria-t-il sans une seconde d'hésitation.

Aislynn eut un sourire radieux, tout en renfonçant l'objet dans sa cachette.

— Ils nous mentaient tous, comme vous l'aviez soupçonné. Christian est bel et bien venu à Ashcroft, c'est Hagar qui me l'a avoué. Mais son fils est survenu au moment où elle me montrait ce dessin et a tenté de s'en emparer. Bien entendu, je ne l'ai pas laissé faire !

Jarrod fronça les sourcils.

— Si cette brute a osé poser la main sur vous…, commença-t-il.

Confuse, Aislynn l'arrêta en lui posant une main sur la poitrine.

— Non, non, il ne m'a pas brutalisée, assura-t-elle. Du reste, il n'a pas grand-chose à voir dans tout cela. Mais une jeune fille blonde du nom de Rowena est impliquée dans cette histoire, et il semble bien que le pauvre Sean en soit amoureux.

— Une jeune fille ? Que diable vient-elle faire dans tout cela ?

— Le dessin que j'ai dissimulé dans ma manche est un portrait, dont le modèle est cette Rowena. Elle possède un cottage sur la falaise, tout près de la mer, et c'est là-bas que nous avons quelque chance de trouver les réponses à nos questions.

Jarrod se pencha vers la jeune fille et la saisit par les épaules.

— Et dire que malgré toute ma diplomatie, je n'ai pu tirer de personne le moindre renseignement ! Comment diable avez-vous appris tout cela ?

— C'est Hagar qui m'a tout raconté. Elle s'en voulait de nous avoir caché la vérité, et l'épisode du puits a eu raison de ses dernières réticences. Mais Sean est arrivé au mauvais moment et a arrêté net ses confidences. Il ne la laissera pas parler davantage, car il craint que cette trahison ne mette la vie de la jeune femme en danger. Dieu merci, je crois que Hagar a eu le temps de me dire l'essentiel.

— Si pourtant elle en savait un peu plus ? Nous pourrions peut-être...

Aislynn secoua la tête, déterminée.

— Non, non, je ne veux pas lui soutirer d'autres informations. Ce serait contre son gré, et je ne veux pas que cette brave femme ait ensuite des ennuis avec son fils. Quant à lui, nous ne devons pas tenir rigueur à Sean de son attitude. Après tout, il agit comme il croit devoir le faire, et ses motifs ne manquent pas de générosité.

Jarrod esquissa une grimace, mais n'en répondit pas moins :

— Très bien, nous les laisserons tranquilles, si c'est ce que vous souhaitez.

Aislynn acquiesça, heureuse de le voir accéder à son désir. Mais une bise aigre souffla à cet instant sur la rue, rabattant la pluie sur son passage, et la jeune fille frissonna dans sa mince robe de lainage.

— A quoi pensé-je de vous retenir ici en plein vent ! s'exclama Jarrod, qui semblait maintenant plus soucieux qu'irrité. Vous allez attraper la mort si nous nous attardons un instant de plus.

— Oh, mais je ne suis pas si fragile que..., commença Aislynn.

Mais elle n'eut jamais le loisir de terminer sa phrase. En l'espace de quelques secondes, elle se sentit soulevée de terre par des bras puissants, et pour la seconde fois de la journée, elle se retrouva blottie contre la robuste poitrine de Jarrod Maxwell !

— Mais je peux marcher ! protesta-t-elle sans grande conviction, tandis que le chevalier prenait la direction du cottage.

Jarrod ne daigna même pas répondre à cette considération incongrue et ne fit que hâter le pas.

— Et si Hagar ne veut plus de nous sous son toit ? objecta Aislynn.

— Alors, nous trouverons bien un autre abri pour vous protéger de la pluie et du froid. Mais de toute façon, il nous faut d'abord récupérer nos affaires.

La jeune fille se tut, tandis qu'une agréable pensée lui traversait l'esprit. Avec Jarrod pour protecteur, nul ne se risquerait à lui prendre quoi que ce fût, tant il était brave et résolu. Oh, si seulement il consentait à être autre chose pour elle que...

Elle n'acheva pas, irritée d'avoir encore cédé à l'attrait des spéculations interdites. Evidemment, il lui aurait été plus aisé d'accepter la situation telle qu'elle était, si elle avait regagné la chaumière de Hagar sur ses deux pieds, au lieu d'être ainsi pressée contre Jarrod et enveloppée dans la chaleur de son étreinte. Dans une pareille position, il lui était bien difficile de résister à l'intempestive résurgence des souvenirs... Dire que cette bouche fermement modelée s'était déjà posée sur la sienne, et qu'elle avait senti le contact de ces mains sur les parties les plus intimes de son corps !

Au lieu de se diriger vers la porte d'entrée du cottage, Jarrod prit directement le chemin du fenil sans que la jeune fille, troublée par les circonstances, se risquât à lui poser la moindre question. D'un geste précautionneux, il la déposa au pied de l'échelle et elle se hâta de gravir les barreaux, suivie de près par son compagnon. Parvenue en haut, elle se retourna vers Jarrod et rencontra son regard sombre, où une étrange tension avait remplacé la tendre sollicitude dont il l'avait comblée un instant plus tôt.

— Il faut vous sécher, sans quoi vous allez attraper la mort, déclara-t-il abruptement.

Blessée par la sécheresse du ton, Aislynn détourna les yeux, tandis que Jarrod dépliait sa propre cape et l'étalait sur la paille.

Transie, la jeune fille baissa les yeux vers ses jambes glacées, et réalisa tout à coup qu'elles étaient nues jusqu'aux mollets. Cette constatation mit le comble à sa confusion, et elle tira désespérément sur l'ourlet de sa robe.

— Il vaudrait mieux que vous l'ôtiez, observa Jarrod d'un ton sec.

Décontenancée par cette attitude glaciale, Aislynn eut le plus grand mal à refouler les larmes qui perlaient déjà au bord de ses cils.

— Pourquoi cette rudesse tout à coup ? s'enquit-elle d'une voix tremblante. Ai-je donc fait quelque chose qui vous ait déplu ?

Apparemment contrarié, Jarrod fronça les sourcils, mais s'abstint de répondre.

— Vous n'avez aucune raison d'être aussi dur, poursuivit Aislynn, la gorge serrée. Après tout, je ne vous ai rien demandé !

Cette fois, Maxwell se raidit visiblement, comme s'il luttait contre une émotion incompréhensible.

— Ce n'est pas de la dureté, murmura-t-il, c'est seulement...

La jeune fille fixa sur lui un regard intense, littéralement suspendue à ses lèvres. Si seulement elle pouvait arriver à comprendre Jarrod et ses étranges sautes d'humeur ! Mais la réponse qu'elle attendait ne vint pas, et ce fut elle qui hasarda au bout d'un instant :

— Vous ne voulez rien me dire ? Eh bien soit, c'est moi qui parlerai ! Je sais tout sur cette femme que vous avez aimée autrefois et que vous aimez encore. Celle dont vous portez le ruban sur vous, je suppose. Sadona m'a tout raconté.

Les yeux de Jarrod s'agrandirent et une telle fureur assombrit son regard qu'elle se hâta de balbutier :

— Oh, ce n'est... ce n'est pas ce que vous pensez. Elle voulait seulement m'aider à comprendre.

Jarrod s'esclaffa, tout en haussant dédaigneusement les épaules.

— Le fait est que vous ne comprenez rien ! lança-t-il abruptement. Mes sentiments pour la femme dont vous parlez ne sont pas du tout ce que vous imaginez.

Il s'interrompit et son regard se perdit un instant dans le lointain, tandis qu'un muscle se contractait nerveusement à la commissure de ses lèvres.

— Fatima était ma mère, déclara-t-il enfin.

— Mais... mais Sadona croyait que... Elle m'a confié que cette femme était une...

Jarrod émit de nouveau un rire amer.

— Une femme à soldats, compléta-t-il, et je ne saurais la contredire sur ce point. Voilà qui m'aurait d'ailleurs été parfaitement égal, si elle avait consenti à me reconnaître. Mais lorsque je lui ai appris qui j'étais, elle m'a impitoyablement rejeté, en me priant de ne plus jamais l'importuner. J'avais été bien naïf, il me faut l'avouer. Comment avais-je pu attendre autre chose d'une créature qui avait autrefois abandonné son propre enfant ?

Aislynn perçut toute la peine qui vibrait dans sa voix et son cœur se fendit de compassion et de tristesse.

— Pardonnez-moi, pria-t-elle. Sadona ne savait pas, voyez-vous...

Jarrod soutint son regard, tandis qu'il expliquait :

— Personne n'a jamais su, pas même Christian et Simon. Et je me demande bien d'ailleurs pourquoi je viens de vous gratifier d'une telle confidence. Vous avez décidément l'art de me pousser dans mes derniers retranchements, miss Greatham !

— Oh, je... Je vous promets de ne plus jamais aborder ce sujet, murmura Aislynn, complètement décontenancée. Me pardonnez-vous ?

Désolée d'avoir montré aussi peu de tact, elle se détourna pour cacher ses yeux pleins de larmes.

— N'en parlons plus, répliqua sèchement Jarrod. Je vais vous laisser vous déshabiller tranquillement.

Il se retourna pour gagner l'entrée du fenil, tandis que la jeune fille s'efforçait d'ôter sa robe trempée. Mais ses mains gourdes de froid lui refusèrent tout service, et elle poussa un gémissement de frustration. Fut-ce ce petit cri de détresse qui toucha inopinément Jarrod ? Avant que Aislynn ait eu le temps de réaliser ce qui se passait, il avait fait volte-face et venait s'agenouiller devant elle, la mine contrite.

— Laissez-moi faire, implora-t-il.

Encore sous le coup de sa déconvenue, Aislynn se raidit, tandis que de nouvelles larmes piquaient ses paupières.

— S'il vous plaît, chuchota-t-elle, j'ai eu mon content d'épreuves aujourd'hui, et je crois que je suis incapable d'en supporter davantage. Je n'ai pas voulu vous blesser, je vous en donne ma parole. Alors cessez de me faire du mal, voulez-vous ?

Bouleversé par cette requête, Jarrod l'attira impérieusement dans ses bras et la serra sur sa poitrine.

— Pardonnez-moi, Aislynn, je suis vraiment une brute ! Mais je ne voulais pas me montrer cruel, je vous en donne ma parole. Le passé que je viens d'évoquer est encore si douloureux pour moi ! En somme, c'est ma propre blessure qui me rend agressif...

A cette déclaration, Ailynn leva vers lui ses yeux pervenche encore embués de larmes et pendant quelques secondes, il se perdit littéralement dans leurs profondeurs insondables. Elle était si fragile et si délicieusement féminine, ainsi abandonnée dans ses bras, qu'il se sentit fondre littéralement de tendresse et de désir.

Comme un homme assoiffé, il s'empara de la bouche d'Aislynn et plongea dans ses profondeurs moites, tout en laissant sa main descendre le long de son corps et épouser la forme voluptueuse d'une hanche.

A quoi bon lutter plus longtemps contre l'inévitable ? Il avait reculé cet instant aussi longtemps qu'il avait pu, mais il ne pouvait résister indéfiniment à l'ardent appel de la sirène. Ce qui était sur le point de survenir était aussi inévitable que la fuite des jours, ou le déferlement des vagues sur la plage balayée de vent.

— Aislynn… Ne pleurez plus, je vous en prie, murmura-t-il, en tâchant de contrôler l'impérieux besoin qui le poussait vers elle.

Décidé à ne pas précipiter les étapes, il aida la jeune fille à ôter sa robe, et pendant quelques instants, il explora en silence la géographie de ce tendre corps, dont l'image le hantait depuis le premier instant de leur rencontre.

Puis il effleura de ses lèvres la joue humide d'Aislynn, et se maudit en silence d'avoir été la cause de ses pleurs. Plus jamais il ne la blesserait ainsi ! se promit-il avec un poignant sentiment de remords. En fait, elle suscitait en lui une tendresse dont il ne se serait jamais cru capable, alliée à un désir si puissant qu'il ne pouvait en ignorer la force plus longtemps.

A cet instant, il sentit sa compagne frissonner contre lui et referma plus étroitement les bras sur elle. Que ce fût ardeur ou timidité, Aislynn se plaqua contre lui dans un geste spontané qui acheva de lui faire perdre la tête.

— Ma douce..., chuchota-t-il en laissant ses mains glisser dans le dos de la jeune fille, jusqu'à la chute provocante de ses reins.

Aislynn tressaillit à ce contact, tandis qu'une onde de feu parcourait son corps déjà brûlant de passion. Elle ne comprenait guère comment Jarrod avait pu passer si brusquement de la colère au désir, mais elle n'en avait cure, captive elle-même de l'attrait que cet homme exerçait sur elle depuis l'instant de leur première rencontre. Jarrod Maxwell, son mystérieux chevalier, si ouvert et si rétif à la fois..., songea-t-elle dans un long frisson de volupté.

Avec une exigeante douceur, Jarrod de nouveau posa ses lèvres sur les siennes et frémit de plaisir, lorsque la jeune fille passa les mains sous sa tunique pour lui caresser le torse d'un geste aussi maladroit que bouleversant.

Incapable de se contenir davantage, il émit un gémissement approbateur et abandonna un instant la bouche de la jeune fille pour laisser tomber sur son cou et sa gorge une véritable averse de baisers.

Puis il s'écarta un instant pour ôter sa tunique et lorsqu'il revint vers elle, Aislynn frémit doucement au contact de son corps musclé, qui se pressait impérieusement contre le sien. Le pouls de la jeune fille s'emballa follement à ce contact, et elle renversa la tête en arrière dans un geste spontané d'abandon. Voyons, que lui arrivait-il ? songea-t-elle dans les brumes de son ivresse. Jamais elle ne s'était sentie si... si... Si quoi, au juste ?

Incapable de répondre à cette question, elle savoura sans un mot la délicieuse sensation qu'éveillaient en elle les baisers passionnés de Jarrod et pressa ses hanches contre lui, comme si son corps exigeait davantage, brûlé par une flamme dont elle ne soupçonnait pas jusqu'alors la violence. En vérité, c'était exactement comme si elle ne s'appartenait plus à elle-même !

Galvanisé par cette réponse, Jarrod oublia ses derniers scrupules et se laissa emporter par la force impétueuse de son propre désir. Quel sort cette petite sorcière lui avait-elle donc jeté ? Depuis son parfum délicat jusqu'au velours de sa peau, il émanait de cette femme un charme qui répondait exactement à son propre besoin, et dont l'émanation le grisait comme un vin capiteux.

D'un geste à la fois délicat et impérieux, il la coucha sur le lit de paille et la contempla un instant dans la faible lumière blonde qui tombait de la lucarne. En vérité, elle était plus délicieuse en cet instant que tout ce qu'il avait imaginé dans ses rêveries les plus voluptueuses. Petite, mais merveilleusement faite, elle offrait un spectacle d'une exquise féminité, depuis ses longues boucles dorées jusqu'au bout de ses orteils aussi roses et délicats que des pétales de fleur.

Conquis par la courbe généreuse de sa poitrine, aux contours délicats mais superbement épanouis, il enfouit la tête dans le sillon qui séparait ses seins et respira avec délice le parfum de sa peau. Jamais de sa vie il n'avait caressé une femme qui fût un tel festin pour le regard et le toucher !

A demi pâmée, Aislynn s'abandonnait au tourbillon de sensations nouvelles qui s'était emparé de son corps dans un vertigineux maelström. Il semblait que Jarrod eût éveillé en elle une créature passionnée dont elle ignorait jusqu'à l'existence !

Mue par une impulsion irrésistible, elle le serra éperdument contre elle et enfonça les mains dans son épaisse chevelure brune.

— Oh, Jarrod... s'il vous plaît ! gémit-elle d'une voix pantelante.

Une note d'urgence vibrait dans cet appel, auquel le chevalier réagit sans tarder. Soulevé sur un coude, il posa la main sur le buste d'Aislynn et la laissa descendre tout le long de son corps, satisfait de sentir le frémissement que ses doigts experts et sensuels éveillaient sur leur passage. Jamais de sa vie il n'avait éprouvé pour une femme désir si profond et si impétueux.

— Aislynn..., chuchota-t-il en retour.

Sa bouche se posa de nouveau sur celle de la jeune fille, qui souleva légèrement les épaules et entrouvrit les lèvres dans un complet abandon. Lorsqu'il la recoucha sur le foin quelques instants plus tard et posa la main à la jonction dorée de ses cuisses, elle s'offrit avec tant d'ardeur à cette caresse qu'il lui fut impossible de reculer l'instant de leur union.

Sans rompre une seconde le baiser, il prit position entre les jambes satinées qui s'ouvrirent spontanément pour l'accueillir.

Comme il hésitait encore devant le frêle rempart qu'il allait devoir rompre, ce fut Aislynn qui souleva les hanches pour lui faciliter le passage.

Quand ce fut chose faite, la jeune fille poussa un léger cri de douleur et Jarrod s'immobilisa aussitôt, contrit.

— Pardonnez-moi, chuchota-t-il. Il n'était pas dans mon intention de vous faire mal.

Aislynn secoua doucement la tête. Bien que la souffrance fût là, indéniable, elle était bien moins forte que le désir qui grandissait en elle depuis le soir mémorable où Jarrod l'avait embrassée à Bransbury. Qu'était la douleur physique à côté du poignant besoin qu'elle avait de cet homme et de son corps puissant, qui comblait le sien de grisantes caresses ?

Frustrée dans son attente, elle l'attira de nouveau vers elle, impérieuse.

— Je vous en prie, continuez ! intima-t-elle dans un fervent murmure.

Pendant un bref instant, Jarrod demeura immobile, comme s'il tergiversait encore, puis avec une savante lenteur, il se mit à bouger en elle, et Aislynn exhala un soupir de satisfaction. A chaque mouvement d'incursion, son propre désir croissait en intensité, et elle accorda instinctivement son corps au tempo, qui s'accéléra jusqu'au moment où elle referma passionnément les bras autour de Jarrod, comme pour l'emprisonner dans le cercle enchanté de la passion et de la volupté.

Jusqu'à quel sommet parviendraient-ils ensemble ? se demanda-t-elle du fond de son délicieux vertige. Ce qu'elle éprouvait en cet instant était si merveilleux, si divinement délectable qu'elle aurait voulu prolonger indéfiniment ces minutes d'extase. Il lui semblait gravir les pentes d'un sommet encore lointain, où Jarrod lui servait de guide.

Puis, au moment précis où elle croyait ne pas pouvoir en supporter davantage, une vague de plaisir déferla sur elle, si puissante que le monde parut s'évanouir autour d'elle, tandis qu'elle exhalait dans un cri le trop-plein de sa joie.

Comprenant qu'elle avait atteint le comble de sa félicité, Jarrod se permit alors de donner libre cours à sa passion et précipita le mouvement jusqu'au moment où Aislynn le sentit se raidir et répandre en elle le flot tiède de sa volupté. Etouffant un sanglot de joie, elle se réjouit de ce que cet homme si peu expansif ait pu un instant s'oublier lui-même et perdre ainsi le contrôle de ses émotions. Et cela à cause d'elle, Aislynn ! N'était-ce pas une belle victoire ? songea-t-elle avec fierté, tandis que le chevalier se laissait rouler à côté d'elle, le torse luisant de sueur et la respiration encore haletante.

Mais cet instant de grâce fut de courte durée. A peine allongé près d'elle dans la paille, Jarrod se passa une main sur les yeux, comme s'il refusait de croire à la réalité de ce qui venait de survenir.

— Oh, Dieu, qu'avons-nous fait ? exhala-t-il dans un soupir.

Décontenancée, Aislynn se redressa et s'assit à côté de lui sur les bottes de paille.

— Je... je ne sais pas..., balbutia-t-elle d'une voix à peine audible.

Jarrod l'arrêta d'un geste.

— C'est bien simple cependant, affirma-t-il. Nous nous sommes laissé emporter par nos émotions, tout cela parce que j'ai eu la mauvaise idée de vous parler de ma mère. Pourquoi diable vous ai-je fait des confidences ? Il s'agit là d'une vieille histoire, qui ne revêt plus pour moi la moindre importance.

Aislynn se tut, bien qu'elle fût intimement persuadée du contraire. Si Jarrod avait réellement surmonté son chagrin, pourquoi eût-il tenu cet incident secret pendant tant d'années, au point de n'en avoir pipé mot à ses deux meilleurs amis ?

— Ce n'est pas vous qui êtes à blâmer, poursuivit Maxwell. J'ai plus d'expérience que vous et j'aurais dû veiller à ce qu'un tel épisode ne se produise pas. Penser que j'ai osé prendre ce qui appartenait de droit à un autre ! Un tel acte est indigne d'un chevalier digne de ce nom, et relève de la félonie.

Ces termes excessifs heurtèrent la fierté d'Aislynn, qui tourna la tête vers lui et soutint son regard.

— Voyons, Jarrod, je ne suis pas une enfant, vous en êtes implicitement convenu. En l'occurrence, vous n'avez pas agi seul et je suis aussi responsable que vous de ce qui vient de se passer.

Jarrod haussa les épaules.

— C'est peut-être vrai, concéda-t-il, mais cela ne change rien à la réalité. Ce qui est fait est fait. Comment réparer maintenant ?

Aislynn sentit son cœur se serrer à cette question. Jarrod avait trop souvent exprimé devant elle sa farouche volonté d'indépendance pour qu'elle se berçât du moindre espoir à ce sujet. Il avait été trop blessé par le rejet de sa mère et son enfance sans amour pour désirer se lier à une femme, aussi fort que fût son désir pour elle.

— Réparer ? répéta-t-elle machinalement. Le terme est si étrange…

— Vous savez fort bien ce que je veux dire. Evidemment, nous pourrions nous marier.

Aislynn sentit son cœur s'emballer à cette simple suggestion, mais elle était trop lucide pour céder à la tentation. Jarrod ne l'aimait pas et elle ne pouvait accepter qu'il lui sacrifiât son indépendance pour une simple question d'honneur.

— C'est impossible, assura-t-elle, car j'ai donné ma parole à Gwyn et ne saurais me parjurer. Je dois devenir sa femme, ne serait-ce que pour ne pas trahir la confiance que mon père a placée en moi. Cette union a une importance politique, car elle apportera la paix à Bransbury. Il y a trop longtemps que les chefs gallois convoitent les terres de Bransbury… Ces noces mettront définitivement un terme à leurs incursions.

Le visage de Jarrod n'était plus qu'un masque impénétrable, lorsqu'il laissa filtrer entre ses lèvres un sec :

— Je vois !

Puis il ajouta d'une voix brève :

— Et ce que nous venons de faire ? Espérez-vous peut-être le cacher à votre Gwyn ? S'il a la moindre expérience des femmes, il aura tôt fait de s'en apercevoir.

Aislynn releva le menton, offusquée par cette seule supposition.

— Voyons, comment pouvez-vous me croire capable d'un tel manque de loyauté ? Je lui avouerai tout, et ce sera à lui de choisir.

Elle prit une inspiration avant de lancer :

— Mais ne craignez rien, sire chevalier ! Même si Gwyn ne veut plus de moi après cet aveu, je ne vous demanderai pas de m'épouser.

— Ce sera comme vous voudrez, répliqua sèchement Jarrod.

Estimant sans doute que le sujet était clos, il se leva et enfila ses vêtements, sans accorder à sa compagne le moindre regard. Incapable d'articuler un mot de plus, Aislynn le regarda se pencher et ramasser le parchemin qui était tombé de sa manche, au moment où elle s'était dépouillée de sa robe.

— J'emporte ce portrait avec moi, déclara-t-il. Vous comprendrez sans peine que je ne puisse plus partager cet espace avec vous, après ce qui vient de se passer entre nous.

La jeune fille sentit son cœur se serrer douloureusement à ces mots.

— Mais où allez-vous ?

— Voilà qui ne vous regarde en rien, milady. Je vais payer Hagar pour l'hospitalité qu'elle nous a accordée, et je viendrai vous chercher demain matin à l'aube. Est-ce d'accord ?

Aislynn acquiesça de la tête, la gorge trop nouée pour proférer le moindre son. A quoi bon discuter, du reste ? Jarrod semblait si froidement déterminé ! Oh, comment pouvait-il se comporter ainsi, après les instants de tendresse passionnée qu'ils venaient de vivre ? Même maintenant, et bien qu'elle fût en proie aux plus terribles remords, elle ne pouvait penser sans regret à ces moments de désir fou qui l'avaient emportée avec Jarrod vers le paradis inconnu de l'amour !

Jarrod, cette nuit-là, eut le plus grand mal à trouver le sommeil. Après avoir réglé à Hagar le prix de son hospitalité et récupéré les vêtements d'Aislynn, il s'était attardé aussi longtemps que possible dans le cottage, espérant soutirer à la vieille femme une information susceptible de le mettre sur la piste de Christian. Mais Sean, manifestement soupçonneux, ne l'avait pas laissé un instant seul avec sa mère. De guerre lasse, Jarrod avait dû se contenter de remercier la vieille femme pour le précieux renseignement qu'elle avait fourni à Aislynn.

Sans se soucier des regards étincelants de son fils, l'hôtesse avait esquissé une révérence. Puis elle lui avait tendu un petit paquet contenant du pain et du fromage.

— Voilà pour vous restaurer demain matin, avait-elle expliqué avec un bon sourire. La demoiselle a bien besoin de se refaire des forces.

Jarrod avait jeté un coup d'œil à Sean, installé près du feu, et voyant que l'autre ne faisait pas mine de bouger, il s'était résigné à prendre le cadeau sans poser la moindre question.

— Grand merci, ma bonne dame. Vous nous avez été d'un grand secours, et j'espère que nos routes se croiseront de nouveau.

— Moi aussi, milord, et de grand cœur !

Comprenant qu'il n'en apprendrait pas davantage, Jarrod s'était ensuite retiré dans l'étable, où il s'était allongé dans un renfoncement du mur, non loin de l'échelle qui permettait d'accéder au fenil.

Incapable de trouver le repos, il avait attendu qu'Aislynn fût endormie pour gravir silencieusement les barreaux. D'un geste précautionneux, il avait déposé sur la paille la robe et la cape de la jeune femme, que Hagar avait pris soin de faire sécher près du feu. Puis il était redescendu aussi discrètement que possible et avait repris sa place en étouffant un soupir. Si seulement il avait pu effacer l'image de la dormeuse de son esprit ! Mais comment chasser de sa mémoire les souvenirs brûlants qui le hantaient sans merci ?

Ce qu'il avait vécu cet après-midi-là avec Aislynn était sans commune mesure avec les multiples expériences de son passé. Non seulement il lui avait parlé de sa mère, confidence qu'il n'avait faite jusque-là à âme qui vive, mais il avait partagé avec elle des moments de passion qu'il n'avait jamais connus avec une autre femme.

Bouleversé par cette découverte, il n'avait pas hésité une seconde à remettre en cause tous les principes de sa vie, et avait demandé à Aislynn de l'épouser. Or elle avait fermement refusé, réaction qui l'avait laissé complètement décontenancé. Ne l'avait-il pas vue quelques instants plus tôt trembler de désir dans ses bras et s'abandonner sans restriction à ses caresses ?

Même maintenant, il sentait son propre corps réagir au souvenir de ces minutes où ils avaient escaladé ensemble les sommets de la plus vertigineuse volupté. Autant le reconnaître, il ne s'était jamais senti aussi intensément heureux ni aussi vivant de toute son existence !

Mais à quoi bon se torturer maintenant avec les réminiscences d'un bonheur disparu à jamais ? Aislynn s'était montrée suffisamment explicite. Tout ce qu'elle voulait, c'était épouser Gwyn, le fiancé que lui avait choisi son père. Fidèle à sa destinée de fille noble, elle deviendrait la maîtresse d'un grand domaine et coulerait des jours paisibles, sinon heureux, auprès de l'homme que les convenances lui avaient imposé.

Parvenu à ce point de ses pensées, Jarrod haussa les épaules, furieux contre lui-même. Pourquoi remuer ainsi des regrets aussi poignants qu'inutiles ? Il était venu à Ashcroft pour y accomplir une mission, et il ferait bien de se consacrer sans état d'âme à cette tâche.

Profitant des dernières lueurs qui pénétraient par l'étroite fenêtre, il tira de sa tunique le dessin de Christian et l'approcha de ses yeux pour l'examiner attentivement. Mais il eut beau étudier le portrait pendant plusieurs minutes, il n'y découvrit aucune indication concernant l'endroit où avait pu se rendre son ami. Evidemment, le dragon tracé au bas du parchemin laissait fort à penser, mais il ne parvenait pas pour l'instant à établir le moindre lien logique entre cet emblème et la jeune femme dont Christian avait fixé au fusain les traits nobles et charmants.

Fatigué de chercher en vain une réponse aux multiples questions qui lui tenaillaient l'esprit, il s'endormit enfin pour ne s'éveiller qu'à la pointe du jour, courbaturé par sa position inconfortable. Après avoir rajusté ses vêtements, il se leva et se posta au pied de l'échelle pour héler sa compagne.

— Aislynn ? Le soleil est déjà levé et il faut nous mettre en route sans tarder.

La réponse qui lui parvint avait toute la sécheresse voulue pour qu'il ne se fît aucune illusion sur les sentiments de son interlocutrice à son égard. Mais n'était-ce pas mieux ainsi ? Au moins, aucun d'entre eux ne prétendait tromper l'autre en déguisant son indifférence !

Lorsqu'elle le rejoignit quelques instants plus tard sur la route, Aislynn n'était pas plus communicative, et ce fut sans un mot qu'ils reprirent le chemin de la falaise.

Pendant plusieurs heures, les deux jeunes gens marchèrent sans échanger un mot, leur attention exclusivement occupée par les difficultés du chemin. Mais même après qu'ils eurent franchi les portions les plus périlleuses du chemin, Aislynn demeura muette, et le périple s'acheva comme il avait commencé, dans le plus total silence.

La journée était déjà bien avancée, lorsqu'ils atteignirent enfin le campement où sir Ulrick les attendait avec les chevaux. Eprouvé lui-même, Jarrod jeta un bref coup d'œil à sa compagne, dont les yeux cernés et la pâleur attestaient la fatigue. Mais aussi épuisée que fût la jeune fille, elle n'en portait pas moins la tête haute, et aucune plainte ne franchit ses lèvres, du moins en présence de Jarrod.

Parvenus près de la tente, ils virent le vieux chevalier s'avancer vers eux, la mine soucieuse.

— Que se passe-t-il, sir Ulrick ? demanda Aislynn, aussitôt en alerte. Quelque chose ne va pas ?

L'interpellé hocha la tête, tandis qu'une ride se creusait entre ses sourcils.

— Je suis à peu près sûr que quelqu'un a rôdé cette nuit autour du camp, expliqua-t-il, quelqu'un qui ne nous voulait pas de bien.

Jarrod lui jeta un regard intrigué.

— Qu'est-ce qui vous fait dire cela ? s'enquit-il.

Ulrick secoua la tête d'un air sombre.

— Aussitôt après votre départ, j'ai dressé la tente à l'endroit que nous avions choisi ensemble et j'ai attaché les chevaux. La première nuit s'est déroulée sans le moindre incident. Mais hier soir, aux alentours de minuit, les chevaux ont commencé à s'agiter de façon anormale. J'ai appelé, pensant qu'il s'agissait peut-être d'un voyageur attiré par la lueur de mon feu. En fait, j'aurais été plutôt heureux d'avoir un peu de compagnie en ce lieu désolé.

Le chevalier s'arrêta un instant et reprit avec lenteur, comme pour donner plus de poids à ses mots :

— Je n'ai pas obtenu la moindre réponse et j'ai pensé qu'il s'agissait probablement de quelque animal nocturne. Mais ce matin, quand je suis allé nourrir les chevaux, j'ai trouvé des empreintes de pas fraîchement imprimées dans le sable.

Jarrod fronça les sourcils, visiblement préoccupé.

— Des pas ? répéta-t-il machinalement.

— Oui, juste derrière les chevaux, comme si un homme s'était servi d'eux pour dissimuler sa présence.

— Comment savez-vous qu'il s'agissait d'un homme ?

Le chevalier montra ses larges pieds chaussés de bottines de cuir.

— Je n'ai jamais rencontré de femme qui fasse la même pointure que moi ! affirma-t-il avec un sourire sarcastique.

Jarrod se tut, convaincu par l'argument.

— Et il ne s'agissait pas non plus d'un simple voyageur, continua Ulrick. D'où diable serait-il venu ? C'est le bout du monde, ici…

Il désigna d'un geste les hautes falaises qui cachaient l'horizon, puis l'océan, dont les vagues ourlées d'écume se brisaient contre les rochers.

Cette fois encore, Jarrod ne trouva rien à répliquer. Par association d'idées, il se rappela tout à coup les déclarations d'Aislynn, qui assurait avoir vu un rôdeur près de leur camp, la nuit qui avait suivi leur départ de Clumney. Quelqu'un les suivait-il donc depuis tout ce temps, épiant leurs moindres mouvements ? Si tel était le cas, les soupçons ne pouvaient porter que sur un seul individu.

— Sir Fredrick, articula-t-il à haute voix.

Aislynn acquiesça, tandis que le vieux chevalier renchérissait :

— C'est également ce que je pense.

Contrit, Jarrod se tourna vers leur compagne.

— Il ne me reste plus qu'à vous présenter mes excuses, lady Aislynn. En refusant de vous écouter, je nous ai tous mis en danger. Si ce fou nous a filés ainsi pendant des lieues, c'est qu'il doit être vraiment décidé à nous nuire.

Son intention n'était certes pas d'effrayer la jeune femme, mais de la mettre en garde. Si un dangereux personnage rôdait aux alentours, mieux valait qu'elle se montrât prudente !

Aislynn le dévisagea, surprise de le voir si prompt à reconnaître ses torts.

— Je vous remercie de faire amende honorable, mais il ne sert à rien d'épiloguer sur le passé. La question est maintenant de savoir ce que nous devons faire.

Jarrod opina de la tête.

— Il nous faut lever le camp aussi vite que possible, répliqua-t-il avec assurance. Vu la nature du terrain, nous serions incapables de nous défendre efficacement si nous demeurions ici. Je propose donc que nous nous établissions ailleurs pour la nuit et que nous montions soigneusement la garde.

— C'est la sagesse même, acquiesça sir Ulrick. Je vais seller les chevaux sur le champ.

Tandis que le vieux chevalier s'éloignait, Jarrod se tourna vers Aislynn.

— Soyez particulièrement vigilante, et prévenez-moi aussitôt si vous remarquez quoi que ce soit d'anormal, intima-t-il.

Apprenait-il donc à lui faire enfin confiance ? songea la jeune fille, réconfortée par cette seule pensée.

— Je ne voudrais pas semer la crainte en vous, continua Maxwell, simplement vous persuader de faire attention, pour votre propre sauvegarde.

— Je n'ai pas peur, assura Aislynn en le fixant droit dans les yeux. Je suis simplement heureuse de vous entendre reconnaître que mon aide peut parfois se révéler utile.

Jarrod ne put s'empêcher de sourire malgré son inquiétude.

— Je ne doute pas un seul instant de votre intrépidité, affirma-t-il. Depuis le début de ce périple, vous vous êtes montrée d'un courage exemplaire, et avez enduré sans une plainte toutes les épreuves qu'il nous a fallu surmonter ces derniers jours. De plus, il me faut bien admettre que vous ne vous trompiez pas dans vos suppositions, ce qui fait honneur à votre sagacité.

Pendant un instant, les deux jeunes gens demeurèrent silencieux, leurs regards perdus l'un dans l'autre, et les souvenirs de la scène d'amour à Ashcroft ressuscitèrent tout à coup avec une force inattendue. Quelques secondes aussi intenses qu'une éternité... Puis la voix de sir Ulrick vint brusquement rompre le charme :

— Voilà, nos montures sont prêtes !

Comme éveillé d'un songe, Jarrod recula d'un pas et reprit instantanément sa contenance habituelle.

— Nous devons partir sur-le-champ, déclara-t-il d'un ton froid. Mieux vaut nous éloigner de ce lieu dangereux avant la tombée de la nuit.

Irritée d'avoir cédé de nouveau à l'insidieux attrait que Jarrod exerçait sur elle, Aislynn redressa fièrement la tête.

— Très bien, répondit-elle, je suis prête.

Et elle tendit la main à Ulrick, qui l'aida courtoisement à se mettre en selle.

12.

Quelques instants plus tard, les trois voyageurs se mettaient en route, l'oreille aux aguets et l'attention sur le qui-vive. En tant que chef de la petite cavalcade, Jarrod se sentait responsable de la sécurité de ses compagnons et faisait montre d'une vigilance toute particulière.

Mais en réalité, le risque de tomber dans une embuscade le préoccupait moins que sa propre vulnérabilité. Dire qu'il avait suffi à Aislynn d'un seul regard pour le retourner complètement et lui faire oublier ses résolutions d'indifférence ! Le diable emporte cette petite diablesse aux yeux pervenche… N'avait-il pas failli encore une fois perdre la tête à cause d'elle ?

Conscient du danger que représentait sa présence, il n'attendait plus qu'une chose, se débarrasser d'elle le plus vite possible en la remettant aux mains des siens. « Fasse le ciel que cet instant ne tarde pas trop ! » pria-t-il farouchement.

Mais il eut beau faire, il resta sur l'impression désagréable d'avoir à jamais perdu sa liberté, et cette pensée ne cessa de le tourmenter pendant la chevauchée de trois heures qui les ramena en Angleterre, après qu'ils eurent laissé derrière eux les hautes falaises d'Ecosse.

Stimulés par la conscience du danger qu'ils encouraient, les cavaliers effectuèrent ce long trajet en un temps record, et ce fut seulement lorsqu'ils eurent pénétré dans la forêt que Jarrod ralentit enfin l'allure.

D'un coup d'œil, il s'assura que Aislynn et sir Ulrick le talonnaient toujours, puis examina les profondeurs sombres du sous-bois avec une obscure sensation de malaise. Tous ces résineux et autres essences au feuillage persistant constituaient en effet une excellente cachette, et il eût été bien difficile de discerner une silhouette à l'affût sous leurs branchages.

Ces lieux, pourtant, lui étaient familiers. N'était-ce pas dans ces parages qu'il venait autrefois cacher ses chagrins d'enfant ? Jamais il ne s'était senti vraiment chez lui dans la maison de son père, où il était traité en étranger plutôt qu'en fils, et ses longues randonnées lui permettaient d'oublier pour quelques heures son cuisant sentiment d'abandon et de solitude.

Il en était là de ses réminiscences, lorsqu'un sifflement aigu retentit tout à coup à son oreille, le faisant tressaillir sur sa selle. Presque au même instant, une exclamation étouffée retentit derrière lui et il se retourna, la gorge nouée d'appréhension. Le spectacle qu'il découvrit alors n'était pas fait pour apaiser ses craintes. Affalée sur le cou de sa jument, Aislynn offrait à son regard un visage blafard, et une large tache de sang teintait son surcot de velours, juste au creux de l'épaule.

— Non ! hurla Jarrod.

En moins de temps qu'il n'en fallait pour le dire, il se laissa glisser de sa monture et se précipita vers celle d'Aislynn, juste à temps pour maintenir la cavalière, qui vacillait dangereusement sur sa selle.

— Aislynn ! s'écria-t-il dans un spasme d'angoisse.

Aucune réponse ne lui parvint et il eut l'impression que le monde basculait autour de lui. Le cœur battant d'une affreuse angoisse, il souleva délicatement la tête de la blessée, qui retomba aussitôt en arrière. Manifestement, Aislynn était déjà inconsciente.

— Grands dieux, quelqu'un a tiré sur elle ! marmonna-t-il avec effroi.

D'un regard éperdu, il fouilla les alentours à la recherche de l'agresseur, mais ne distingua rien dans l'enchevêtrement confus des branches. Parant au plus pressé, il recueillit la cavalière évanouie dans ses bras et pressa la joue sur sa poitrine. Dieu merci, elle respirait encore ! constata-t-il avec un profond soulagement. Mais elle n'en était pas moins grièvement atteinte, à en juger par le flot de sang qui s'écoulait de sa plaie. Que faire ? Il connaissait assez les risques d'une hémorragie pour ne pas se leurrer. Il fallait absolument...

A cet instant, la voix de sir Ulrick vint interrompre le flot de ses pensées en déroute.

— Qu'est-il arrivé à lady Aislynn ? s'écria le vieux chevalier d'une voix inquiète. Je m'étais retourné pour vérifier que nous n'étions pas suivis et je n'ai absolument rien vu. Aurait-elle eu un malaise ?

— Elle a été atteinte par une flèche qui m'était probablement destinée, car je l'ai entendue passer tout près de mon oreille.

— Mon Dieu ! Serait-elle…

— Blessée, mais vivante, se hâta de préciser Jarrod, en voyant les yeux de son compagnon s'agrandir d'horreur.

— Mais qui a pu faire cela ? Nous n'avons vu âme qui vive pendant tout le trajet…

Jarrod secoua la tête, le cœur étreint d'une terrible anxiété.

— Je ne sais pas, articula-t-il, mais nous pouvons présumer qu'il s'agit du même homme que vous avez entendu rôder la nuit dernière près du camp.

Son regard s'assombrit d'une haine farouche, tandis qu'il ajoutait :

— Ce damné bâtard ne perd rien pour attendre ! Mais le plus urgent, c'est de nous occuper de lady Aislynn. Il faut absolument arrêter le sang qui coule de sa blessure, sinon…

Il se tut, incapable d'évoquer à haute voix la terrible éventualité qui s'était présentée à son esprit. La jeune fille, de plus, semblait avoir heurté une branche, car il avait senti une bosse sur sa nuque, au moment où il lui avait redressé le buste. Mais pour l'instant, il lui fallait absolument endiguer ce flot de sang, dont l'écoulement menaçait d'épuiser la blessée.

D'une main tremblante, il la coucha sur le sol et se mit en devoir de déchirer sa robe pour dénuder la blessure. Mais en même temps, comment oublier que l'arme qui avait transpercé l'épaule d'Aislynn l'avait lui-même manqué de fort peu ? En vérité, il s'en était fallu d'un cheveu… Qui donc le haïssait au pont de vouloir l'abattre en traître, d'une flèche dans le dos ?

« Si cet homme m'en veut, pourquoi ne pas me provoquer loyalement, en combat singulier ? songea-t-il. M'attaquer ainsi, c'était ne me laisser aucune chance ! Un meurtre pur et simple, en somme… » Le cœur battant à se rompre, il s'obligea à chasser cette effroyable pensée de son esprit, pour mieux se concentrer sur sa tâche.

— Sir Ulrick, assurez-vous que nous ne courons pas d'autre danger dans l'immédiat, intima-t-il sans tourner la tête. Rien ne nous dit que le criminel n'est pas encore tapi dans les fourrés, à attendre le moment propice pour tirer une nouvelle flèche.

Bien conscient du danger, Ulrick tira aussitôt son épée du fourreau.

— Fasse le ciel que je lui mette la main dessus ! grommela-t-il. Le traître passera un mauvais quart d'heure, je vous en réponds.

Il s'enfonça sur ces mots dans les sous-bois, tandis que Jarrod achevait de découvrir l'épaule de la blessée. Lorsque ce fut enfin chose faite, il sentit son cœur défaillir à la vue de cette tendre chair violentée, où la flèche avait laissé un trou sanglant. A vrai dire, la plaie saignait tellement qu'il était difficile de juger de sa profondeur.

Avec des gestes précautionneux, Jarrod n'en examina pas moins la blessure avec l'habileté d'un guerrier habitué au spectacle des champs de bataille. Par chance, l'os ne semblait pas avoir été atteint, car le bras pouvait se mouvoir sans problème. De toute évidence, seul le muscle avait été transpercé par la pointe acérée de la flèche. C'était là toutefois une sérieuse entaille, qui demandait des soins appropriés. Il avait vu trop de soldats rester infirmes pour avoir été privés des services d'un chirurgien compétent.

En fait, il ne voulait même pas envisager la possibilité d'autres complications. Ce serait trop terrible si Aislynn... Il s'arrêta net, incapable d'aller jusqu'au bout de l'horrible pensée. « Non, pas cela... S'il lui arrive quoi que ce soit, je ne pourrai tout simplement pas le supporter ! » songea-t-il farouchement.

Avec une douceur précautionneuse, il souleva la tête de la blessée, dont les yeux clos étaient entourés d'un cerne mauve.

— Aislynn, m'entendez-vous ? chuchota-t-il avec une déchirante tendresse.

Comme si elle avait perçu cet appel dans les limbes de son inconscience, la jeune fille frémit et ses paupières battirent légèrement. Mais aucun son ne sortit de sa bouche et Jarrod demeura seul avec son angoisse.

— Oh, Aislynn, ne me quittez pas, je vous en prie ! supplia-t-il à voix basse.

Il essuya du revers de sa manche la sueur qui perlait à son front et résista au désir d'attirer Aislynn dans ses bras pour la serrer éperdument contre son cœur. Il lui fallait agir vite, il le savait, et surtout demeurer lucide, afin de mettre toutes les chances de leur côté. Chaque seconde perdue pouvait décider du sort de la blessée.

D'un geste déterminé, il souleva la robe d'Aislynn et déchira un morceau de son jupon. Puis il serra les dents et banda étroitement la blessure, tout en surveillant du coin de l'œil les ondes de souffrance qui parcouraient le visage de la jeune fille comme autant d'ombres palpitantes. C'était là un pansement de fortune, il le savait fort bien, mais qui leur permettrait de gagner un peu de temps. Le plus urgent, maintenant, consistait à trouver un endroit où elle pût être soignée convenablement.

Et soudain, il sut exactement ce qu'il devait faire. Etant donné les circonstances, il n'avait pas d'autre solution que de transporter Aislynn à Kewstoke ! N'était-ce pas, après tout, l'endroit où il avait grandi, bien qu'il ne s'y fût jamais senti chez lui comme à Dragonwick ? Que son frère le reçût bien ou non, il lui fallait tenter l'impossible. La blessée avait besoin de soins urgents, et dans l'état où elle se trouvait, Kewstoke représentait tout simplement son unique chance de survie.

Sa décision prise, Jarrod attendit avec impatience le retour de leur compagnon. S'il voulait mettre toutes les chances du côté d'Aislynn, mieux valait reprendre la route sans tarder.

— Ulrick ! cria-t-il à la cantonade, en essayant de percer l'obscurité des halliers.

Aucune réponse ne lui parvint, mais quelques instants plus tard, le vieux chevalier sortit enfin des fourrés et s'avança vers lui.

— Je l'ai vu, sir Jarrod, articula-t-il d'une voix légèrement altérée par l'émotion. Il était monté sur un étalon noir et s'enfuyait au grand galop.

Jarrod dévisagea son interlocuteur, les sourcils froncés.

— Avez-vous pu l'identifier ?

— Je n'ai pas eu le temps de voir son visage, bien entendu, mais je suis à peu près sûr qu'il s'agissait bel et bien de sir Fredrick, comme nous le soupçonnions. J'ai reconnu sa cape grise.

— Le vassal de Kelsey ! grommela Jarrod entre ses dents.

Il se tut un instant, bouleversé. S'il n'avait pas déjà eu bien des raisons d'en vouloir à Kelsey, cette occasion eût été suffisante pour éveiller en son cœur une haine farouche contre cet homme, dont l'unique dessein semblait être d'exterminer tous ceux qui lui étaient chers.

Car Aislynn lui était chère, il ne pouvait se leurrer plus longtemps. Ces terribles instants lui auraient au moins appris cela. Oui, il aimait la sœur de Christian, avec une intensité et une profondeur dont il ne se serait jamais cru capable. Curieusement, il aurait été incapable de dire à quel moment cette passion était née dans son cœur. C'était un peu comme si elle avait toujours été là à son insu !

Evidemment, cette prise de conscience n'allait pas sans souffrance, et il n'osait se demander ce qu'il adviendrait de cet amour. Pour l'instant, Aislynn avait besoin de lui, c'était tout ce qui comptait. Chaque seconde qui s'écoulait pouvait être fatale à la jeune femme, et il était urgent de prendre la situation en mains.

Refoulant ses interrogations à l'arrière-plan de son esprit, Jarrod souleva Aislynn dans ses bras et se tourna vers sir Ulrick.

— Je l'emmène à Kewstoke, un château situé à deux heures de cheval d'ici, annonça-t-il. Pendant ce temps, vous pourriez continuer sur Bransbury, afin d'informer sir Thomas de ce qui vient d'arriver.

Ulrick fronça les sourcils, visiblement indécis. Sans attendre sa réponse, Jarrod se hissa sur son étalon, la blessée serrée contre sa poitrine.

— Je ne sais pas si je dois..., murmura enfin le vieux chevalier. Son père ne me pardonnera jamais de l'avoir laissée seule.

Maxwell le fixa droit dans les yeux.

— Je donnerais ma vie pour sauver celle de lady Aislynn, assura-t-il avec conviction. Vous pouvez donc partir tranquille, autant que la situation le permet. Sir Thomas doit être mis au courant, c'est le moins que nous puissions faire pour lui.

Ulrick poussa un douloureux soupir.

— Très bien, acquiesça-t-il enfin, je m'en charge. Quant à la jument, je vais la ramener à Bransbury. Bonne chance, chevalier !

Pressé par le temps, Jarrod se contenta de hocher la tête et fit faire demi-tour à son étalon, qu'il engagea sur le chemin de Kewstoke. Cette fois, le sort en était jeté, songea-t-il avec un serrement de cœur. Trouverait-il bon accueil dans le château de son cadet, ou en serait-il impitoyablement refoulé ? C'était la vie même d'Aislynn qui dépendait de cette simple question !

Parvenu sous la tour de guet, Jarrod tira brusquement sur les rênes et héla le garde qui surveillait le pont-levis depuis le rempart.

— Hé là, veuillez monter la herse ! cria-t-il d'un ton impérieux.

Visiblement intrigué, la sentinelle se pencha au-dessus du vide et scruta l'obscurité pour discerner la silhouette de son interlocuteur.

— Puis-je vous demander qui vous êtes ? interrogea-t-il d'une voix gutturale. Je dois d'abord informer mon maître de votre identité, et c'est lui qui décidera si je peux vous laisser entrer.

Bien que son cœur battît la chamade, Jarrod grimaça un vague sourire.

— En ce cas, dites-lui que Jarrod Maxwell est à la porte du château !

— Jarrod Maxwell ? Le… le frère de notre seigneur le baron ?

— Lui-même ! Et faites vite, s'il vous plaît, car il s'agit d'un cas d'urgence. J'ai avec moi quelqu'un qui a été grièvement blessé et a besoin d'être secouru sans perdre un instant.

Convaincu par ces paroles, le garde quitta la tour et se précipita vers le donjon, tandis que Jarrod, d'un geste protecteur, serrait plus étroitement Aislynn contre sa poitrine. La nuit avait beau être complètement tombée, il se rendait bien compte que la tache de sang qui maculait sa robe n'avait cessé de s'étendre depuis qu'ils avaient quitté la forêt. « Oh, Seigneur, implora-t-il, faites qu'ils consentent à nous recevoir ! »

Impatient comme il l'était, il lui sembla qu'une éternité s'était écoulée lorsqu'il entendit enfin quelqu'un crier par la fenêtre de la tour :

— Jarrod ? Est-ce vraiment vous ?

Bien que les années eussent légèrement changé son timbre, l'interpellé reconnut la voix de son frère et sa gorge se serra d'anxiété. Quel accueil allait lui réserver son cadet ?

Etranglé par l'émotion, il s'avança jusqu'au pied du rempart et réussit à articuler :

— Oui, Eustace. C'est moi, Jarrod.

La réaction du maître de Kewstoke fut étonnamment prompte.

— Remontez immédiatement la herse, ordonna-t-il au garde. Il s'agit bien de mon frère.

Sous l'emprise de l'émotion, Jarrod trouva à peine le temps de s'étonner, bien que l'attitude d'Eustace ne fût rien de moins que surprenante. La dernière fois qu'il avait vu son cadet, c'était le jour déjà lointain où il avait quitté Kewstoke pour prendre le chemin de Dragonwick.

Quel déchirement de se mettre en route pour ce domaine lointain, où l'attendait cet inconnu qu'était alors pour lui son futur père adoptif ! Le visage durci, Eustace se tenait en haut de ces mêmes remparts, et c'était avec une expression de triomphe non déguisée qu'il avait assisté au départ de son aîné. Encore aujourd'hui, ce souvenir déjà lointain avait le pouvoir de bouleverser Jarrod.

Le cœur serré, il avait dû prendre la route, déchiré de laisser derrière lui le domaine paternel. Dieu savait pourtant à quel point il s'y était senti parfois solitaire et perdu ! Edward Maxwell était un homme distant et froid, et ses tâches quotidiennes l'occupaient tellement qu'il ne lui restait que fort peu de temps à accorder aux siens. Son épouse, la pâle lady Gladys, semblait avoir concentré sur son époux et sur son fils toute l'affection dont son cœur était capable. Quant à Eustace, il s'était montré très tôt jaloux et querelleur, et les rapports des deux frères se limitaient souvent à un échange de réflexions acerbes, ponctuées de quelques bourrades. Tout ce que Jarrod avait pu espérer à cet instant, c'était de trouver un meilleur accueil dans sa nouvelle demeure !

Et c'était là exactement ce qui était survenu. Même s'il n'avait guère su assumer ses devoirs de père, Edward Maxwell avait eu du moins la main heureuse en lui choisissant un tuteur. Le Dragon s'était montré digne du respect et de l'affection que son pupille n'avait pas tardé à lui manifester. Entouré de soins et de tendresse, Jarrod avait enfin trouvé chez lui le foyer que son vrai père n'avait pas su lui donner.

Mais à quoi bon ressusciter ainsi le passé ? songea-t-il en secouant la tête. L'instant n'était guère propice aux réminiscences, et l'état d'Aislynn devait primer sur toute autre considération.

Le cœur battant d'impatience, il franchit le pont-levis et pénétra dans la cour sous le regard intrigué des serviteurs du château, qui s'étaient rassemblés devant le donjon. Quant au maître des lieux, il se tenait en haut des marches, les yeux fixés sur le nouveau venu.

Dévorés de curiosité, les assistants firent silence pour assister à ces retrouvailles, et l'on n'entendit plus que le martèlement des sabots du cheval, qui vint faire halte au pied de l'escalier.

Conscient de l'attention générale, Eustace émit un toussotement embarrassé.

— Jarrod, je dois vous dire que…, commença-t-il.

Mais le voyageur n'était pas en veine de politesses. D'un mouvement prompt, il se laissa glisser à terre, son précieux fardeau dans les bras.

Puis il s'avança vers son frère, qu'il interrompit d'une voix brève :

— Pardonnez-moi, Eustace, mais nous parlerons plus tard, si vous le voulez bien. Tout ce que je vous demanderai pour l'instant, c'est d'avoir la bonté d'accueillir lady Aislynn Greatham. Cette jeune fille vient d'être grièvement blessée à l'épaule et son état est assez sérieux pour inspirer de graves inquiétudes.

A ces mots, Eustace Maxwell se tourna vers l'un de ses hommes.

— Portez la demoiselle dans le donjon, ordonna-t-il sans la moindre hésitation.

Mais Jarrod pressa la jeune femme contre lui, comme si elle eût été son plus précieux trésor. Confier Aislynn aux soins d'un autre ? Jamais !

— C'est inutile, je peux m'en charger moi-même, assura-t-il.

Au son de sa voix, sensiblement altérée par l'angoisse, Eustace parut mesurer tout à coup la gravité de la situation.

— Suivez-moi, fit-il d'un air décidé.

Joignant le geste à la parole, il introduisit son aîné dans le château, et le guida vers la grande salle. Le cœur battant, Jarrod lui emboîta le pas, non sans jeter un regard anxieux sur le visage de la blessée, qui lui parut livide à la lumière tremblotante des torches. « Fasse le ciel qu'il ne soit pas déjà trop tard ! » implora-t-il à part lui, dans une fervente supplication.

A grandes enjambées, Eustace lui fit traverser la salle, tout en criant au passage :

— Aida, apportez des médicaments et des bandages dans la chambre ouest, voulez-vous ? Nous avons là une blessée à soigner.

Sans attendre la réponse, il continua son chemin jusqu'à l'endroit indiqué, une pièce de dimensions respectables dont le centre était occupé par un vaste lit voilé de courtines de velours.

— Déposez-la ici, intima-t-il en se tournant vers son frère. Miss Aida, notre herboriste, va venir tout de suite s'occuper d'elle.

Au moment où Jarrod étendait délicatement Aislynn sur la couche, la jeune femme émit un faible gémissement, qui déchira le cœur de son compagnon. D'une main précautionneuse, il écarta les mèches de cheveux blonds collées sur le front de la blessée. La peau de la malheureuse lui parut étrangement glacée, et il ne put retenir un frisson à ce contact.

— Que lui est-il arrivé ? s'enquit Eustace, qui observait la scène à deux pas du lit.

Jarrod se tourna vers lui pour expliquer :

— Elle a été atteinte par une flèche qui m'était de toute évidence destinée.

Stupéfait, Eustace Maxwell dévisagea son frère, et il ouvrait la bouche pour répliquer, lorsqu'une voix féminine retentit sur le seuil de la chambre.

— Que se passe-t-il céans, milord ?

Eustace fit volte-face et désigna d'un geste de la main la jeune femme bien en chair qui s'avançait vers le lit.

— Voici Aida, l'herboriste attitrée du château, annonça-t-il. Aida, je vous présente mon frère, lord Jarrod. Sa compagne a été atteinte par une flèche et a perdu beaucoup de sang. Pouvez-vous voir ce qu'il en est exactement ? Le plus urgent est sans doute d'arrêter l'hémorragie.

Sans prendre le temps de saluer Jarrod, la nouvelle venue jeta un bref regard à l'épaule d'Aislynn et prit aussitôt la situation en mains.

— Sortez tous les deux, ordonna-t-elle, et dites à May de monter de l'eau fraîche.

Elle déposa sur la table les fioles dont elle était chargée et s'installa au chevet de la blessée, oubliant complètement les deux hommes. Obéissant à l'injonction de la jeune femme, Eustace se dirigea tout droit vers la porte. Mais Jarrod hésita, visiblement réticent à abandonner Aislynn.

— Venez, lui ordonna son frère, dont le regard dénotait une sympathie inattendue. Je sais que vous vous faites du souci, mais la demoiselle est entre de bonnes mains. Aida possède à fond l'art des simples et elle est la meilleure infirmière que je connaisse.

L'intéressée leva les yeux vers Jarrod, dont l'évidente détresse parut la toucher.

— Vous feriez mieux d'obtempérer, dit-elle d'une voix douce, mais ferme. Il faut que je sonde la plaie, et j'aurai les coudées plus franches si vous n'êtes pas là à me déconcentrer.

Comprenant qu'il serait vain de protester, Jarrod acquiesça d'un hochement de tête. Puis il emboîta le pas à son cadet et quitta la chambre à contrecœur.

L'angoisse de Jarrod ne fit que croître au fil des minutes, tandis qu'il attendait dans la grande salle le moment où il aurait enfin des nouvelles de la blessée. Assis en face de lui, Eustace demeurait silencieux, son frère lui ayant avoué sans ambages qu'il se sentait incapable d'entretenir la moindre conversation, tant qu'il ne serait pas rassuré sur le sort d'Aislynn.

A vrai dire, la complaisance du maître de maison n'allait pas sans étonner Jarrod, qui jetait parfois un coup d'œil dubitatif à son cadet. Le passage des ans n'avait guère été clément pour Eustace, qui faisait beaucoup plus que son âge, ne put-il s'empêcher de noter. Grand et maigre, le maître de Kewstoke avait les épaules voûtées et son front couronné de cheveux blonds commençait déjà à se dégarnir. Quant à son teint, il était excessivement pâle, et ce fut d'une voix lasse qu'il annonça enfin son intention de se coucher.

Resté seul dans la salle, Jarrod acheva de siroter le vin chaud qu'Eustace lui avait fait servir. Puis il s'abîma dans la contemplation du feu et tressaillit lorsque la voix d'Aida vint le tirer de sa douloureuse rêverie.

— Messire chevalier..., commença-t-elle à mi-voix, comme si elle avait craint de le réveiller.

Effrayé, Jarrod bondit sur ses pieds et se précipita vers elle sans lui laisser le temps d'achever sa phrase.

— Comment va-t-elle, pour l'amour du ciel ?

— Son état ne va pas tarder à s'améliorer, si j'en crois mon expérience. Elle a une bosse à la tête, mais le choc ne semble pas avoir été très violent. Je crois que c'est la perte de sang qui l'a laissée si longtemps inconsciente. Elle a besoin de quelques points de suture à l'épaule, et lorsque ce sera fait, je suis sûre que quelques jours de repos suffiront à la remettre sur pied.

Jarrod ferma les yeux, tandis que le soulagement déferlait en lui avec la puissance d'une lame de fond.

— Merci, mon Dieu ! exhala-t-il dans un souffle.

Il saisit la main potelée de la jeune femme et la pressa dans un geste d'infinie gratitude.

— Soyez remerciée d'avoir bien voulu la soigner, madame. Je n'oublierai pas votre dévouement.

— C'était bien naturel, affirma Aida avec un sourire. Comment aurais-je pu abandonner cette pauvrette à son sort ?

Et comme Jarrod se précipitait déjà vers l'escalier, elle l'arrêta d'une voix impérieuse :

— Hé là, où allez-vous donc, messire chevalier ?

— Je retourne au chevet d'Aislynn, bien entendu ! Il est hors de question que je la laisse seule.

— Ne la réveillez pas, je vous en prie ! Elle vient de traverser une rude épreuve et a besoin de sommeil. Je lui ai donné une potion calmante, et le mieux est de la laisser reposer tranquillement jusqu'à demain.

Jarrod se passa la main dans les cheveux, bien décidé à ne pas tenir compte du conseil.

— Je ferai attention à ne pas la déranger, promit-il.

— Si vous voulez mon avis, vous feriez mieux de dormir un peu vous-même.

Et comme le chevalier secouait la tête, elle précisa d'un air amusé :

— J'ai placé un confortable fauteuil au coin de son feu, et vous pourrez somnoler tout en restant près d'elle.

Déjà sur le seuil, Jarrod acquiesça d'un signe de tête. En fait, il était prêt à opiner à n'importe quelle suggestion, pourvu qu'on le laissât libre de juger *de visu* de l'état de la blessée.

Parvenu dans la chambre de la tour, il s'approcha du lit à pas silencieux et chercha des yeux le fin visage de la jeune femme, allongée entre des oreillers de soie multicolores. A la lueur rougeâtre du feu, Aislynn lui parut encore pâle et lasse, mais ses pommettes commençaient à se teinter de rose, et sa royale chevelure blonde répandue sur l'oreiller brillait comme un flot d'or pur. Il n'y avait pas la moindre trace de sang sur sa chemise de lin, et le drap qui la recouvrait jusqu'à la taille était d'une blancheur immaculée.

Submergé par la violence de ses émotions, Jarrod la contempla un instant sans mot dire. Puis il alla s'asseoir sur le siège que l'herboriste avait tiré près du feu, conscient qu'il vivait là peut-être les derniers moments d'intimité qu'il partagerait avec Aislynn Greatham. Qui pouvait savoir en effet ce que leur réservait l'avenir ? songea-t-il, avec un poignant mélange de soulagement et d'inquiétude.

En dépit des objurgations d'Aida, Jarrod n'avait pas la moindre intention de dormir, et ce fut seulement pour goûter un peu de paix qu'il ferma un instant les paupières. Mais il avait dû outrepasser ses forces à son insu, car à peine eut-il les yeux clos qu'il plongea dans un sommeil sans rêves.

Lorsqu'il rouvrit les yeux deux heures plus tard, une pâle lumière pénétrait par les hautes fenêtres de la pièce. Surpris, il promena sur la pièce un regard circulaire et constata que le soleil était déjà levé.

Sans perdre une seconde, il se leva d'un mouvement impulsif et se précipita au chevet de la blessée. Aislynn était encore allongée dans la même position, les bras posés sur le drap immaculé. Elle semblait si étrangement calme que Jarrod sentit son cœur défaillir dans sa poitrine. Mon Dieu, se pouvait-il qu'elle fût... Incapable d'aller jusqu'au bout de sa pensée, il se pencha vers la jeune femme et une vague de soulagement déferla en lui, lorsqu'il perçut le souffle léger de sa respiration.

Il n'avait pas eu le temps de se redresser, lorsque la blessée, à sa grande confusion, ouvrit tout à coup les paupières.

— Que... Comment vous sentez-vous ? interrogea-t-il d'une voix incertaine, tout en reculant précipitamment le buste.

Aislynn esquissa un léger mouvement et une grimace de douleur contracta ses traits.

— Avez-vous mal ? Je vais appeler l'herboriste.

Mais la blessée secoua la tête.

— Non, je vous en prie, murmura-t-elle, ne dérangez personne. Il est normal que mon épaule soit encore sensible ce matin.

Elle fronça les sourcils, visiblement préoccupée.

— Pouvez-vous m'expliquer exactement ce qui m'est arrivé ? pria-t-elle. Tout ce que Aida a pu me dire, c'est que j'ai été atteinte par une flèche et que vous m'avez transportée jusqu'au château de votre frère. Voilà qui n'éclaire pas vraiment ma lanterne !

Elle reprit sa respiration avant d'ajouter :

— Il a dû vous coûter de demander l'hospitalité ici, je présume.

Jarrod haussa les épaules d'un geste négligent.

— Ne pensez pas à cela, je vous en prie ! Eustace, en fin de compte, s'est montré plus courtois et accueillant que je n'osais l'espérer.

Aislynn n'en poussa pas moins un lourd soupir.

— J'aurais voulu rester éveillée pour m'entretenir avec vous, déclara-t-elle avec regret. Mais Aida a dû mêler un soporifique au vin chaud qu'elle m'a fait absorber, et j'ai sombré presque aussitôt dans un profond sommeil.

Jarrod confirma aussitôt d'un signe de tête.

— C'est ce qu'elle m'a dit, en effet. Elle est apparemment une excellente herboriste.

Aislynn fronça les sourcils, dans un vain effort pour rassembler ses souvenirs.

— Vous ne m'avez toujours pas expliqué ce qui s'était passé, rappela-t-elle. J'ai beau faire, je n'arrive pas à me représenter la scène de façon cohérente !

Jarrod prit une profonde inspiration, décidé à tout lui dire… sauf la découverte bouleversante de l'amour qu'il éprouvait pour elle ! Cette dernière confidence demeurerait à jamais scellée au fond de son cœur. Comment eût-il osé faire une déclaration à Aislynn, alors qu'il la savait promise à un autre homme ? C'eût été un crime contre l'honneur et la loyauté !

— Il semblerait que vous ayez été blessée par une flèche qui m'était destinée, précisa-t-il. Ulrick et moi sommes à peu près sûrs que c'est sir Fredrick qui a lancé ce trait. Le vieux chevalier l'a vu s'enfuir au plus profond de la forêt, son forfait accompli.

Aislynn soupira de nouveau, et son regard bleu refléta une profonde inquiétude.

— C'est terrible, vraiment ! commenta-t-elle. Comme cet homme doit vous détester pour en venir à de telles extrémités !

Jarrod contracta les mâchoires, incapable de contrôler le ressentiment qui montait en lui.

— Peut-être, mais ce n'est rien à côté de la rancune que j'éprouve pour lui, assura-t-il d'une voix vibrante d'animosité. Dire que cet abominable individu aurait pu vous tuer !

Le regard bleu d'Aislynn s'assombrit, tandis qu'elle répliquait :

— Il ne va pas s'arrêter là, c'est à craindre. Oh, Jarrod, il vous en veut tellement qu'il est capable de renouveler son crime ! Promettez-moi d'être prudent, je vous en conjure. Je ne dormirai pas tranquille si je sais qu'un nouveau danger vous menace.

Elle était si charmante dans son inquiétude que Jarrod sentit son cœur se serrer de regret. Pourquoi fallait-il que cette délicieuse jeune femme appartînt de plein droit à un autre… un autre qui saurait lui donner exactement tout ce qu'elle attendait de la vie ?

Pris d'une soudaine impulsion, il se pencha de nouveau vers elle, mais Dieu merci, la porte s'ouvrit avant qu'il ait eu le temps d'esquisser un geste qu'il aurait pu regretter par la suite. A la fois désappointé et heureux de l'interruption, il se retourna pour voir entrer la guérisseuse, qui se dirigea vers le lit d'une démarche énergique. Eustace la suivait de près, et tous deux se retrouvèrent bientôt côte à côte au chevet de la blessée.

— Ah, nous voilà déjà réveillée ! s'écria Aida d'un ton enjoué.

Elle enveloppa la blessée d'un regard attentif, tandis que le frère de Jarrod s'inclinait devant Aislynn.

— Je suis Eustace Maxwell, milady, pour vous servir. Comme vous le savez sans doute, je suis le frère cadet de sir Jarrod.

Aislynn hocha la tête.

— Et moi, je m'appelle Aislynn Greatham, milord. Soyez remercié de m'avoir accueillie sous votre toit. Votre aide m'a tout bonnement sauvé la vie !

— Vous êtes la bienvenue à Kewstoke, mademoiselle, et je suis heureux d'avoir pu vous être de quelque secours. J'aimerais…

— Si vous nous laissiez seules toutes deux, je pourrais jeter un nouveau coup d'œil sur la blessure, intervint Aida d'un ton sans réplique.

Ainsi congédié, Jarrod n'eut d'autre choix que de s'incliner. Inquiet, il enveloppa Aislynn d'un dernier regard, puis se résigna à quitter la chambre avec son frère. Avec une courtoisie qui ne se démentait pas, Eustace le précéda dans le corridor et le conduisit dans la grande salle.

— Asseyez-vous, je vous en prie.

Il désigna une place à la table principale, déjà dressée en prévision du petit déjeuner.

L'esprit désormais plus libre, Jarrod examina son frère à la lumière du jour, et les changements qui s'étaient opérés en Eustace lui apparurent alors dans toute leur ampleur. Les cheveux du jeune homme, autrefois très blonds, avaient légèrement foncé au fil des ans et s'étaient considérablement éclaircis. Son corps jadis presque aussi musclé que celui de son aîné était maintenant d'une excessive maigreur, et seuls ses yeux d'un gris pétillant, si semblables à ceux de son père, étaient demeurés exactement tels que Jarrod se les rappelait. Leur expression toutefois reflétait une mansuétude que l'adolescent d'autrefois était bien loin d'éprouver à son égard.

— Merci, murmura-t-il avec une réelle gratitude. Je suis réellement affamé après toutes ces émotions, et le petit déjeuner sera le bienvenu.

Sans se faire prier, il prit place à la droite de son frère, qui occupa le siège dévolu au maître de maison.

Une fois installé, Eustace attendit un instant que les serviteurs eussent rempli leurs hanaps et déposé devant eux des plateaux chargés de nourriture. Puis il invita son aîné à faire honneur au repas.

— Votre charmante fiancée semble aller beaucoup mieux, Dieu merci, observa-t-il en se servant lui-même parcimonieusement.

Jarrod retint un soupir à cette observation. Son amour pour Aislynn était-il donc si visible que tout le monde se méprît ainsi sur les liens qui les unissaient ?

— Aislynn n'est pas ma promise, se hâta-t-il d'expliquer. Elle est seulement la sœur de mon meilleur ami, Christian Greatham. En fait, je me contente de l'escorter jusqu'au château de son père.

Eustace hocha la tête.

— Je vois, murmura-t-il.

Il demeura si pensif pendant quelques instants que Jarrod se demanda s'il l'avait vraiment convaincu. Aussi prit-il sur lui d'expliquer à son frère les raisons qui l'avaient poussé à entreprendre ce périple en compagnie d'Aislynn. Son récit achevé, il plongea les yeux dans le regard gris de son frère et ajouta :

— Vous devez vous demander pourquoi diable je suis venu ici quérir du secours, alors que nous ne nous étions pas vus depuis tant d'années !

A la grande surprise de Jarrod, Eustace répliqua posément :

— Les raisons qui vous ont poussé à agir ainsi me semblent parfaitement claires, et à mon sens, vous devriez demeurer ici au moins quelques jours. La jeune personne a été grièvement blessée, et l'urgence de la situation vous a amené à surmonter les réticences nées du passé. Si vous le voulez bien, nous éviterons d'aborder pendant tout votre séjour les sujets qui pourraient prêter à litige. Vous êtes mon invité et je vous traiterai comme tel, ni plus, ni moins.

Cette proposition laissa Jarrod songeur. Le changement d'attitude d'Eustace était certes déconcertant, et les raisons qui avaient motivé ce retournement lui échappaient complètement. Mais après tout, pourquoi ne pas profiter tout simplement de cette aménité inattendue ? L'état d'Aislynn requérait encore des soins, et nulle part ailleurs elle ne trouverait un gîte aussi confortable, sans parler de l'évidente compétence d'Aida.

— Je vous suis vraiment très reconnaissant, fit-il simplement.

Eustace inclina courtoisement le buste, et le reste du repas se déroula dans la plus complète harmonie. La table à peine desservie, Jarrod s'excusa auprès de son frère et regagna à grands pas la chambre d'Aislynn. Mais la jeune femme était de nouveau endormie, et Aida l'entraîna à l'écart du lit pour chuchoter à son oreille :

— Je lui ai redonné une tisane somnifère. Si nous voulons qu'elle se rétablisse rapidement, mieux vaut la faire dormir le plus possible. Elle a perdu beaucoup de sang et a besoin de sommeil pour reconstituer ses forces.

Secrètement désappointé, Jarrod ne put que s'incliner devant cet argument. Bien qu'il brûlât d'envie d'être auprès de la jeune femme et de la tenir dans ses bras, il n'ignorait pas que le meilleur service qu'il pût lui rendre pour l'instant était de s'éloigner d'elle, comme le conseillait Aida.

Du reste, mieux valait éviter de laisser s'installer entre eux une intimité qui ne mènerait à rien et rendrait leur séparation plus douloureuse. Aislynn lui était peut-être reconnaissante de ce qu'il avait fait pour sa famille, mais elle ne l'aimait pas davantage que par le passé, il ferait bien de ne pas l'oublier. De toute évidence, elle était toujours décidée à épouser son Gwyn, et quel argument aurait-il pu opposer à ce souhait ?

Rétif au mariage, il se sentait incapable de lui offrir ce qu'elle attendait d'un homme. Dans ces conditions, ne valait-il pas mieux qu'il enfouît son amour au fond de son cœur, sans jamais lui laisser deviner à quel point elle lui était devenue chère ?

Décidé à ne plus laisser libre cours à ses sentiments, il passa toutes les journées suivantes en compagnie de son frère, ce qui le rapprocha malgré lui de son cadet. A force de parler ensemble, les deux frères finirent par sympathiser réellement, et les repas pris en commun devinrent un véritable plaisir, non moins que les moments d'entretien qui les réunissaient dans la bibliothèque du monastère attenant. Eustace était un fin lettré, et sa conversation s'avéra en fin de compte des plus intéressantes, féru comme il était d'art et de géographie.

Un détail, cependant, finit par troubler Jarrod. Pourquoi Eustace marchait-il si peu et ne chevauchait-il jamais dans la forêt voisine ? En fait, il disparaissait même de longues heures dans sa chambre sous prétexte d'étudier, et Aida le rejoignait à intervalles réguliers, afin de lui apporter des rafraîchissements. Mais aussi intrigué qu'il fût, Jarrod se refusait à poser la moindre question qui eût remis en cause le pacte que lui avait proposé son frère au lendemain de son arrivée. En somme, il était devenu expert dans l'art de refouler ses sentiments et de taire ses pensées les plus profondes !

13.

Eveillée par le vacarme inhabituel qui résonnait sous les voûtes du château, Aislynn étira les bras au-dessus de sa tête. Mais ce geste intempestif la rappela brusquement à la réalité et elle ne put retenir une grimace à la douleur inattendue qui lui cisailla l'épaule. Pourtant, sa blessure devenait beaucoup moins sensible au fil des jours et ne la faisait plus guère souffrir lorsqu'elle était au repos, à part une légère raideur dans les muscles.

Etonnée, elle se redressa sur sa couche et prêta l'oreille. Que signifiait donc ce brouhaha de voix qui semblait se rapprocher de sa chambre ? D'habitude, Kewstoke était un lieu fort tranquille, et tout le temps qu'elle était demeurée couchée dans cette pièce, jamais le moindre son agressif n'était venu troubler son repos.

Avant qu'elle n'ait eu le temps de s'interroger davantage, la porte de la chambre s'ouvrit toute grande sous une vigoureuse poussée.

— Que se passe-t-il ? s'écria Aislynn, qui fit un effort pour s'asseoir dans son lit.

A sa grande stupéfaction, elle vit sir Thomas s'avancer dans la pièce en boîtant, escorté par Eustace et Jarrod Maxwell.

Les yeux aussi arrondis de surprise que si elle avait vu entrer le roi Jean en personne, Aislynn rejeta les couvertures de son bras valide et se leva en poussant un cri de joie.

— Père, quel bonheur !

A peine eut-elle prononcé ces mots que sa tête se mit à tourner dangereusement, et elle se serait tout bonnement affalée sur le sol si sir Thomas ne l'avait recueillie dans ses bras.

— Aislynn, ma chérie ! Dieu merci, je vous retrouve enfin...

La gorge nouée d'émotion, Aislynn s'abandonna un instant contre la poitrine de son père, qui la serra tendrement contre lui. Puis elle se recula légèrement, abasourdie par cette visite inopinée.

— Père, pourquoi êtes-vous venu ? s'enquit-elle d'une voix tremblante d'émotion. Vous n'auriez jamais dû quitter Bransbury...

— Comment aurais-je pu rester là-bas, vous sachant grièvement blessée ? protesta sir Thomas. Mon sang n'a fait qu'un tour lorsque sir Ulrick m'a mis au courant, et je n'ai eu dès lors qu'une pensée en tête. Il fallait absolument que je m'assure par moi-même de votre état.

Il écarta sa fille de toute la longueur de ses bras et l'examina de la tête aux pieds.

— Allez-vous mieux, au moins ? s'enquit-il avec une paternelle sollicitude.

Aislynn sentit une vague d'émotion la submerger à la pensée que son père était accouru vers elle dès qu'il avait été informé de sa mésaventure.

— Oh, je vais bien maintenant, assura-t-elle avec un sourire mouillé de larmes. J'ai été gâtée comme un bébé, au point que l'on m'interdit de me lever depuis des jours. Figurez-vous que j'ai passé tout mon temps à dormir et que j'ai hâte de reprendre enfin une vie normale !

Tandis que sir Thomas la pressait derechef contre lui, Aislynn remarqua pour la première fois qu'ils n'étaient pas seuls, et son regard fut irrésistiblement attiré par Jarrod Maxwell, debout sur le seuil de la chambre. Elle avait à peine entrevu le jeune homme depuis son arrivée à Kewstoke, et Dieu savait qu'elle s'était efforcée de ne pas penser à lui. Mais tous ces efforts avaient été peine perdue, à en juger par l'émotion incontrôlable qui s'empara d'elle dès le premier instant où elle revit Jarrod. Rien, ni la séparation ni la souffrance, ni même le fait qu'il ne voulût visiblement pas d'elle, n'avait altéré le désir qu'elle éprouvait pour lui. Elle n'eut qu'à jeter une seconde les yeux sur lui pour que la flamme flambât de nouveau, plus impérieuse que jamais !

Anxieuse de cacher son émoi, elle détourna précipitamment le regard. Heureusement, Aida à cet instant créa une diversion, en pénétrant dans la pièce de son pas décidé.

— Hum, il y a décidément beaucoup de monde ici, observa l'herboriste.

Et, remarquant la pâleur d'Aislynn, elle déclara avec son autorité habituelle :

— Vous êtes tous très aimables d'avoir rendu visite à notre convalescente, mais c'est assez maintenant ! La demoiselle est encore trop faible pour supporter tant d'émotion, et je vous demande à tous de quitter la chambre.

Aislynn se renfrogna à ces mots.

— Mais je veux rester avec mon père ! se récria-t-elle. Il a fait tout ce chemin pour me voir et nous avons des quantités de choses à nous dire.

Aida secoua la tête, inexorable.

— C'est la première fois que vous vous levez depuis votre arrivée et il n'est pas question d'outrepasser vos forces. Vous avez perdu beaucoup de sang, et n'êtes pas encore en état de supporter de nouvelles fatigues.

Indéniablement, Aislynn éprouvait une faiblesse dans les jambes, bien que son père la soutînt par la taille. Mais elle n'en protesta pas moins avec virulence, jusqu'à ce que sir Thomas tranchât lui-même la question.

— Miss Aida a raison, ma chérie, déclara-t-il posément. Vous êtes encore très pâle et avez visiblement besoin de repos. Je reviendrai vous voir un peu plus tard, je vous le promets.

— Mais, père…

— Vous le retrouverez, allez, promit gentiment Aida, qui comprenait visiblement l'impatience de la jeune fille. Vos forces reviendront vite, si vous suivez scrupuleusement mes conseils.

Comprenant qu'il serait vain de résister davantage, Aislynn s'allongea de nouveau et laissa la guérisseuse arranger son oreiller, pendant que tous les assistants quittaient la chambre en silence.

Restée seule avec son infirmière, la convalescente prit subitement conscience d'une réalité que sa faiblesse lui avait jusque-là occultée. Maintenant que sir Thomas était auprès d'elle, Jarrod Maxwell, dont la présence ne se justifiait plus, allait certainement la laisser aux bons soins de son père et en profiter pour reprendre sa liberté !

Anéantie par cette pensée, elle laissa sa tête retomber sur l'oreiller, en proie au plus sombre désespoir.

Après avoir pris un peu de repos, conformément aux souhaits d'Aida, Aislynn se sentit assez forte pour faire appeler son père auprès d'elle. Maintenant qu'elle était mieux, les questions se bousculaient dans son esprit, et elle voulait savoir comment sir Thomas, abandonnant ses responsabilités de maître de Bransbury, avait pu entreprendre cet épuisant voyage.

Revigorée par sa sieste, elle put quitter son lit sans être terrassée par le vertige, et elle était installée au coin du feu dans un confortable fauteuil, lorsque son père fut de nouveau introduit auprès d'elle.

Toujours aussi affectueux, sir Thomas la serra derechef dans ses bras, mais cette fois, la jeune fille était assez consciente pour remarquer l'anxiété qui altérait les traits du vieil homme.

Inquiète, elle l'écarta légèrement d'elle et plongea les yeux dans ses prunelles bleues. Mais sir Thomas détourna aussitôt le regard, ce qui confirma les soupçons d'Aislynn. De toute évidence, quelque chose n'allait pas, songea-t-elle avec appréhension.

— Que se passe-t-il, père ? interrogea-t-elle d'une voix légèrement tremblante.

— Mais rien, ma chérie. Tout va parfaitement bien, je vous assure.

Le mensonge était trop flagrant pour abuser la jeune fille une seule seconde. Elle secoua la tête, incrédule.

— N'essayez pas de me ménager, je vous en prie ! Je vous connais trop bien pour que vous puissiez espérer me donner le change. Il y a quelque chose, je le sens.

Sir Thomas lui jeta un regard oblique et prit une profonde inspiration.

— Eh bien, oui, avoua-t-il enfin. Mais vous n'êtes pas encore complètement remise et j'aurais préféré attendre jusqu'à...

Aislynn se redressa dans son fauteuil.

— Père, serait-ce Christian ? interrompit-elle d'une voix palpitante d'angoisse.

Inquiet de sa réaction, le vieil homme eut un geste vigoureux de dénégation. Puis il se pencha en avant et saisit la main de sa fille.

— Non, non, répliqua-t-il en hâte, cela n'a rien à voir avec votre frère. Je n'ai rien appris d'autre à son sujet que ce que sir Ulrick et sir Jarrod ont bien voulu me dire. Non, il s'agit de...

Il reprit de nouveau sa respiration avant de poursuivre à contrecœur :

— C'est de Gwyn qu'il est question, si vous tenez vraiment à le savoir.

Aislynn ne put cacher son étonnement.

— Gwyn ? Lui serait-il arrivé quelque chose ?

A cette question, sir Thomas contracta les sourcils et son visage aristocratique revêtit une expression de profond dédain.

— D'une certaine façon, il aurait mieux valu, assura-t-il en haussant les épaules.

— Voyons, mon père, vous parlez par énigmes et je ne comprends rien à ce que vous me dites.

Le vieil homme se laissa tomber sur le banc disposé de l'autre côté du feu.

— Autant que vous le sachiez, après tout ! marmonna-t-il. Gwyn vient d'épouser sa cousine Leri. Il semblerait qu'il soit le père de l'enfant qu'elle attend, ce qui les a obligés à convoler au plus vite.

Sidérée par la nouvelle, Aislynn demeura muette pendant quelques instants.

— Marié ? articula-t-elle enfin. Mais comment est-ce possible...

Elle s'arrêta net, tandis que le souvenir des propos que lui avait tenus Gwyn au moment de son départ lui revenait inopinément à l'esprit. N'était-ce pas précisément là ce qu'il avait tâché de lui faire comprendre ? Mais elle était déjà si obnubilée par l'image de Jarrod Maxwell qu'elle s'était refusée à comprendre.

Perplexe, Aislynn s'appuya contre le dossier de son fauteuil et s'oublia un instant à contempler les flammes qui crépitaient dans l'âtre. Ainsi, Gwyn avait rompu leurs fiançailles pour s'unir à une autre... Curieusement, cette nouvelle ne lui causait pas la souffrance qu'elle aurait dû. Le premier effet de surprise passé, elle dut même s'avouer que cet événement, loin de l'abattre, la soulageait plutôt d'un grand poids.

Tout en ressentant une certaine affection pour Gwyn, elle s'était toujours rendu compte qu'il éprouvait un faible pour sa cousine Leri. Comment le blâmer d'avoir cédé à cette inclination ? L'amour ne se commandait pas, et elle n'ignorait pas combien il était difficile de résister à l'entraînement de la passion. Ne s'était-elle pas elle-même donnée à Jarrod, sans se soucier un seul instant des conséquences de son acte ?

A peine eut-elle formulé cette pensée dans son esprit que la vérité lui apparut, fulgurante. Si elle se souciait aussi peu de la trahison de Gwyn, c'était pour la bonne et simple raison qu'elle était éprise d'un autre. Oui, elle était tombée amoureuse de Jarrod Maxwell dès le premier instant où son regard s'était posé sur lui, et cet amour ne cesserait qu'avec sa vie, même s'il n'était pas le moins du monde payé de retour !

Inquiet de la voir aussi songeuse, sir Thomas se pencha vers elle pour lui tapoter la main.

— Je suis vraiment navré, Aislynn. Cet homme est un goujat de vous infliger pareille déconvenue. La vérité, c'est qu'il mériterait une bonne leçon, et je la lui aurais infligée moi-même, si la situation n'avait requis de moi une certaine diplomatie.

Encore sous le coup de sa découverte, la jeune fille prit sur elle pour cacher ses sentiments.

— Ne vous faites aucun souci pour moi, père, répliqua-t-elle d'une voix aussi calme que possible. La vérité, c'est que je n'ai jamais aimé Gwyn.

Et comme son père la considérait avec étonnement, elle se hâta de préciser :

— Du moins, pas de cette façon-là. J'ai éprouvé une certaine tendresse pour lui, c'est vrai, mais il n'a jamais été pour moi autre chose qu'un ami d'enfance. Tout ce qui m'ennuie, c'est que son mariage vous prive du seul allié que vous auriez pu avoir au Pays de Galles. Dieu sait comment vous allez pouvoir gérer vos problèmes de frontières à présent.

De façon inattendue, le visage de sir Thomas s'éclaira à ces mots.

— Ne vous inquiétez pas de cela, déclara-t-il en secouant la tête. Contre toute attente, Gwyn a réalisé un véritable miracle. Après maints pourparlers, il a réussi à convaincre son parent Llewellyn d'engager avec moi des négociations de paix !

— Comment s'y est-il pris ? s'enquit Aislynn, soulagée par cette information.

— Je n'en sais rien, en vérité. Je suppose que Gwyn s'est senti tellement coupable d'avoir violé sa promesse à votre égard qu'il a tenté de se racheter ainsi. En tout cas, Lewellyn a cessé les attaques qu'il lançait non seulement sur nous, mais sur ses autres voisins, et la région connaît un état de paix que nous n'avions pas goûté depuis longtemps. Une vraie bénédiction !

Aislynn exhala un soupir de bonheur.

— Mais c'est merveilleux, père ! Je m'inquiétais tant de vous savoir en butte à ces tracas. Voilà qui va changer complètement notre vie.

Sir Thomas ferma une seconde les paupières, comme pour se pénétrer de cette perspective.

— Même si les circonstances n'avaient pas été aussi favorables, je me serais tout de même précipité à votre chevet, assura-t-il. Mais je dois avouer qu'il est réconfortant de se dire qu'un conflit ne risque pas de se déchaîner en mon absence.

Malgré ces paroles lénifiantes, Aislynn lui jeta un regard soucieux.

— Tout de même, je ne voudrais pas vous retenir trop longtemps loin des lieux où votre devoir vous appelle. Le plus sage serait que nous rentrions immédiatement à Bransbury !

Sir Thomas pressa avec affection la petite main fluette de sa fille.

— Nous partirons dès que possible, mais pas avant que votre état de santé ne le permette ! répondit-il avec détermination.

Il pinça les lèvres, soudain rembruni, avant d'ajouter avec aigreur :

— Maintenant que nous sommes rassurés sur la santé de Christian, nous pouvons retourner l'attendre à la maison. Mais j'aurai un mot à lui dire lorsqu'il reviendra. Comment a-t-il pu nous laisser aussi longtemps dans une telle anxiété ? Dire que j'ai failli vous perdre en vous envoyant à sa recherche ! Quant au rêve que j'ai eu, je n'en comprends plus la signification. Qui était cette jeune femme blonde, puisque de toute évidence il ne s'agissait pas de vous ?

Comprenant que Jarrod et Ulrick s'étaient montrés discrets à ce sujet, Aislynn se mit en devoir de conter brièvement à son père ce qu'il en était.

— Il a été soigné à Ashcroft par une jeune guérisseuse blonde du nom de Rowena, précisa-t-elle avec un sourire. C'est sans doute elle la jeune femme de votre vision. Mais comment auriez-vous pu savoir ?

Sir Thomas secoua lentement la tête, stupéfait.

— Et vous dites qu'il était venu à Ashcroft dans le seul but de la retrouver ? Mais où diable a-t-il pu entendre parler d'elle ?

— C'est une question que je me suis déjà posée, père, mais sans pouvoir lui trouver le moindre début de réponse. Je crains que nous n'en sachions pas davantage avant d'avoir retrouvé Christian. Mais qui peut savoir où il se trouve à présent ?

Une ombre de tristesse voilà son regard, tandis que sir Thomas continuait à la presser de questions.

— Cette Hagar n'a-t-elle pu vous renseigner sur la direction qu'il avait prise ?

— Elle ne pouvait courir le risque de parler devant son fils. Mais je crois que, de toute façon, elle n'en savait pas davantage...

A cet instant, l'entretien du père et de la fille fut interrompu par l'entrée d'Aida, qui examina la convalescente d'un regard critique.

— Allons, assez de bavardages pour aujourd'hui, fit l'herboriste d'un ton sans réplique. Vous êtes encore un peu pâle et il est grand temps de vous coucher.

Obéissante, Aislynn s'allongea sous les courtines et avala docilement la potion somnifère que lui avait préparée la guérisseuse. Après tout, le sommeil lui apporterait du moins quelque soulagement, songea-t-elle. Plongée dans une bienheureuse inconscience, elle oublierait pour un instant que le moment qui devait la séparer à jamais de Jarrod Maxwell n'était plus qu'une question d'heures !

Le lendemain, Aislynn retrouva sa peine intacte, et l'angoisse qui lui serrait le cœur s'intensifia encore lorsqu'elle vit Jarrod pénétrer dans la chambre en compagnie de sir Thomas. C'était la première fois qu'elle se retrouvait en sa présence depuis l'aveu qu'elle s'était fait à elle-même, et son pouls s'emballa littéralement à sa vue. Nerveuse, elle lissa machinalement les plis du surcot de velours bleu qu'Aida l'avait aidée à revêtir, en priant le ciel pour qu'on ne remarquât pas son émoi. Puis elle examina à la dérobée les traits du visage aimé, et son regard, malgré elle, s'attarda un instant sur les mains de Jarrod. Troublée par le souvenir des caresses que ces doigts forts et déliés lui avaient prodiguées à Ashcroft, elle rougit violemment et se tourna en toute hâte vers son père.

— Vous semblez aller mieux, ma chérie, dit le vieux seigneur d'un ton réjoui. Vos joues sont aussi roses que des pommes d'api !

D'un geste tendre, il caressa les cheveux dénoués de sa fille, avant de s'installer près d'elle sur un banc.

Consciente du regard que Jarrod fixait sur elle, Aislynn déglutit avant de répondre :

— Je suis maintenant tout à fait bien, père, et sans miss Aida, je vaquerais déjà dans le château. Mais elle tient à ce que je n'abuse pas de mes forces et m'a enjoint de rester assise au coin du feu !

— Je suis heureux de vous voir de nouveau sur pied, Aislynn, déclara Jarrod avec douceur.

Il prit place de l'autre côté du foyer, et la jeune fille tourna les yeux vers lui un instant avant de baisser la tête, embarrassée.

— Je suis bien consciente de ce que je vous dois, assura-t-elle. Vous m'avez sauvé la vie en me transportant à Kewstoke. Quelle pénible chevauchée cela a dû être pour vous !

Jarrod secoua lentement la tête.

— C'était la moindre des choses, si l'on pense que c'est moi qui vous avais mise en danger !

Sir Thomas tapota la main de sa fille et adressa un sourire au chevalier.

— Vous n'avez aucune raison de vous sentir coupable, Jarrod, affirma-t-il. Aislynn va se remettre complètement, et cet épisode ne sera bientôt plus pour elle qu'un mauvais souvenir.

Maxwell émit un long soupir à ces mots.

— Il n'en reste pas moins que nos recherches n'ont abouti à rien, observa-t-il. Certes, nous sommes rassurés sur le sort de Christian, mais nous n'avons toujours aucune idée de l'endroit où il peut se trouver.

Il prit dans le creux de sa manche un morceau de parchemin et le tendit à Aislynn.

— Je voulais vous rendre cela, miss Greatham. Ce dessin vous appartient de droit.

La jeune fille le remercia d'un signe de tête et déploya le rouleau, afin que son père pût examiner le portrait de la mystérieuse guérisseuse d'Ashcroft.

— Elle est indéniablement jolie, commenta sir Thomas, après avoir considéré un instant le fusain. Mais quel rapport peut-elle avoir avec la disparition de Christian ? C'est décidément à n'y rien comprendre.

Il se pencha pour étudier l'esquisse de plus près et remarqua d'un ton intrigué :

— On retrouve ici le même dragon que Christian avait déjà fait figurer sur le croquis du soldat de Dragonwick... Avez-vous une idée de ce que cela peut signifier ?

Jarrod eut un tressaillement à ces mots, comme si la vérité s'imposait brusquement à lui.

— Mais c'est certain ! s'exclama-t-il. Comment n'ai-je pas compris cela plus tôt ? Le domaine de Dragonwick représente la clé de l'énigme, bien que je ne voie pas du tout pour quelle raison. Christian ne remettra jamais les pieds là-bas, bien entendu, du moins tant que le château est sous la domination de Kelsey. Mais il a fort bien pu gagner le lieu le plus proche, c'est-à-dire Avington.

Une idée soudaine lui traversa l'esprit et il frappa la paume de sa main de son poing fermé.

— Qui sait ? Il est peut-être arrivé là-bas juste après mon départ de Bransbury, et Simon n'aura pas eu le temps de m'en informer ! Nous nous serons manqués de peu, en somme...

A peine eut-il prononcé ces mots qu'Aislynn sut instinctivement qu'il avait touché juste. Pour quelque motif incompréhensible, Christian avait emmené cette femme à Avington, c'était l'évidence même. Jarrod avait raison, c'était trop absurde. Pourquoi n'avaient-ils pas pensé plus tôt à cette éventualité ?

Le cœur battant, elle interrogea ses interlocuteurs du regard.

— Et si nous y allions tous ? proposa-t-elle, la voix vibrante d'espoir.

Son père la considéra un instant, puis il fronça les sourcils, préoccupé.

— C'est une excellente idée, approuva-t-il enfin, mais pas avant que vous ne soyez en état de voyager, ma chérie.

— Oh, mais je suis déjà bien assez forte, père, je vous assure !

Jarrod à son tour secoua la tête d'un air sceptique.

— Sir Thomas a raison, Aislynn, intervint-il. Vous avez été grièvement blessée, ne l'oubliez pas, et vous devez vous ménager.

Bien que touchée par cette sollicitude, la jeune fille poussa un soupir d'impatience.

— Je me sens plus robuste d'heure en heure, affirma-t-elle avec conviction, et je suis sûre que nous pouvons partir dès demain.

Une expression de doute apparut sur le visage des deux hommes, qui s'entreregardèrent. En désespoir de cause, Aislynn se tourna vers son père et son regard se fit suppliant, tandis qu'elle insistait :

— Faites préparer les bagages, père, je vous en prie ! Je suis déjà bien assez remise pour reprendre la route et il ne sert à rien d'attendre davantage. Pensez un peu, si Christian nous échappait encore !

Devant son impatience, sir Thomas eut un sourire conciliant.

— C'est d'accord, ma chérie. Nous avons hâte, nous aussi, de revoir votre frère et de comprendre ce qui a bien pu se passer pour qu'il nous laisse si longtemps sans nouvelles. Enfin rassurés, nous reprendrons aussitôt le chemin de Bransbury.

Voyant l'affaire réglée, Jarrod se leva brusquement et s'inclina devant sir Thomas et sa fille.

— Je vous laisse converser, déclara-t-il, pendant que je vais m'occuper des préparatifs, selon le souhait de miss Aislynn. Il me tarde moi aussi de résoudre cette irritante énigme.

Après avoir enveloppé ses deux interlocuteurs d'un regard poli, mais glacé, il gagna la porte avec cette démarche presque féline qui n'appartenait qu'à lui.

Blessée par sa froideur, Aislynn ne l'en suivit pas moins des yeux jusqu'au seuil. Comme s'il avait senti l'insistance de son regard, Jarrod tourna brusquement la tête et lui jeta une brève œillade par-dessus l'épaule. L'expression qu'elle lut alors dans ses prunelles sombres était si éloquente qu'elle sentit son cœur s'emballer à cette vue. Indifférent, Jarrod ? Allons donc ! En dépit de tout, il la désirait encore, et son regard, plus loquace que lui, venait de le lui exprimer sans équivoque possible.

— Aislynn ?

La voix de son père la fit revenir à elle, et elle se tourna promptement vers lui.

— Quelque chose ne va pas, ma chérie ?

Aislynn ne fut pas sans remarquer que les yeux de son père n'étaient pas fixés sur elle, mais sur la porte qui venait juste de se refermer sur Jarrod. Se doutait-il de quelque chose, par hasard ?

Rougissante, elle s'obligea à sourire de façon rassurante.

— Je me disais seulement que sir Jarrod avait beaucoup fait pour nous et qu'il ne devrait pas se tenir pour responsable de ce qui m'est arrivé.

Sir Thomas acquiesça, mais il demeura visiblement préoccupé, et la jeune fille sentit bien qu'elle ne l'avait pas totalement convaincu.

Mais que pouvait-elle lui dire ? La seule chose qu'elle fût décidée à ne jamais aborder avec lui, c'était la brève aventure qui l'avait jetée dans les bras de Jarrod à Ashcroft. Sir Thomas était un homme d'honneur jusqu'au bout des ongles. S'il apprenait l'aventure, nul doute qu'il ne tentât d'obliger Maxwell à faire la seule chose jugée convenable en pareil cas, la demander en mariage. Or, elle n'ignorait pas que Jarrod tenait à sa liberté comme à la prunelle de ses yeux. Dans ces conditions, comment lui imposer un lien qu'il ne souhaitait pas vraiment ?

Et pourtant, il la désirait farouchement, elle en était maintenant certaine. Ce simple fait, pour l'instant, ne suffisait-il pas à son bonheur ?

Fermant les yeux, elle savoura la joie inouïe qui venait de lui échoir, et par la grâce de l'amour, oublia pendant quelques secondes jusqu'au souvenir de ses souffrances.

Le château dormait déjà depuis longtemps, lorsque Aislynn se glissa silencieusement par la porte entrebâillée de sa chambre. Effleurant les murs du bout des doigts, elle gagna l'escalier, dont elle descendit silencieusement les degrés, et suivit le long corridor qui menait à la tour nord du château. Pourvu que personne ne la surprît à courir ainsi les couloirs en pleine nuit ! songea-t-elle avec appréhension.

Mais cette crainte ne l'empêcha pas de poursuivre sa route, en comptant mentalement les portes qui s'ouvraient à sa droite. Dûment interrogée, la servante chargée d'entretenir son feu l'avait renseignée du bout des lèvres :

— La troisième chambre avant le bout du couloir, lui avait-elle dit, non sans lui jeter un coup d'œil suspicieux. C'est là que sir Eustace a logé son frère, juste à côté de son propre appartement.

Déterminée, Aislynn poursuivit son chemin à pas muets. Malgré sa frayeur, elle savait exactement ce qu'elle voulait. L'expression qu'elle avait lue ce matin-là dans les yeux de Maxwell avait orienté sa décision. Elle aimait Jarrod, et si elle ne pouvait partager sa vie, elle prendrait du moins ce que le sort voulait bien lui accorder, quelques instants de bonheur intense dont le souvenir éclairerait à jamais son existence solitaire. Le regard que lui avait lancé Jarrod depuis le seuil était assez parlant pour qu'elle fût sûre au moins d'une chose : il ne la repousserait pas si elle avait la hardiesse de le rejoindre en pleine nuit !

Parvenue devant la porte de Jarrod, elle frappa trois coups légers, puis tourna la poignée aussitôt, avant d'avoir le temps de changer d'avis. Installé dans un fauteuil disposé près du feu, Jarrod l'enveloppa d'un regard stupéfait et se leva d'un bond à son entrée.

— Aislynn ! s'écria-t-il d'une voix étouffée par la surprise et l'émotion.

Le torse nu, il se tint un instant immobile devant sa visiteuse, qui rougit légèrement à la vue de ses larges épaules aussi fermes que du bronze, et de ses hanches étroites moulées dans des culottes de daim. Cet homme, décidément, ne perdrait jamais le pouvoir de lui couper le souffle !

— Jarrod..., exhala-t-elle dans un murmure.

Leurs yeux se rencontrèrent, et pendant quelques secondes, tous deux demeurèrent silencieux, comme pris dans le tourbillon d'un délicieux vertige.

— Pourquoi êtes-vous venue ? interrogea enfin Jarrod, sans la quitter une seconde du regard.

Pour Aislynn, le moment n'était plus aux fausses pudeurs, et ce fut sans ambages qu'elle répliqua :

— Voulez-vous me faire croire que vous ne connaissez pas déjà la réponse à cette question ? Je suis venue parce que vous le souhaitez autant que moi...

La franchise de cette entrée en matière arracha à Jarrod un geste de surprise. Mais ses paupières déjà alourdies de désir et ses prunelles sombres à la profondeur exotique tenaient malgré lui un tout autre langage, qu'Aislynn fut prompte à interpréter. Jarrod avait beau jouer les indifférents, il se consumait exactement comme elle.

Pareille à une apparition, avec ses longs cheveux répandus à flots sur les épaules et sa chemise transparente, elle s'avança résolument vers lui et déposa son chandelier sur la table de nuit. Quelle étrange fermeté dans sa démarche ! songea le chevalier avec une involontaire admiration. Décidément, cette frêle Circé aux formes enchanteresses n'avait pas fini de l'étonner.

D'un regard avide, il enveloppa la silhouette aux lignes délicieusement féminines qui se tenait maintenant debout devant lui. Le pouls de la jeune femme battait follement au creux de sa gorge, signe indubitable qui prouvait au moins qu'elle n'était pas aussi impavide qu'elle voulait bien le montrer. Mais il n'eut qu'à plonger un instant son regard dans les prunelles couleur de pervenche pour savoir que cette émotion n'était pas due à la nervosité. Les yeux d'Aislynn brillaient d'un désir identique au sien.

— Acceptez-vous que je reste ? interrogea-t-elle dans un rauque murmure.

Le cœur de Jarrod s'emballa instantanément à cette seule question. Qu'elle restât ? Grands dieux, comment aurait-il pu la repousser en cet instant ? La tentation était bien au-dessus de ses forces ! Elle était si belle dans son vêtement de nuit diaphane, dont le tissu translucide dévoilait les blondes aspérités de son corps... Ne connaissait-il pas déjà toute la suavité de cette chair indiscrètement révélée par la minceur de l'étoffe ? Son corps brûlait de se fondre de nouveau dans cette enivrante douceur...

Dieu, qu'il la désirait, d'un désir qu'exacerbait encore la menace de leur séparation prochaine ! Christian retrouvé, les Greatham ne s'attarderaient certainement pas à Avington, il n'en était que trop conscient. Dans quelques jours, Aislynn sortirait à jamais de sa vie. Comment en effet supporterait-il de retourner à Bransbury, pour y être témoin de son bonheur avec un autre ? C'était là une perspective dont la seule pensée lui brisait le cœur. Incapable de supporter cette idée, il tendit les bras à Aislynn, qui se blottit contre sa poitrine d'un mouvement impétueux.

Intensément soulagée, la jeune femme réalisa en cet instant à quel point elle avait eu peur d'être repoussée. Fermant les yeux, elle leva le visage vers Jarrod dans un geste d'invite auquel son compagnon fut incapable de résister.

De ses lèvres fermes et chaudes, il s'empara de la bouche d'Aislynn, et plongea dans les profondeurs humides où sa langue se mit à exécuter un voluptueux ballet, excitant Aislynn et éveillant en elle un monde de sensations inconnues. Avec un gémissement de plaisir, elle se haussa sur la pointe des pieds pour refermer les bras autour de sa nuque et pressa contre lui son corps pantelant de désir.

Cette fois, elle n'était plus la jeune novice d'Ashcroft, et savait exactement où ils allaient tous deux. D'un mouvement preste, elle se dégagea et prit la main de Jarrod, qu'elle conduisit impérieusement vers le lit.

Mais Maxwell l'arrêta en chemin en lui chuchotant à l'oreille :

— Non, ma douce impatiente, ne vous hâtez pas ainsi ! Laissez-moi le temps de vous savourer. Il y a trop longtemps que j'attends cet instant…

Avec un délicieux frisson d'anticipation, Aislynn ferma les yeux, tandis qu'une onde de plaisir la parcourait toute, aussi puissante que le déferlement d'une vague. Doucement, Jarrod la fit pivoter pour délacer sa robe de nuit, qu'il lui ôta avec une habileté de chambrière avant de la jeter négligemment sur le tapis.

Complètement nue maintenant, Aislynn passa le bout de sa langue sur ses lèvres sèches, pendant que Jarrod la pressait doucement contre lui.

— Je veux vous caresser tout entière, chuchota-t-il en posant les mains sur ses hanches.

Aislynn s'abandonna, défaillante, tandis qu'il commençait son aventureuse exploration en englobant ses seins dans ses paumes. Puis ses mains descendirent le long du ventre de la jeune fille, qui retint son souffle lorsqu'elle les sentit s'arrêter sur le triangle d'or qui brillait à la jonction de ses cuisses.

— Oh, Jarrod..., balbutia-t-elle, tandis qu'il s'immisçait en elle et jouait de ses sensations, comme un musicien habile à tirer d'une harpe les plus suaves harmoniques.

Grisé lui-même, Jarrod intensifia ses caresses jusqu'à ce que la jeune fille se cramponnât à lui, prise d'un tel vertige qu'elle sentit le sol vaciller sous elle.

Quelle femme merveilleuse, vraiment, songea Jarrod avec ivresse. Jamais il n'avait connu créature plus innocemment sensuelle et plus douée pour le plaisir des sens. Comme en réponse à cette pensée, Aislynn leva les yeux vers lui et plongea dans les profondeurs ardentes de son regard, où elle se sentit sombrer corps et âme. Jarrod, son bel amour... Dieu, qu'il lui était cher ! Pourrait-elle jamais le guérir, à force de tendresse, de toutes les blessures que lui avait infligées la vie ? Mais comment l'aurait-elle pu, alors qu'elle n'avait pour cela qu'un seul instant, aussi fugitif que le souffle du vent sur les forêts de Bransbury ?

Comme s'il avait senti l'urgence de son appel, Jarrod la souleva dans ses bras et la porta sur le lit, le regard toujours perdu dans ces yeux couleur de pervenche qui le hantaient depuis le premier instant où il s'était perdu dans leurs profondeurs bleues.

— Vous êtes le charme même, Aislynn. Mais je n'ai pas de mots pour décrire votre beauté. Elle est bien audelà de tout ce que je pourrais en dire !

Palpitante, la jeune femme lui prit la main et la posa sur son sein.

— Ecoutez mon cœur, murmura-t-elle. Il bat la chamade, tant il se languit de vous !

Jarrod se pencha et saisit entre ses lèvres le mamelon rose qui pointait hardiment vers lui. Transportée par cette caresse, Aislynn gémit de désir.

— Oh, Jarrod, s'il vous plaît, ne me faites plus attendre ! Je vous désire tellement...

Vaincu par l'ardeur de cette requête, Jarrod s'allongea sur elle, grisé de sentir contre sa peau cette chair veloutée dont il n'avait pas oublié l'enivrante douceur.

Impatiente de l'accueillir, Aislynn souleva les hanches vers lui et il pénétra en elle, avec la sensation de se perdre dans un océan de délices.

Les yeux clos, la jeune femme sentit déferler en elle le plus intense sentiment de bonheur qu'elle eût jamais éprouvé de sa vie. Qu'importait ce qu'il adviendrait d'elle à l'avenir ? Jarrod était en elle, plus présent qu'il ne l'avait jamais été, et prêt à se perdre avec elle dans les profondeurs vertigineuses de l'extase.

Lorsque, quelques instants plus tard, il roula à côté d'elle, la respiration encore haletante et le visage transfiguré par la passion, elle interrogea les profondeurs sombres de ses yeux, et y lut une tendresse dont l'intensité la bouleversa. Oh, Seigneur, comment pourrait-elle supporter de vivre sans lui et de ne jamais le revoir sur cette terre ? C'était tout bonnement impossible !

Et pourtant, c'était bel et bien la désolante perspective qui l'attendait. Malgré les instants de félicité qu'ils venaient de partager, Jarrod ne l'aimait pas, inutile de nourrir la moindre illusion à ce sujet. Leurs routes se sépareraient à jamais lorsqu'elle reprendrait avec son père le chemin de Bransbury.

Submergée par la douleur, elle ferma un instant les yeux, si anéantie qu'elle mit cette fatigue sur le compte de sa blessure. Après tout, elle n'était pas encore totalement remise et il n'était pas étonnant qu'elle se sentît épuisée après avoir ainsi outrepassé ses forces.

Si seulement elle arrivait à goûter un instant de repos, pendant lequel elle pourrait reléguer son chagrin à l'arrière-plan de son cœur ! Quelques minutes seulement, le temps de retrouver sa force et sa tranquillité d'esprit. Oh oui, si seulement…

14.

Apaisé, Jarrod écoutait le feu crépiter dans l'âtre, sa compagne étroitement serrée contre lui, lorsqu'il entendit frapper à la porte de communication qui séparait sa chambre de l'appartement de son frère. D'un regard, il s'assura qu'Aislynn était plongée dans un profond sommeil, puis il desserra précautionneusement son étreinte et se leva.

— Eustace ! murmura-t-il, après avoir entrouvert l'un des battants.

Attentif à éviter le moindre bruit, il poussa doucement la porte derrière lui et suivit son frère dans la pièce voisine. Cette incursion tardive ne manquait pas de l'étonner. Que diable Eustace pouvait-il lui vouloir en pleine nuit ? s'interrogea-t-il avec quelque appréhension. Mais cette question mourut sur ses lèvres, dès qu'il eut jeté un regard sur le visage blafard de son cadet. De toute évidence, ce dernier ne se sentait pas en forme, ce qui expliquait sans doute qu'il eût quitté la table très tôt ce soir-là, laissant Jarrod et sir Thomas mettre au point les modalités de leur départ.

— Excusez-moi de vous avoir ainsi tiré du lit, commença Eustace, mais je ne parvenais pas à trouver le sommeil, à l'idée que vous alliez bientôt partir sans que j'aie trouvé l'opportunité de m'entretenir vraiment avec vous. Or, il y a quelque chose que je dois absolument vous dire, et je ferais bien de m'en acquitter tout de suite, tant que j'en ai le courage.

— Je suis à votre disposition, répliqua simplement Jarrod, bien qu'il fût assez étonné par ce préambule.

D'un regard nostalgique, il embrassa la vaste pièce, dont les meubles cossus et robustes étaient exactement les mêmes qu'aux temps lointains de son enfance. Combien de fois n'avait-il pas vu son père assis dans le fauteuil à dossier sculpté, derrière l'imposant bureau de chêne massif ? Son père pour qui il avait toujours éprouvé une fervente affection, même si celui-ci n'avait pas jugé bon de le garder près de lui à Kewstoke…

En dépit de toutes les années qui s'étaient écoulées depuis lors, il se rappelait encore le jour de leur séparation comme s'il ne datait que de la veille. Même s'il s'était montré souvent distant à son égard, son père avait tout de même pris soin de lui à sa manière et avait dû éprouver pour lui une certaine tendresse. Sinon, pourquoi aurait-il ramené de la Terre sainte ce petit bâtard qu'il lui aurait été si facile d'abandonner sur place, comme l'avaient fait tant d'autres chevaliers ?

Malgré ses défauts, Edward Maxwell avait été un homme de devoir et avait pris toutes ses responsabilités au sérieux, même si cette attitude ne lui avait guère laissé de temps pour s'occuper de sa propre famille.

Mais à quoi bon entretenir aujourd'hui de telles pensées ? s'admonesta Jarrod. Il était un homme fait à présent, et non plus le gamin frustré de tendresse, qui se sentait un étranger dans sa propre demeure. Avec sa bonté innée, le Dragon l'avait aidé à surmonter les blessures du passé et à prendre confiance en lui-même. Cela, il n'était pas prêt de l'oublier, même si son séjour à Kewstoke avait inopinément réveillé en lui les vieux fantômes d'autrefois.

Décidé à chasser ces images importunes de son esprit, il croisa les bras et examina son frère, qui se tenait appuyé au manteau de la cheminée. Eustace semblait décidément livide dans sa robe de chambre rouge sombre, et Jarrod se demanda si sa pose n'était pas tout simplement due à son état de faiblesse.

— Aida m'a informé tout à l'heure que votre protégée était quasiment guérie, commença le maître des lieux en guise de préambule.

Jarrod toussota, conscient de la présence d'Aislynn derrière la cloison.

— Elle va mieux en effet, confirma-t-il enfin. Son père se remettra en route dès qu'elle sera en état de le suivre. A vous dire la vérité, tous deux ont grand hâte de regagner Bransbury.

Un élancement de souffrance lui cisailla le cœur à cette pensée, mais il passa outre. Pourquoi nourrir d'inutiles regrets ? D'une certaine façon, Aislynn Greatham était déjà perdue pour lui…

— Quant à moi, poursuivit-il après avoir dégluti, je vais tâcher de recueillir quelque indice qui me permette de retrouver Christian. En fait, j'ai déjà ma petite idée sur la question et je ne serais pas du tout étonné de mettre la main sur lui à Avington.

Eustace détourna les yeux, manifestement embarrassé.

— Je serai fort triste de ne plus vous voir, assura-t-il enfin d'une voix assourdie.

Jarrod lui lança un regard surpris. Bien que son frère se fût montré étonnamment affable à son égard depuis son arrivée à Kewstoke, il ne s'attendait certes pas à le voir déplorer son départ. Qu'est-ce que tout cela présageait-il ? Mais les paroles suivantes ne firent qu'accroître son étonnement.

— Jarrod, je dois vous avouer que mon état de santé laisse fort à désirer.

Déconcerté par ce brusque changement de sujet, Jarrod scruta le visage émacié de son cadet, dont les traits ressemblaient en plus fins à ceux de son père. Eustace avait bel et bien l'aspect d'un homme malade, comment nier l'évidence ?

— J'ai remarqué, en effet, répondit-il laconiquement.

Eustace se passa une main lasse sur le front.

— A quoi bon les périphrases, en effet ? J'oublie toujours que les autres peuvent voir ce que je ne puis plus me cacher à moi-même, soupira-t-il.

Il retira son bras du rebord de la cheminée et se laissa tomber sur le siège disposé près du foyer. Epuisé, il contempla un instant les flammes, puis poussa un profond soupir avant de reprendre :

— Je vous serais reconnaissant d'accepter de m'entendre pendant quelques instants. Dieu sait pourquoi, je ressens le besoin de… décharger mon cœur, en quelque sorte.

Et comme son frère acquiesçait de la tête, il poursuivit d'une voix émue :

— J'étais très jaloux de vous lorsque j'étais enfant, Jarrod. Vous étiez plus vigoureux et plus brillant que moi, et je pensais que sans vous, sans votre encombrante présence, père aurait eu plus de temps à me consacrer. Mais j'ai réalisé mon erreur après votre départ. Je croyais qu'il deviendrait alors plus proche de moi et plus affectueux à mon égard, mais il n'en fut rien, et il resta ce qu'il avait toujours été. Il était pris par ses devoirs, ses responsabilités, comme vous savez, et je le voyais aussi peu qu'auparavant. J'ai compris alors ce que ma mauvaise foi m'avait si longtemps caché. Le problème résidait en lui, et non en vous !

Il haussa les épaules et ajouta, ses yeux gris fixés sur Jarrod :

— Vous le connaissiez autant que moi, n'est-ce pas ? Ce n'était pas qu'il fût insensible ni cruel, mais rien d'autre ne l'intéressait vraiment que la gestion de ses domaines. Même ma mère ne pouvait retenir très longtemps son attention, et je pense qu'elle souffrait énormément de cet état de fait. Sans doute le chagrin a-t-il eu une grande part dans la maladie qui l'a emportée, deux ans après votre départ. Mon père n'était pas homme à lui manifester beaucoup de tendresse.

Jarrod ne put qu'opiner à ce portrait.

— Il n'avait pas un caractère facile, c'est vrai, et j'ai mis des années à le comprendre vraiment.

Il s'interrompit quelques instants avant d'avouer dans un soupir :

— Il n'en reste pas moins que je l'aimais, malgré son attitude souvent froide et distante.

— Moi aussi, bien entendu. Mais j'ai réalisé trop tard que je n'avais pas à vous faire porter la responsabilité de mes frustrations. C'était notre père qui était à blâmer, et non pas vous. Dieu sait pourtant qu'il m'a fallu du temps pour admettre cela !

De nouveau, Jarrod laissa son regard errer sur le lit imposant, les tapis d'Orient que son père avait ramenés de Terre sainte, et les armes des Maxwell qui ornaient le manteau de la cheminée. Rien décidément n'avait changé en ce lieu, où le passé semblait revivre pour l'éternité. Si Eustace n'avait en rien modifié ce décor, depuis sept ans qu'il était devenu le maître de Kewstoke, c'était sans doute par respect pour la mémoire de son père, et pour s'identifier en quelque sorte à celui qu'il avait tant aimé.

— Je ne vous comprends que trop bien, dit-il dans un soupir.

En fait, ces paroles allaient bien au-delà de la simple politesse. Ce frère aux yeux gris qu'il avait retrouvé après tant d'années d'absence n'avait plus grand-chose de commun avec le gamin maussade d'autrefois. Malgré son délabrement physique, on sentait en lui une grande force de caractère, et un courage allié à une ferme douceur. En somme, Jarrod se trouvait en face d'un homme que dans toute autre circonstance, il eût été heureux et fier d'appeler son ami !

— Père a été très triste de votre départ, reprit Eustace après un instant de silence, il faut que vous le sachiez. On le voyait souvent, le soir, se promener sur les remparts en fixant l'Orient d'un regard absent. Et quoi qu'il m'en coutât alors, je savais exactement à qui il pensait en ces instants…

Cette déclaration inattendue laissa Jarrod muet pendant quelques secondes. Trop ému pour exprimer sur-le-champ ce qu'il avait sur le cœur, il marqua une longue pause avant d'articuler d'une voix étrangement rauque :

— Je suis vraiment heureux d'apprendre cela, et ne puis que déplorer qu'il n'ait jamais su me le dire. J'aurais tant aimé savoir que mon père se souciait un peu de moi, à défaut de ma mère…

— Comment pouvez-vous prétendre cela ? interrompit Eustace. Ne savez-vous donc pas que votre mère vous adorait, au point que c'est elle qui a supplié notre père de vous ramener en Angleterre avec lui ?

— Elle, m'adorer ? répéta Jarrod avec un rire amer. Allons donc ! Ma simple vue lui était insupportable. J'ai fini par la retrouver, après bien des années de recherches infructueuses, et tout ce qu'elle a su faire, c'est m'envoyer à tous les diables !

Eustace secoua la tête.

— Voilà qui est impossible, assura-t-il. Sur son lit de mort, père m'a raconté qu'elle avait versé toutes les larmes de son corps le jour de votre départ. Elle vous a placé dans ses bras en sanglotant désespérément, au point que cela a été un véritable déchirement pour lui de devoir la laisser ainsi. Ce que je crois, c'est qu'il aimait vraiment cette femme et qu'il serait devenu un tout autre homme si elle avait consenti à le suivre en Angleterre, comme il l'en avait priée. Mais elle a refusé, alléguant qu'elle ne serait jamais acceptée par les Anglais et qu'elle demeurerait toute sa vie une paria à leurs yeux. « Comme mon fils, s'il restait ici avec moi, a-t-elle conclu. Mon peuple ne le reconnaîtra jamais comme l'un des siens à part entière, et c'est pourquoi il vaut mieux que vous le preniez avec vous. Aussi déchirant que ce soit pour moi, je ne veux pas faire le malheur de sa vie en le gardant près de moi. »

Bouleversé, Jarrod se laissa tomber sur la première chaise venue.

— A-t-elle vraiment fait cela pour me protéger ? Par amour pour moi ? balbutia-t-il.

Eustace le dévisagea, étonné de le voir douter encore.

— Pour quelle autre raison aurait-elle agi ainsi ? objecta-t-il. C'est l'évidence même, voyons !

Trop profondément remué pour continuer cet entretien, Jarrod se releva d'un mouvement brusque et se dirigea vers la porte.

— Je... je dois réfléchir à tout cela, s'excusa-t-il d'une voix incertaine.

Mais Eustace l'arrêta d'un geste impérieux. De toute évidence, il n'avait pas encore vidé le fond de son sac.

— Attendez un instant, voulez-vous ? J'ai une requête importante à vous faire avant votre départ, et c'est la raison pour laquelle je me suis permis de vous tirer ainsi du sommeil en pleine nuit. Voyez-vous, lorsqu'un homme est menacé dans sa vie comme je le suis, il ne songe plus qu'à assurer l'avenir de tout ce qui lui tient à cœur. Accepterez-vous de m'entendre, mon frère ?

Jarrod lui lança un regard compréhensif.

— Vous venez de me faire un tel présent, que j'aurais mauvaise grâce à vous refuser quoi que ce soit, déclara-t-il avec gravité. Je ferai tout ce qui est en mon pouvoir pour vous venir en aide.

Eustace prit une profonde inspiration et se jeta enfin à l'eau.

— J'aimerais que vous vous installiez définitivement à Kewstoke, déclara-t-il tout d'une haleine. Je voudrais faire de vous mon héritier.

Jarrod fut tellement abasourdi par ces paroles qu'il crut d'abord avoir mal entendu.

— Qu'avez-vous dit là ? interrogea-t-il d'une voix incrédule.

D'un geste mélancolique, Eustace pointa un doigt vers sa poitrine creuse.

— Je sens que je n'aurai plus très longtemps la force de gérer ce domaine, soupira-t-il. J'ai déjà le plus grand mal à assumer mes tâches de seigneur.

Jarrod revint vers son frère, plus déconcerté qu'il ne l'avait jamais été de sa vie.

— Mais vos fils ? s'enquit-il. Vous allez certainement vous marier un jour et ne manquerez pas d'avoir des enfants. Vous ne pouvez les spolier de ce qui leur revient de droit !

Eustace le fixa droit dans les yeux, et une ombre d'amertume teinta son visage.

— Je n'aurai jamais d'enfant, déclara-t-il avec résignation. Pourquoi se bercer d'illusions ? Je n'ai plus la vigueur nécessaire pour engendrer un héritier. Mon état de santé ne me le permet malheureusement plus. Pourquoi convoler dans ces conditions ? Je n'ai nulle envie de rendre une femme malheureuse.

— Mais avez-vous vu un médecin au moins ? Peut-être que…

Eustace interrompit son frère d'un haussement d'épaules fataliste.

— J'en ai vu une kyrielle, assura-t-il. Père a insisté pour que je les consulte tous et leur diagnostic a été désespérément semblable. Ils ont détecté chez moi une lente maladie de décomposition du sang, pour laquelle il n'existe pas de remède. Lorsque mon père est mort il y a trois ans, Aida a été appelée à son chevet, et en apothicaire émérite qu'elle est, elle a tout de suite compris ce que signifiaient mes fatigues, mes articulations gonflées et mes hématomes. Comme moi, elle sait qu'elle peut soigner les symptômes, mais qu'elle ne saurait, malgré toute son habileté, traiter la cause de la maladie.

Jarrod se tut un instant, le cœur serré par ces confidences. Si seulement il avait pu être de quelque secours à son frère ! Bouleversé par son impuissance, il fut incapable d'émettre la moindre repartie, et ce fut Eustace qui reprit au bout de quelques secondes :

— Je vous en prie, Jarrod, donnez-moi une réponse. Vous connaissez maintenant ma situation et pouvez comprendre mon impatience.

Encore incertain, l'interpellé secoua lentement la tête.

— Je ne sais que vous dire, avoua-t-il enfin. Vous avez un lourd fardeau sur les épaules, mon frère, il faut en convenir. Quant à votre demande... En vérité, je n'aurais jamais cru cela possible si je ne l'avais entendu de mes propres oreilles. Me demander d'être votre héritier ! Jamais de ma vie je n'ai pensé que je pourrais devenir un jour le seigneur de ce domaine. Cette idée me paraît si étrange !

Eustace considéra un instant son frère et esquissa un sourire empreint de tristesse.

— Vos choix personnels, je m'en doute, ne vous portaient pas spécialement vers une existence de hobereau attaché à ses terres.

Il hésita une seconde avant de confesser :

— J'ai fait ma petite enquête auprès des nobles seigneurs de ma connaissance, et je n'ignore pas que vous avez amassé une fortune au cours de vos pérégrinations. Cet argent aurait pu aisément vous permettre d'acheter des terres et de créer votre propre domaine. Si vous ne l'avez pas fait, c'est que vos goûts, je présume, vous portaient vers un tout autre genre de vie !

Jarrod examina son frère d'un regard étonné.

— Si vous désiriez en apprendre davantage sur moi, pourquoi n'avez-vous pas tout simplement repris contact avec moi, au lieu d'interroger des étrangers ? s'enquit-il avec une nuance de réprobation.

Eustace secoua la tête.

— Il me semblait que je n'en avais pas le droit, répliqua-t-il avec tristesse. Je m'étais montré si peu fraternel avec vous par le passé !

Perplexe, Jarrod se passa la main dans les cheveux et garda un instant le silence.

— Il m'est impossible de vous répondre tout de suite, affirma-t-il enfin. Ma première tâche consiste à retrouver Christian. Cette mission accomplie, j'aurai l'esprit plus libre et pourrai examiner votre demande avec la plus grande attention. Cela, je vous le promets.

Satisfait d'avoir obtenu au moins ce serment, Eustace s'inclina avec une courtoisie des plus formelles. De toute évidence, il faisait son possible pour ne pas céder à l'émotion.

— Je vous remercie de prendre ma requête en considération.

Parvenu sur le seuil, Jarrod se retourna vers son frère et le fixa droit dans les yeux.

— J'ai une faveur à vous demander en retour. Acceptez-vous de m'entendre ?

Le maître de Kewstoke hocha la tête sans hésiter un instant.

— De quoi s'agit-il ? demanda-t-il avec affabilité.

Jarrod hésita quelques secondes et déglutit avant de demander :

— N'évoquez pas ce sujet devant lady Aislynn, voulez-vous ?

Une expression entendue affleura dans le regard d'Eustace et Jarrod se hâta de préciser :

— Ni devant qui que ce soit d'autre, d'ailleurs. J'aimerais que cet entretien reste entre vous et moi.

— Comme vous voudrez. Je n'en soufflerai mot pour ma part à âme qui vive.

— Je vous remercie de votre compréhension, répliqua Jarrod, satisfait de la promesse.

De toute évidence, devenir l'héritier de Kewstoke changeait toutes les données de sa situation, songea-t-il. Nanti de vastes terres et d'un immense château, il ne serait plus le chevalier errant qui eût été bien en peine d'offrir à une jeune fille noble comme miss Greatham le foyer qu'elle était en droit d'espérer.

Pourtant, il ne voulait pas se servir de cet atout pour obtenir la main d'Aislynn. Aussi douloureuse que fût cette perspective, il préférait vivre sans elle que de la voir se donner à lui sans amour, pour des considérations purement matérielles. Du reste, ne lui avait-elle pas clairement signifié son intention d'épouser Gwyn, l'homme qui saurait établir une paix durable sur les terres de Bransbury ? Dans ces conditions, mieux valait qu'il s'effaçât de bonne grâce. « Qu'elle soit heureuse avec l'homme de son choix ! » conclut-il avec un soupçon d'amertume.

Après tout, la solitude n'était pas une nouveauté pour lui. N'avait-il pas toujours vécu ainsi, sans connaître de l'amour autre chose que d'éphémères aventures ? Bien qu'il sût maintenant que sa mère n'avait pas été indifférente à son égard comme il l'avait cru, cette découverte tardive ne pouvait en rien effacer ses longues années d'errance et l'aridité désespérante de son passé. Dans ces conditions, à quoi bon soupirer après ce qui aurait pu être ? Il resterait solitaire comme il l'avait toujours été, cela ne changerait rien à sa vie.

— Bonsoir, Eustace, murmura-t-il. Que le ciel vous ait en sa sainte garde !

— Vous aussi, Jarrod.

Sur un regard complice, les deux frères se séparèrent enfin. Le cœur lourd, Jarrod regagna sa chambre, refermant soigneusement la porte qui était demeurée entrouverte pendant tout son entretien avec son frère. D'un pas silencieux, il s'approcha du lit et tressaillit en constatant qu'il était vide. Sans doute lassée par cette longue attente, Aislynn s'était bel et bien éclipsée !

Perplexe, il se demanda ce qu'elle avait pu surprendre de sa conversation avec son frère. En demandant à Eustace de rester discret sur sa proposition, même à l'égard de la jeune femme, il n'avait pas voulu la blesser, bien entendu. Tout simplement, il préférait éviter que ce renversement de situation n'influât sur les choix d'Aislynn. Mais Dieu seul savait comment elle avait pris la chose, à supposer qu'elle eût entendu leur échange !

Ruminant sa déception, Jarrod s'étendit sur le lit et attendit impatiemment les premières lueurs de l'aube.

Partagée entre le soulagement et la détresse, Aislynn leva les yeux vers les hauts remparts crénelés du château d'Avington. Grâce à Dieu, cet éprouvant voyage était enfin achevé !

Pendant tout le trajet, elle avait sans cesse retourné dans sa tête les propos qu'elle avait surpris à Kewstoke. Etonnée de ne pas trouver Jarrod près d'elle à son réveil, elle s'était levée en silence et s'était approchée de la porte sous laquelle filtrait un rayon de lumière. Les paroles qu'elle avait perçues malgré elle avaient mis un point final à ses derniers espoirs. Comment avait-elle pu être assez sotte pour s'imaginer que Jarrod Maxwell pouvait nourrir la moindre tendresse à son égard ?

En termes on ne peut plus clairs, le chevalier avait prié son frère de garder le secret sur leur entretien, et les mots dont il avait usés ne pouvaient plus lui permettre d'entretenir le moindre doute à ce sujet. « N'évoquez pas ce sujet devant lady Aislynn ! » Ces paroles n'avaient pas cessé de résonner en elle, aussi douloureux qu'à l'instant où elle les avait entendus. Jarrod pouvait-il signifier plus explicitement qu'il se défiait d'elle, et qu'elle ne faisait absolument pas partie de sa vie ?

Encore sous le choc de cette déconvenue, elle s'était sentie incapable d'affronter de nouveau le regard de Jarrod. Après la terrible découverte qu'elle venait de faire, comment aurait-elle pu rester à Kewstoke un seul jour de plus ? Prenant une brusque résolution, elle s'était précipitée vers la chambre de son père, bien décidée à vaincre ses éventuelles résistances.

Comme elle pouvait s'y attendre, sir Thomas avait d'abord élevé toutes les objections possibles.

— Mais voyons, ma fille, s'était-il exclamé, y pensez-vous ? Partir ainsi au beau milieu de la nuit, sans même prendre congé de nos hôtes. Ce serait de la dernière impolitesse, vraiment !

Aislynn avait secoué la tête d'un air navré.

— Mais, mon père, la situation justifie cette hâte. J'ai surpris par mégarde une conversation entre le maître des lieux et sir Jarrod. Sir Eustace a demandé à son frère de devenir son héritier et de rester en tant que tel à Kewstoke avec lui. C'est une chance inespérée pour sir Jarrod, bien entendu. Or, je crains qu'il ne refuse, sous prétexte qu'il lui faut honorer sa promesse de retrouver Christian. En quittant le château à son insu, nous lui épargnerons donc ce douloureux dilemme ! Après tout, nous savons désormais où est Christian, et nous n'avons besoin de personne pour le retrouver.

Sir Thomas, loin d'être convaincu, avait considéré un instant sa fille en silence.

— Vous n'êtes pas encore assez bien pour voyager, avait-il allégué.

Aislynn, qui se sentait à bout de forces, n'avait pu se contenir plus longtemps.

— Oh, mon père, partir me sera facile ! C'est rester qui serait au-dessus de mes forces ! s'était-elle écriée, dans un irrésistible élan de franchise.

Le vieil homme avait hoché la tête d'un air dubitatif. De toute évidence, il n'était pas vraiment surpris par ce dénouement.

— Je sais où est le problème, avait-il enfin répliqué. Pourquoi ne pas regarder la réalité en face ? Vous êtes amoureuse de sir Jarrod, ma fille.

Incapable de nier, Aislynn avait acquiescé d'un simple signe.

— C'est vrai, père, même s'il est loin de me payer de retour. Mais cet état de fait n'affaiblit en rien la portée de mes arguments. Nous devons faire notre possible pour laisser Jarrod saisir la chance qui lui est échue.

Finalement, sir Thomas s'était laissé convaincre, et avant que l'aube ne se fût levée, le père et la fille, accompagnés du fidèle Ulrick, avaient quitté discrètement le château. Tous trois avaient chevauché toute la journée sans se permettre autre chose que de courtes haltes, et le lendemain matin, c'était Aislynn elle-même qui avait insisté pour repartir aux premières lueurs de l'aurore.

Dieu merci, ils n'eurent pas à attendre longtemps lorsqu'ils furent parvenus à l'entrée d'Avington. Sur un tonitruant : « C'est moi, Greatham ! » de sir Thomas, les gardes relevèrent la herse et les portes s'ouvrirent toutes grandes pour laisser passer les voyageurs, qui pénétrèrent dans la cour du château.

Epuisée par son éreintante chevauchée, la jeune femme jeta un regard vers le donjon et poussa un cri de joie en voyant s'avancer à leur rencontre un homme aux traits anguleux et au regard aussi bleu que celui de sir Thomas en personne.

— Christian ! s'écria-t-elle.

Eperdue de bonheur, elle oublia pendant quelques secondes son intense fatigue pour se laisser glisser directement dans les bras de son frère, qui s'était précipité vers sa monture. Puis elle ferma les yeux, tandis que le monde semblait basculer autour d'elle, et s'évanouit sans autre forme de procès sous le regard effrayé de ses compagnons !

Combien de temps demeura-t-elle ainsi plongée dans les profondeurs de l'inconscience ? Voilà ce qu'elle aurait été bien incapable de préciser, mais lorsqu'elle rouvrit les yeux après un laps de temps indéterminé, elle aperçut au-dessus d'elle les courtines d'un lit et s'aperçut qu'elle était allongée sous une moelleuse courtepointe de velours bleu.

Désorientée, elle jeta un regard sur le décor qui l'entourait et découvrit alors qu'elle n'était pas seule dans cette petite chambre aux murs recouverts de riches tapisseries.

Debout à son chevet, se tenaient non seulement son père et Christian, mais deux femmes inconnues et un beau jeune homme aux cheveux sombres et aux yeux clairs, qu'elle présuma être Simon Warleigh en personne. Tout ce monde la scrutait avec une intensité qui finissait par devenir gênante. Honteuse d'être ainsi au centre de l'attention générale, elle déglutit avec embarras, encore trop faible pour articuler une seule syllabe.

Constatant qu'elle était enfin revenue à elle, Christian vint s'asseoir sur le bord de son lit.

— Ma chère sœur, commença-t-il, père nous a expliqué que vous aviez été grièvement blessée. Vous n'auriez jamais dû accomplir ce long voyage dans cet état. C'était vraiment d'une totale imprudence !

Aislynn cette fois trouva la force de l'interrompre.

— Je vais très bien, assura-t-elle avec une ferme douceur. Cette chevauchée m'a un peu fatiguée, mais j'aurai tôt fait de me remettre, n'ayez crainte. Quant à ma blessure, je ne m'en ressens plus du tout.

Elle n'ajouta pas que toute douleur physique lui était facile à supporter, comparée à la souffrance qui lui poignait le cœur au seul souvenir de Jarrod Maxwell !

Impatiente de rassurer ses proches, elle s'assit dans le lit et suggéra d'un ton enjoué :

— Et si vous me présentiez à tout le monde, Christian ? Je brûle de faire la connaissance de nos hôtes.

Christian acquiesça, heureux de la voir remise, et se tourna vers ses compagnons.

— Voici mon ami Simon Warleigh et sa charmante épouse Isabelle, expliqua-t-il en désignant les deux jeunes gens du geste.

Le jeune homme brun s'inclina, et sa femme esquissa une courtoise révérence.

Vêtue d'une robe de velours bleu ornée de broderies d'or, Isabelle avait une superbe chevelure noire sous laquelle souriait le plus délicieux minois du monde. Bien qu'elle fût fort mince, il n'était pas difficile de déceler sous l'étoffe de son vêtement la légère rotondité qui laissait présumer une naissance assez prochaine.

— Et voici Rowena, poursuivit Christian en désignant la seconde jeune femme, dont le charmant visage était couronné par une épaisse natte d'un blond ardent.

Aislynn n'eut besoin que d'un regard pour reconnaître dans cette sirène la guérisseuse d'Ashcroft, dont Christian, avec son talent habituel, avait esquissé au fusain un portrait fort ressemblant.

— Je suis enchantée de vous connaître tous, déclara-t-elle à la ronde.

Mais sir Thomas arrêta ces effusions d'un froncement de sourcils.

— C'est assez pour le moment, déclara-t-il. Vous devez être épuisée, ma fille.

Aislynn l'apaisa d'un sourire et secoua la tête d'un geste rassurant.

— Ne vous inquiétez pas, mon père Je ne sens rien d'autre qu'un peu de fatigue, dont je serai promptement remise, assura-t-elle.

Puis elle se tourna vers son frère pour ajouter :

— Mais je me sens incapable de goûter le moindre repos tant que vous ne m'aurez pas expliqué les raisons de votre longue absence. Nous nous sommes fait tant de souci pour vous à Bransbury !

Christian fit la moue et jeta un regard vers ses compagnons.

— Je suis désolé d'avoir suscité ainsi votre inquiétude, Aislynn, dit-il enfin. Mais j'avais promis à un mourant de ne pas divulguer ce secret, et l'honneur m'a contraint de tenir ma parole.

Il observa une pause, comme pour donner plus de poids à ses propos, avant de continuer :

— Cet homme m'a révélé que la fille du Dragon était toujours en vie, et que je devais me rendre en Ecosse si je voulais la retrouver.

Aislynn dévisagea son frère, stupéfaite.

— Vivante ? répéta-t-elle d'une voix incrédule. Mais n'a-t-elle pas été tuée au moment où Kelsey a lancé son assaut contre Dragonwick ? Je croyais qu'elle n'avait pas survécu à son père !

— C'est aussi ce dont j'étais persuadé jusqu'à présent, mais...

— Mais ? fit Aislynn d'un ton interrogateur.

Et comme Christian hésitait à lui répondre, elle se tourna vers Rowena et examina attentivement la belle jeune femme aux cheveux de flamme, dont son frère avait si bien rendu les yeux en amande et le visage délicatement modelé. Un soupçon aussitôt s'insinua dans son esprit, et elle résolut d'en avoir le cœur net.

— Seriez-vous... la fille du Dragon ? s'enquit-elle avec stupéfaction.

A cette question directe, la guérisseuse d'Ashcroft lui lança le plus candide des regards et haussa les épaules pour signifier son ignorance.

— A vous dire la vérité, je ne sais pas, avoua-t-elle en toute franchise.

Elle émit un toussotement embarrassé et coula un regard en direction de Christian. Puis elle ajouta avec un délicieux sourire :

— Mais pour votre frère, cela ne fait pas l'ombre d'un doute !

15.

Brûlant d'impatience, Jarrod sauta à bas de son cheval et gravit deux à deux les marches qui donnaient accès au donjon d'Avington.

Quelques secondes plus tard, il pénétrait dans la grande salle du château, où les convives, surpris par son arrivée inopinée, firent silence en le voyant apparaître sur le seuil. Ils étaient bien tous là, songea le nouveau venu, qui les enveloppa d'un regard inquisiteur. Isabelle, Simon, Christian à côté d'une femme qu'il était facile d'identifier comme le modèle du portrait d'Ashcroft, lord Greatham... et cette petite traîtresse d'Aislynn. A en juger par le joyeux bavardage qu'il avait interrompu, tout ce monde appréciait fort d'être réuni devant un plantureux repas, observa-t-il à part lui, tandis qu'une irrépressible colère montait en lui.

Depuis plusieurs jours qu'il était en route vers Avington, il avait eu le temps à vrai dire de remâcher sa fureur. Bien qu'il galopât à bride abattue, plusieurs incidents l'avaient en effet retardé dans son périple.

Quelques heures après son départ de Kewstoke, son étalon avait perdu un fer, ce qui l'avait obligé à avoir recours aux services d'un maréchal-ferrant. Ensuite, l'animal avait cassé sa longe et s'en était allé paître au gré de sa fantaisie, pendant que son maître épuisé goûtait quelques instants de sommeil. Au réveil, Jarrod avait passé un bon moment à rechercher sa monture, qui s'était aventurée assez profondément dans les bois. Tous ces imprévus avaient achevé d'irriter le cavalier, qui n'avait cessé d'imaginer par quels cinglants propos il allait aborder Aislynn Greatham, dès qu'il se retrouverait en face d'elle. Eh bien, le moment était enfin venu d'exprimer ses griefs sans ambages à cette sainte-nitouche !

Sans le moindre préambule, il traversa la salle à grandes enjambées et se campa devant la tablée.

— Quelle gentille petite assemblée ! ironisa-t-il d'un ton sarcastique. Et bien entendu, il n'y a personne ici qui ait eu une seule pensée pour moi.

Gardant Aislynn pour la bonne bouche, il lança à Christian un regard furibond et commença d'un ton accusateur :

— Bien entendu, l'idée ne vous est pas venue un seul instant que j'avais parcouru la moitié de l'Angleterre et une partie de l'Ecosse pour vous retrouver, pendant que vous meniez joyeuse vie à Avington ? De toute évidence, vous aviez bien autre chose à penser ?

Ainsi pris à partie, Christian rougit légèrement, et ce fut d'un air contrit qu'il répliqua :

— Pardonnez-moi, Jarrod. Je ne pensais pas vous causer tant de souci. J'avais donné ma parole que je ne révèlerais à âme qui vive la mission dont je m'étais chargé. Du reste, qu'aurais-je pu dire ? Je ne savais pas moi-même ce que j'allais trouver en arrivant à Ashcroft. Jack le soldat m'avait révélé que la fille du Dragon était encore en vie, et que c'était dans ce village que j'avais quelque chance de la retrouver. Mais j'ignorais si ce n'était pas là simple délire de moribond...

Il jeta un regard entendu à sa jolie voisine avant de continuer :

— Tout cela semblait si incroyable, même pour moi ! Et pourtant, vous voyez ici Rowena, qui est en réalité Rosalind, j'en suis persuadé.

Abasourdi par cette révélation, Jarrod se laissa tomber sur le siège que Simon s'était hâté de lui avancer.

— Comment serait-ce possible ? s'enquit-il d'un ton stupéfait.

Rowena, qui semblait presque aussi perplexe que lui, haussa les épaules.

— Voilà ce que je ne saurais vous dire, répondit-elle, car j'y crois à peine moi-même. Mais Christian est si convaincu que j'ai décidé de l'accompagner jusqu'ici pour voir de quoi il retournait.

Quelle histoire abracadabrante, vraiment ! songea Jarrod à part lui. Il commençait à comprendre pourquoi Christian n'en avait pipé mot à personne et n'était pas si loin de lui donner raison.

Mais si son ressentiment à l'égard de son ami avait fait long feu, il n'avait toujours pas réglé ses comptes avec sa petite traîtresse aux yeux pervenche. Retardant toutefois le moment de s'en prendre directement à elle, il se tourna vers sir Thomas.

— Sans vous offenser, milord, oserai-je vous demander pourquoi vous avez quitté Kewstoke sans même m'en informer, alors que nous avions formé le projet de partir ensemble ?

Visiblement sur des charbons ardents, lord Greatham jeta un bref regard à sa fille. Puis il émit un toussotement embarrassé avant de répondre :

— Pardonnez-moi, sir Jarrod, mais j'ai pensé que nous avions déjà abusé de votre temps et que mieux valait vous épargner cette fatigue supplémentaire. En outre, je savais que votre frère vous avait demandé de rester à Kewstoke, dans l'intention de faire de vous son héritier et...

Le reste de la phrase fut inaudible, noyé par les félicitations bruyantes de Simon et Christian, qui se levèrent pour étreindre leur ami et lui prodiguer force tapes dans le dos. Ces effusions calmées, Jarrod se tourna enfin vers Aislynn, les sourcils froncés. Comme il l'avait craint, la jeune femme avait bel et bien surpris sa conversation nocturne avec Eustace ! Et de toute évidence, elle avait pris fort mal la chose, pour avoir ainsi disparu en pleine nuit, entraînant son père avec elle...

A la fois hautaine et méfiante, Aislynn soutint le regard qu'il dardait sur elle, de ses yeux bleus aussi purs qu'une source printanière. Le cœur de Jarrod s'emballa à cette vue, et il allait enfin s'adresser à elle, lorsque Simon accapara de nouveau son attention.

— Comment votre frère s'est-il résolu à cela ? Si je me souviens bien, votre dernière rencontre avec Eustace remontait à des années, bien avant notre départ en Terre sainte !

Jarrod prit une profonde inspiration et s'efforça de retrouver son calme.

— Comme lord Greatham a dû vous le dire, j'ai dû transporter sa fille à Kewstoke, après qu'elle eut reçu une flèche dans l'épaule, expliqua-t-il, incapable de nommer Aislynn autrement que par une périphrase. Il se trouve qu'Eustace a beaucoup changé depuis la dernière fois que je l'ai vu, et nous avons appris à nous connaître sous un jour tout à fait différent.

Toujours intuitif, Christian laissa son regard errer de sa sœur à son ami avant d'esquisser un sourire.

— Bien que nous ne puissions que déplorer le motif qui vous avait ramené à Kewstoke, il nous faut nous réjouir de ce qui en a découlé. Nul plus que vous ne mérite de vivre en paix avec sa famille, et nous sommes tous ravis de la chance qui vous échoit.

— Bien dit, Christian ! approuva Simon avec enthousiasme.

Touché de les voir partager son bonheur, Jarrod s'abstint de doucher leur enthousiasme en leur révélant qu'il n'avait pas encore pris sa décision. S'il restait en Angleterre, ne courait-il pas en effet le risque de rencontrer Aislynn et son époux ? Profondément épris comme il l'était, c'était là une perspective qu'il n'était pas très sûr de pouvoir envisager sereinement.

Désireux de couper court, il commenta simplement :

— Ces dernières semaines ont été décidément fertiles en événements inattendus.

Il ponctua sa phrase d'un coup d'œil à Rowena, dont Christian, de son côté, ne parvenait pas à détacher le regard. De toute évidence, ce dernier se sentait fortement attiré par la belle guérisseuse qui lui avait sauvé la vie. Tout ce qu'il restait à souhaiter, c'était que la jeune femme le payât de retour, ce que rien dans son attitude ne permettait encore d'affirmer.

Parvenu à ce point de ses réflexions, Jarrod haussa tout bonnement les épaules. De quoi allait-il donc se préoccuper ? Les problèmes sentimentaux de Christian ne le concernaient en rien. Du reste, comment aurait-il pu conseiller la prudence à son ami, après ce qu'il avait lui-même vécu avec Aislynn ? C'eût été pure dérision !

Perplexe, il se tourna vers Simon.

— Puisque cette jeune fille elle-même ignore si elle est ou non la fille du Dragon, comment s'en assurer ? Le problème semble des plus ardus…

Mais Isabelle ne laissa pas à son mari le temps de répondre. Avec un charmant sourire, elle désigna à Jarrod la table richement servie, autour de laquelle s'affairaient les échansons, leurs aiguières à la main.

— Et si nous attendions un peu pour évoquer ce sujet ? suggéra-t-elle. Vous devez être épuisé par votre long voyage, mon cher Jarrod, et je vous propose de laisser cette conversation en suspens tant que vous n'avez pas savouré quelques moments de détente.

Elle poussa un soupir mélancolique avant de continuer :

— J'ai eu moi-même si peu l'occasion de goûter à la vie de famille que je serais fort heureuse de profiter de votre compagnie. Dieu sait, après tout, ce que l'avenir nous réserve. Qui sait quand nous nous retrouverons de nouveau tous réunis ?

Elle enveloppa l'assemblée d'un regard amical et s'attarda un instant sur Rowena, qu'elle dévisagea avec une insistance toute particulière. Jarrod, à qui ce détail n'avait pas échappé, s'interrogea en vain sur les raisons de cette attitude.

Quoi qu'il en fût, Isabelle avait tort au moins sur un point. En ce qui le concernait, il savait fort bien ce que l'avenir lui réservait, et cette certitude n'avait rien de réjouissant. Sans Aislynn, n'était-il pas voué à une vie de solitude et d'amertume ?

Mais cette restriction ne l'empêcha pas de s'incliner avec la plus parfaite courtoisie.

— Qu'il en soit comme vous le désirez, milady. Vos souhaits sont des ordres.

Isabelle le remercia d'un sourire, tandis que chacun revenait au repas interrompu, dans un joyeux brouhaha de conversations et de rires.

— Servez-vous donc, Jarrod ! intima la maîtresse de maison avec un geste vers la table.

Le chevalier obtempéra, heureux d'avoir un prétexte pour éviter le regard d'Aislynn, qu'il se sentait incapable de soutenir pour l'instant. Dieu merci, la jeune fille semblait elle-même absorbée par sa nourriture, bien qu'elle ne fît en réalité que chipoter les mets. De toute évidence, elle était préoccupée, conclut Jarrod en lui coulant une discrète œillade. « Mais il n'y a là rien qui te concerne, lui susurra la voix de la jalousie. Sans doute songe-t-elle à son retour à Bransbury, que suivront bientôt ses noces avec Gwyn. »

Comme si elle avait pénétré ses pensées, Aislynn à cet instant releva la tête, et le regard sombre qu'elle lui jeta acheva de décontenancer Jarrod. Manifestement, elle lui en voulait d'avoir exigé d'Eustace la plus totale discrétion à son égard. Après les instants de folle passion qu'ils venaient juste de partager, cette recommandation avait dû lui sembler aussi insultante qu'une gifle. Mais d'un autre côté, en quoi aurait-elle pu se sentir concernée par son avenir ? Elle était promise à Gwyn après tout, et c'était lui qu'elle allait épouser sous peu !

Cette conclusion n'était pas faite pour améliorer l'humeur de Jarrod, et ce fut sans le moindre appétit qu'il se consacra au contenu de son assiette.

Le repas terminé, il se retira dans le solarium voisin avec Simon et Christian, et les trois amis évoquèrent en détail tous les événements qui étaient survenus ces dernières semaines. Que convenait-il de faire maintenant ? se demandèrent-ils à l'issue de cette conversation. Christian, pour sa part, tenait à dénicher la preuve que Rowena et Rosalind de Dragonwick étaient bien une seule et même personne. Mais cette recherche, à vrai dire, s'annonçait des plus ardues, ce dont il était bien conscient.

Plus silencieux que de coutume, Jarrod écoutait ses deux compagnons se perdre en conjectures. Quel dommage que sir Thomas eût refusé de prendre part au débat ! songea-t-il à part lui. Mais le vieux seigneur de Bransbury avait préféré se retirer dans sa chambre aussitôt après le dîner. Sans doute souffrait-il de sa jambe après cette rude chevauchée, supputa Jarrod. Oh, Dieu, pourquoi Aislynn avait-elle quitté Kewstoke avec tant de précipitation ? Même après toutes ces heures, il se souvenait encore avec une cruelle précision de la douleur qui l'avait poignardé, lorsqu'il avait découvert que sir Thomas et elle avaient pris la route sans tambour ni trompette.

Décidé à les rejoindre coûte que coûte, il avait fait ses adieux en hâte à Eustace, non sans promettre à son frère de lui communiquer promptement sa décision quant à son éventuel retour à Kewstoke. A vrai dire, Eustace lui avait adressé en retour un sourire un peu trop entendu, à croire que son cadet lisait en lui à livre ouvert. Son amour pour Aislynn Greatham était-il donc si visible que tous s'en soient ainsi aperçus ?

Irrité par cette pensée, Jarrod fit un effort pour chasser de son esprit ces images par trop troublantes et prêta de nouveau l'oreille à ses amis.

— Ce que je ne comprends pas, disait Christian, c'est pourquoi diable sir Fredrick s'en est pris à vous, Jarrod. Après tout, c'est Simon qui est l'auteur de sa blessure, et non vous !

Jarrod haussa les sourcils, étonné.

— De quelle blessure parlez-vous ?

— De celle que Simon lui a infligée à l'épaule. L'homme a été sérieusement atteint et nous avons même pu croire qu'il n'en guérirait pas.

Simon haussa les épaules, comme si cette question lui paraissait secondaire.

— Ce qui me semble plus étonnant, c'est que le triste personnage ne se soit pas manifesté depuis l'épisode de la flèche, observa-t-il. S'il nous en veut tant que cela, il est étrange qu'il soit resté si discret depuis qu'il a blessé lady Aislynn.

Jarrod sentit sa colère renaître à ce souvenir et il serra convulsivement les poings.

— Et si nous allions le provoquer à Dragonwick, à supposer qu'il se trouve là-bas ? suggéra-t-il. Il faudra bien que ce lâche réponde enfin de son crime !

Christian secoua la tête.

— Nul n'a plus que moi le désir de tirer vengeance de l'affront, assura-t-il. Mais n'oublions pas que nos efforts pour nous venger de Kelsey ont déjà failli coûter la vie à Simon. Si nous fournissons au roi le moindre prétexte, il est capable de nous taxer de rébellion et de confisquer nos biens à tous trois.

Jarrod pesa l'argument en silence, tandis que Simon répliquait :

— Mieux vaudrait en ce cas mettre un plan au point pour prouver l'identité de Rowena. Si elle est vraiment Rosalind, nous aurons en mains un atout majeur.

— Que voulez-vous dire ? s'enquit Jarrod.

— En tant que fille du Dragon, elle aura le droit de son côté et pourra revendiquer les terres que Kelsey a usurpées.

Pendant quelques instants, les trois jeunes gens se turent, séduits par cette perspective. Quel plaisir ce serait d'empêcher Kelsey de jouir du fruit de ses crimes ! se dit Jarrod en serrant les poings.

Mais aussi concerné qu'il fût par la question, Christian semblait encore plus ardent que lui à tenter l'aventure. De toute évidence, l'affaire revêtait pour le frère d'Aislynn un intérêt tout particulier, auquel la personne de Rowena n'était peut-être pas étrangère. « Allons donc ! Depuis que tu es toi-même amoureux, tu crois que tout le monde est dans le même cas », se morigéna Jarrod.

Décidément distrait, il se reprit à rêver à la blonde sirène qui l'avait pris dans ses rets, et il fallut que Christian prononçât le nom de sa sœur pour qu'il prêtât l'oreille de nouveau.

— Mon père a fort bien compris que je ne pourrais le suivre tout de suite à Bransbury. Tandis qu'Aislynn et lui retourneront à la maison, je m'attarderai un peu ici pour régler cette affaire. Bien qu'il soit fort impatient de me voir reprendre ma place au foyer, il est au moins aussi curieux que moi de voir débrouiller cet écheveau. Du reste, j'ai moins de scrupules à le laisser partir, depuis qu'il m'a appris que la paix s'était enfin établie sur nos terres. Toutefois, je ne m'y fierais pas trop à sa place. Ce Llewellyn est si imprévisible ! Certes, le mariage de Gwyn Cernain avec sa cousine Leri a dû peser dans la balance, mais combien de temps durera cette trêve ?

Abasourdi par la nouvelle, Jarrod sortit brusquement de son silence pour interroger :

— Voulez-vous réellement dire que ce Gwyn a épousé sa cousine ?

Christian considéra son ami avec une attention quelque peu moqueuse.

— C'est exactement ce qu'il a jugé bon de faire, en effet, confirma-t-il.

— Mais... ses fiançailles avec Aislynn ?

— Elles sont rompues, évidemment. Le personnage est un parfait goujat, si vous voulez mon avis. Mais comme cette trahison n'a pas l'air d'avoir affecté ma sœur outre mesure, l'affaire est sans importance, en fin de compte.

Jarrod serra les lèvres, tandis qu'une pensée nouvelle s'insinuait dans son esprit.

— Depuis combien de temps miss Aislynn est-elle au courant ? s'enquit-il.

Christian haussa les épaules.

— Mon père lui a appris la chose dès qu'il l'a retrouvée à Kewstoke. Il aurait aimé différer ce moment, eu égard à l'état de ma sœur, mais elle l'a pressé de questions et il n'a pu que satisfaire sa curiosité.

Jarrod se leva brusquement, et ce fut d'une voix vibrante de colère qu'il interrogea :

— Où est votre sœur, Christian ?

Alerté par le ton de son ami, l'intéressé bondit sur ses pieds.

— Que diable lui voulez-vous ? Aislynn n'est pour rien dans tout cela et vous n'allez tout de même pas lui reprocher de…

Simon l'arrêta net en lui posant une main apaisante sur le bras.

— Nous n'avons pas à nous en mêler, Christian. De toute évidence, c'est une affaire entre Jarrod et votre sœur.

Bien que cette intervention n'eût pas complètement rassuré Christian, son ami prit sur lui de préciser à Jarrod :

— Je crois qu'Isabelle a amené ces dames faire un tour dans le jardin.

— Mais que diable…, commença Christian.

Le reste de sa phrase demeura à jamais en suspens, car Jarrod s'était déjà précipité hors de la pièce.

Ainsi que Simon le lui avait indiqué, il trouva les trois jeunes femmes dans la roseraie, où Isabelle, que son état obligeait à se mouvoir avec une certaine lenteur, leur faisait admirer l'ordonnancement des massifs. Sans s'embarrasser de préambules, le jeune homme se campa devant Aislynn, qu'il enveloppa d'un regard noir.

— Je voudrais vous entretenir un instant, lady Aislynn, déclara-t-il d'une voix brève.

La jeune fille jeta un bref coup d'œil à son hôtesse, puis haussa ses sourcils blonds.

— Mais voyons, comment pourrais-je quitter ainsi lady Warleigh et miss Rowena ? objecta-t-elle froidement. Ce serait parfaitement discourtois de ma part.

Isabelle intervint alors, au grand dépit d'Aislynn.

— Mais non ! se récria-t-elle. Sir Jarrod a manifestement des choses de la plus haute importance à vous dire, et je vous assure que je ne m'offenserai pas de vous voir nous abandonner quelques minutes.

Elle se tourna vers sa compagne pour ajouter :

— N'est-ce pas, Rowena ?

Bien qu'elle parût moins sûre d'elle que la maîtresse des lieux, l'interpellée n'en acquiesça pas moins avec politesse.

— Je vous en prie, faites comme bon vous semble, murmura-t-elle.

— Eh bien, moi, je préférerais ne pas..., commença Aislynn, dont le regard bleu étincelait de colère.

Mais Jarrod ne lui laissa pas le loisir d'exprimer davantage sa désapprobation. D'un geste impérieux, il lui agrippa le bras et l'entraîna à l'écart sans autre forme de procès.

Désireuse d'éviter un scandale, Aislynn se retint de protester davantage. Mais dès qu'ils furent hors de vue, elle se dégagea d'un geste brusque et se campa devant Jarrod, les mains sur les hanches.

— Comment osez-vous, espèce de goujat ? s'écria-t-elle avec acrimonie.

— Comment j'ose ? répéta Jarrod avec une égale véhémence. Pourquoi, au nom de tous les saints, ne m'avez-vous pas informé que vos fiançailles avec Gwyn étaient rompues ?

Loin d'être apaisée par cette question, l'irritation d'Aislynn monta d'un degré.

— Et pourquoi aurais-je dû le faire, s'il vous plaît ? Je ne vois pas en quoi cela vous concerne, Jarrod Maxwell ! Jamais vous ne m'avez donné à penser que le sujet pouvait se révéler pour vous de quelque intérêt. Du reste, je n'ai fait qu'imiter votre discrétion. Ne m'avez-vous pas donné l'exemple en priant votre frère de me cacher l'entretien qu'il avait eu avec vous ?

Comprenant à quoi elle faisait allusion, Jarrod ne put s'empêcher d'éprouver un vague sentiment de culpabilité. Mais il se reprit bien vite. Les deux choses étaient bien différentes, après tout !

Quant à Aislynn, elle se débattait au même instant entre deux sentiments diamétralement opposés. Si l'outrecuidance de Jarrod l'exaspérait, elle ne se sentait pas moins bouleversée par la seule proximité de cet homme, qui avait l'indéniable pouvoir de déchaîner en elle des élans de passion à la laisser pantoise.

Un instant décontenancé, Jarrod retrouva vite sa superbe pour répliquer avec arrogance :

— Dois-je vous rappeler qu'il n'est guère séant d'écouter aux portes, milady ? De quel droit avez-vous épié ma conversation avec mon frère ?

Offusquée, Aislynn releva le menton d'un geste belliqueux.

— Je ne vous ai pas espionnés, si c'est ce que vous insinuez ! Ne vous trouvant plus à mon côté, je vous ai cherché, et mon attention a été attirée par le bruit de voix dans la pièce voisine, dont la porte était restée entrouverte. Même si je l'avais voulu, je n'aurais pas pu ne pas entendre.

Elle se tut, le visage brûlant. Pourquoi se justifier à tout prix ? Jarrod, de toute façon, ne l'aimait pas. Pourquoi dans ce cas se souciait-il de cette malheureuse histoire avec Gwyn ? Il n'y avait rien là qui le concernât personnellement.

Interloquée, elle leva les yeux vers lui.

— En quoi cela vous importe-t-il, pour l'amour du ciel ? interrogea-t-elle de nouveau, excédée.

Incapable de répondre directement à cette question, Jarrod passa une main dans sa chevelure sombre. Puis il demanda d'une voix altérée par l'émotion :

— Lorsque vous m'avez rejoint dans ma chambre, à Kewstoke, vous saviez que vous n'étiez plus fiancée à Gwyn, n'est-ce pas ? Pourtant, vous ne m'en avez pas dit mot. Etait-ce parce que vous craigniez que je ne renouvelle ma demande en mariage ?

Aislynn le considéra un instant, stupéfaite.

— Comment une telle pensée aurait-elle pu me venir, alors que je n'ai jamais pris votre première demande au sérieux ? Je n'ignorais pas que seule la culpabilité vous avait poussé à solliciter ma main.

— La culpabilité !

— Bien entendu. Ne m'avez-vous pas dit vous-même que vous teniez à votre indépendance comme à la prunelle de vos yeux ?

— Grands dieux ! Mais vous n'avez donc rien compris ? Vous devriez pourtant savoir, vous qui avez été choyée et chérie chaque jour de votre vie !

Exaspérée par ces paroles, Aislynn fit un pas vers lui, le regard flamboyant de colère.

— Vous ne savez pas de quoi vous parlez ! jeta-t-elle. Croyez-vous que je n'aie pas déjà eu ma part d'épreuves dans la vie ? Ma mère est morte alors que j'étais encore une enfant, et j'ai vu mon père dépérir de chagrin, tandis que mon frère nous quittait pour gagner la Terre sainte. Avez-vous une idée de ce que j'ai pu alors éprouver ? Seulement, je ne me suis jamais laissé abattre par le chagrin, et je me suis cramponnée à l'idée que la vie me sourirait un jour et que le bonheur n'était pas une utopie ! C'est cette foi qui vous a toujours manqué, Jarrod Maxwell, et a fait de vous un homme malheureux.

Ainsi pris à partie, Jarrod releva fièrementt la tête, offusqué.

— Comment pouvez-vous comparer nos deux vies ? s'insurgea-t-il. Vous ne savez pas ce que c'est que de naître bâtard, et d'être élevé dans une famille qui ne sera jamais tout à fait la vôtre. Vous ignorez ce qu'on éprouve, lorsque votre propre mère vous rejette sans pitié, comme si vous étiez un moins que rien ?

Aislynn secoua la tête.

— C'est là votre propre interprétation des faits, déclara-t-elle. Mais comment pouvez-vous être si sûr qu'elle correspond à la réalité ? Pendant cette conversation que vous me reprochez d'avoir surpris, j'ai entendu sir Eustace affirmer que votre mère avait pleuré toutes les larmes de son corps en se séparant de vous. Elle ne vous a envoyé au loin que pour assurer votre bonheur. Après avoir fauté avec un étranger, elle savait quel mépris les siens lui tenaient en réserve et elle ne supportait pas l'idée de vous voir exposé au même destin !

— Mais je l'ai retrouvée des années plus tard, et elle m'a purement et simplement rejeté !

Aislynn haussa les épaules, excédée par tant d'incompréhension.

— Vous est-il venu à l'esprit qu'elle ne supportait pas de vous voir le spectateur de sa déchéance ? Songez donc à ce qu'elle était devenue pour pouvoir survivre et mettez-vous un instant à sa place, pour l'amour du ciel !

Jarrod contracta nerveusement les mâchoires, tandis qu'Aislynn poursuivait :

— Vous avez toujours joué les indifférents, et avez fui tous les attachements humains. Mais cette attitude était fondée sur un mensonge, car en réalité, vous n'avez jamais manqué d'amour ! Tout le monde vous a prodigué de la tendresse, que ce fût le Dragon, Simon, Christian, Sadona… et même mon père et moi. Mais vous avez toujours proclamé le contraire, car cela vous épargnait d'aimer qui que ce soit en retour.

Elle pointa vers Jarrod un doigt accusateur avant de conclure :

— C'est à chacun de nous de décider si nous voulons donner notre cœur ou non. Car en définitive, c'est la seule chose que nous ayons à offrir, et le choix ne dépend que de nous !

Trop irritée pour continuer à argumenter, elle jeta une exclamation de dépit, puis tourna les talons et s'enfuit vers le donjon.

Comme une flèche, elle traversa la roseraie dénudée où ces dames achevaient leur promenade.

— Aislynn ! cria Isabelle, comme la jeune fille passait en trombe auprès d'elle.

Mais l'interpellée ne tourna même pas la tête, incapable pour l'instant d'affronter qui que ce fût. La certitude que Jarrod ne pouvait l'aimer, parce qu'il s'était à jamais interdit un tel sentiment, lui martelait le cœur comme une enclume. Oh, Dieu, où se réfugier pour cacher sa souffrance ?

Poussée par un impérieux besoin de solitude, elle gagna en courant les écuries et ordonna à un lad de seller sa jument. Tandis que le garçon s'exécutait sans mot dire, Aislynn pressa ses poings sur ses lèvres, bouleversée par la scène qu'elle venait de vivre. Au nom de tous les saints, pourquoi s'était-elle laissée aller à aimer un homme comme Jarrod Maxwell ? N'était-ce pas aller au devant de la frustration et de la souffrance ?

Le cœur étreint d'une profonde tristesse, elle se hissa sur sa selle et éperonna sa jument en direction de la forêt qui entourait l'imposante masse du château d'Avington. A défaut de guérir sa peine, l'exercice physique lui apporterait au moins un peu d'apaisement !

Forte de cette pensée, elle s'engagea sur une sente cavalière et s'enfonça au trot dans la profondeur des bois. Mais à peine eut-elle chevauché quelques centaines de mètres qu'elle vit déboucher des sous-bois un cavalier vêtu de sombre, dont la silhouette lui parut étrangement familière.

Parvenu à sa hauteur, l'homme lui barra la route et s'empara de ses rênes d'un geste brutal. Sidérée par la violence du geste, Aislynn poussa un cri de surprise et de frayeur. Sir Fredrick ! songea-t-elle, à la vue du visage émacié de son agresseur, dont les yeux sombres lançaient des éclairs de haine. Ralliant son courage, elle essaya de tourner bride, mais il était déjà trop tard.

Avant qu'elle n'ait eu le temps de réagir, l'homme la souleva brutalement de sa selle et sans se soucier de ses cris, l'assit de force sur son propre étalon. Puis il éclata d'un rire sardonique.

— Lâchez-moi ! hurla la cavalière, épouvantée par l'expression démente de ses yeux.

Mais l'injonction n'eut d'autre effet que de faire s'esclaffer plus fort le ravisseur. Serrant sa prisonnière contre lui, il enfonça violemment ses éperons dans les flancs de sa monture, qui d'un élan frénétique, s'élança au plus profond des halliers.

Abasourdi, Jarrod demeura longtemps immobile à l'endroit même où l'avait laissé Aislynn, tandis que les images de son passé défilaient dans sa mémoire à une vitesse folle.

Se pouvait-il qu'elle eût raison, et qu'il eût été aveugle au point de ne pas voir qu'il avait été aimé plus qu'il ne l'avait imaginé ? Si tel était le cas, rien dans son attitude passée ne se justifiait plus, et il était urgent pour lui de réparer ses erreurs.

Aislynn... Puisqu'elle était sans conteste la personne qui lui tenait le plus à cœur, c'était cette relation-là qu'il devait tout d'abord clarifier. Mais comment lui avouer qu'il était passionnément amoureux d'elle, alors qu'elle venait précisément de lui signifier toute l'aversion qu'elle éprouvait pour lui ?

Parvenu à ce point de ses réflexions, il sut pourtant en un éclair que c'était là précisément ce qu'il devait faire, quelles que fussent les réactions d'Aislynn. Son besoin de tendresse et d'amour partagé était devenu si fort qu'il ne pouvait différer plus longtemps cet aveu. D'ailleurs, qui pouvait savoir ? Le sentiment qu'il éprouvait pour elle était si puissant qu'il ferait peut-être des miracles...

Sa décision prise, Maxwell remonta le sentier en courant, sans se soucier des regards ahuris de ces dames.

— Jarrod, nous..., commença Isabelle.

Mais le chevalier n'était pas d'humeur à perdre la moindre seconde ! Quatre à quatre, il grimpa l'escalier du donjon, mais à son grand désappointement, personne céans ne fut capable de lui dire où il pourrait trouver Aislynn. Nul ne l'avait vue depuis le dernier repas et malgré ses questions réitérées, il ne put glaner le moindre renseignement sur ses faits et gestes.

Dépité, il poursuivit ses investigations dans les cuisines, puis dans la cour.

— Auriez-vous vu miss Aislynn ? demanda-t-il à un serviteur, qui transportait vers les communs un seau débordant d'eau fraîche.

— Oui, milord, il y a déjà près d'une demi-heure. La demoiselle se dirigeait d'un bon pas vers les écuries. Le ciel me pardonne, mais elle semblait vraiment dans tous ses états !

Nanti de ce renseignement, Jarrod courut vers les dépendances qui se dressaient à l'intérieur même de l'enceinte.

— Où est miss Greatham ? interrogea-t-il tout de go, en faisant irruption dans le bâtiment.

Occupé à bouchonner un cheval, l'un des lads releva la tête et fixa sur le nouveau venu un regard étonné.

— Elle… elle m'a donné l'ordre de seller sa jument et elle est partie aussitôt, milord, expliqua l'homme, décontenancé par le ton comminatoire de Jarrod.

— Pouvez-vous au moins me dire quelle direction elle a prise ?

Le garçon d'écurie secoua la tête, de plus en plus ahuri. En temps normal, Jarrod l'eût grondé d'avoir laissé sortir la jeune fille sans escorte. Mais il était trop impatient de retrouver Aislynn pour gâcher de précieuses secondes à quereller qui que ce fût. Sans perdre un instant, il fit sortir sa propre monture et se mit en selle aussitôt. Aislynn n'avait pu aller bien loin, supputa-t-il, et il ne tarderait certainement pas à la retrouver.

Parvenu aux portes du château, il s'arrêta le temps de scruter le sol, afin d'y découvrir les empreintes de la jument. Son espoir ne fut pas déçu, et il se mit aussitôt en devoir de suivre les traces profondément gravées dans la terre molle.

Pressé de retrouver la cavalière pour lui avouer enfin son amour, il ne ralentit pas l'allure jusqu'à ce qu'il eût gravi la colline et pénétré sous le couvert des arbres. Mais il dut s'arrêter un peu plus loin, déconcerté. A en juger par le sol abondamment piétiné, Aislynn avait été rejointe à cet endroit par un autre cavalier. « Qu'a-t-il bien pu se passer ? » se demanda-t-il, alarmé.

Au même moment, il entendit un hennissement affolé s'élever sur sa droite, et aperçut entre les troncs d'arbres la jument pommelée, dont les rênes à l'abandon flottaient sur l'encolure. « Par tous les saints, la selle est vide ! » constata-t-il avec effroi.

Le cœur battant d'anxiété, il continua sa route à bride abattue, la tête baissée pour se protéger des branchages. Après quelques instants de galopade effrénée, il émergea enfin de l'enchevêtrement des halliers pour gravir une colline, dont le sommet dominait toute la campagne environnante. Parvenu là, il se haussa sur ses étriers et jeta un regard circulaire sur les alentours.

— Dieu du ciel ! s'exclama-t-il soudain d'une voix étouffée.

Le cœur battant à se rompre, il darda un regard fixe sur une clairière où se détachaient deux silhouettes immobiles, nimbées par la lumière du pâle soleil d'automne. Aislynn et sir Fredrick ! songea-t-il en un éclair. Attaché un peu plus loin, un grand étalon noir broutait placidement l'herbe rase.

En proie à une terrible angoisse, Jarrod dévala la colline au galop, faisant voler les mottes de terre sous les sabots de son cheval.

Il n'était plus qu'à une infime distance du couple, lorsque sir Fredrick tourna la tête vers lui, alerté par le bruit. Jarrod s'attendait à le voir prendre la fuite, mais à sa grande surprise, l'homme ne bougea pas d'un pouce et lui fit signe d'approcher. Sans se le faire dire deux fois, Jarrod parcourut les derniers mètres, les tempes bourdonnantes et la gorge serrée d'anxiété.

Son premier regard, dès qu'il eut mis pied à terre, fut pour Aislynn, que sir Fredrick maintenait contre lui, une main posée sur sa bouche en guise de bâillon. Dieu merci, la jeune fille semblait saine et sauve, malgré les grands yeux bleus effrayés qu'elle levait désespérément vers lui. Indemne… du moins pour le moment ! lui souffla l'insidieuse voix de l'inquiétude.

— Ah, vous voilà enfin, Maxwell ! s'écria le chevalier noir, lorsque Jarrod ne fut plus qu'à quelques mètres. Quel plaisir de vous rencontrer de nouveau ! Il y a longtemps que j'attends ce moment.

Prompt comme l'éclair, il sortit de sa ceinture une dague à la lame étincelante, dont il posa la pointe sur la gorge de la captive.

Le sang de Jarrod ne fit qu'un tour à cette vue et il eut le plus grand mal à maîtriser sa fureur.

— Ne la blessez pas, hurla-t-il, ou je vous jure que vous le regretterez !

Au son de sa voix, la jeune fille se débattit violemment pour se dégager, mais sir Fredrick la ramena sans ménagement contre lui.

— Ne bougez plus, mijaurée ! intima-t-il d'un ton brutal, tout en enfonçant légèrement le poignard dans la tendre chair de la rebelle.

Une goutte de sang apparut sur la peau nacrée et Jarrod poussa un rugissement à cette vue.

— Je vous tuerai, espèce de bâtard ! s'exclama-t-il d'une voix rauque.

Mais l'autre l'arrêta d'un rire dément, dont les échos sinistres se répercutèrent dans le sous-bois.

— Essayez donc ! Si vous tentez un geste, je tranche instantanément cette jolie gorge... Dilemme intéressant, n'est-ce pas ?

Il s'esclaffa de nouveau avant d'ajouter d'une voix étrangement mielleuse :

— Comme vous vous êtes montrés tous deux coopératifs aujourd'hui ! D'abord la fille, puis vous... Je n'en espérais pas autant.

Conscient qu'il lui fallait élaborer en toute hâte un plan d'action, Jarrod résolut de gagner au moins quelques précieuses minutes.

— Coopératifs ? répéta-t-il. Que diable entendez-vous par là ?

Sir Fredrick eut un sourire sardonique et prit le temps de toiser Jarrod avant d'expliquer :

— Je veux tout simplement dire que vous avez tous deux admirablement secondé mes intentions, elle en s'éloignant du château sans escorte, et vous en vous élançant sur ses talons, sans même prendre la précaution de ceindre une épée. Quelle imprudence, vraiment, chevalier ! Je me serais attendu à bien autre chose, de la part d'un guerrier aussi chevronné que vous.

Il hocha la tête d'un air satisfait en examinant la ceinture de Jarrod, où ne pendait pas le moindre fourreau.

— Il y a des jours que je surveille le château, poursuivit-il, et j'avais presque abandonné l'espoir de réaliser mon dessein.

Son interlocuteur prit sur lui pour garder son sang-froid et réussit au-delà de ses espérances, malgré la colère qui bouillonnait en lui.

— Puisque vous étiez là en train d'épier, vous avez dû me voir arriver à Avington ce matin. Pourquoi ne vous êtes-vous pas attaqué directement à moi, au lieu de vous en prendre à cette innocente jeune fille ?

— Parce que je vous déteste tous ! Vous trois, les godelureaux qui portez le signe du Dragon, avez tenté de détruire mon maître, et je vous ferai payer cher pour ce forfait. Croyez-vous que je n'aie pas vu votre visage, lorsque cette fille a été blessée par la flèche que je vous destinais ? Vous aviez l'air littéralement torturé !

Sir Fredrick eut un sourire cruel et ajouta :

— J'ai compris que je tenais là le moyen idéal pour vous atteindre au plus profond de vous-même. Aussi est-il essentiel que j'expédie cette péronnelle de vie à trépas avant de vous occire à votre tour. Vous souffrirez autant que moi, qui ai dû assister, impuissant, à l'agonie de mon malheureux maître.

Parvenu à ce point de son discours, l'insensé fit quelques pas en arrière, entraînant Aislynn avec lui. De toute évidence, il se servait surtout de son bras gauche, et Jarrod, se rappelant alors que l'homme avait eu lui-même l'épaule traversée d'une flèche, décida incontinent d'exploiter cette faille.

— Que me parlez-vous de l'agonie de votre maître ? interrogea-t-il avec un haussement d'épaules. Il était non seulement vivant, mais en excellente santé, la dernière fois que je l'ai vu.

— Vivant peut-être, concéda Fredrick, mais sans le moindre ressort. Vous l'avez anéanti en emmenant avec vous cette félonne d'Isabelle. Tout ce que je demande au ciel, c'est de la voir tomber un jour entre mes mains, exactement comme celle-ci. Car sachez-le, Maxwell, j'ai l'intention de vous exterminer tous, les uns après les autres, non sans vous avoir donné d'abord le crève-cœur de voir souffrir ceux qui vous sont le plus proches !

Joignant le geste à la parole, il enfonça un peu plus la pointe de son poignard dans la gorge d'Aislynn, qui poussa un gémissement de douleur.

Le cœur de Jarrod fit un bond dans sa poitrine, et il dut faire appel à toute sa maîtrise de soi pour ne pas bondir sur le misérable. Le moindre geste intempestif pouvait en effet coûter la vie à Aislynn, et mieux valait attendre un moment plus propice.

— Ce que vous me dites là est plutôt curieux. Pour ma part, j'aurais plutôt pensé que Kelsey était ravi d'être débarrassé d'Isabelle ! observa-t-il d'un ton aussi détaché que possible.

Contre toute attente, sir Fredrick parut déconcerté par la remarque.

— Moi aussi, à vrai dire, admit-il. Et pourtant, c'est tout le contraire qui s'est produit. Il passe son temps à gémir sur son absence, exactement comme si cette fille indigne ne l'avait pas trahi !

Jarrod savait que Kelsey avait été furieux du départ de la jeune fille. Mais il avait toujours pensé que l'homme regrettait en fait les terres d'Avington, sur lesquelles il avait espéré mettre la main en se servant d'Isabelle à cette fin, et non sa fille elle-même, qui ne lui inspirait qu'une tendresse très modérée.

Il en était là de ses réflexions, lorsqu'il s'aperçut qu'Aislynn, depuis quelques secondes, le fixait désespérément, dans l'espoir évident de capter son regard. Dès que leurs yeux se rencontrèrent, elle jeta un coup d'œil vers le sol, et Jarrod vit qu'elle lui désignait ainsi une grosse branche, qui gisait à côté de lui sur un tapis de feuilles mortes.

En un éclair, il saisit le parti qu'il pourrait tirer de l'objet. Anxieux de détourner l'attention de Sir Fredrick, il émit un toussotement avant d'observer d'un ton aussi détaché que possible :

— Qui aurait pu s'en douter, vraiment ? Votre maître ne semblait pas homme à se laisser bouleverser par de semblables vétilles.

Dieu merci, l'homme était trop absorbé par sa colère pour prêter attention aux regards de ses deux interlocuteurs, qui ne cessaient d'échanger des coups d'œil éloquents. De toute évidence, Aislynn souhaitait qu'il se servît de la branche en guise de massue, comprit Jarrod. Mais comment esquisser le moindre geste en ce sens, sans mettre en danger la vie de la jeune fille ?

C'était pourtant la seule solution qui fût à sa disposition, et il finit par acquiescer d'un imperceptible mouvement de tête. En retour, Aislynn haussa les sourcils pour lui faire comprendre que le message avait été bien reçu. Puis elle battit des cils et tous ses muscles se tendirent, comme si elle lui signifiait clairement : « Attention, c'est le moment ! »

Malgré cet avertissement, Jarrod fut le premier surpris lorsque la prisonnière se cambra tout à coup et donna un violent coup de coude dans la poitrine de son agresseur. Déséquilibré par cette ruade inattendue, sir Fredrick tituba et relâcha son étreinte.

Au même instant, Jarrod se baissa à la vitesse de l'éclair et s'empara de la branche, qu'il envoya à toute volée dans les jambes du misérable. Pris de court par la promptitude de l'assaut, l'homme vacilla et tomba lourdement sur les genoux, entraînant Aislynn avec lui. Mais dans cette position incommode, son bras invalide n'était manifestement pas de force à maintenir la captive. Bandant toute son énergie, Aislynn se dégagea d'une secousse et se laissa rouler sur le sol.

— Jarrod, la dague, vite ! hurla-t-elle à l'adresse du chevalier.

A l'instant où Jarrod se précipitait sur Fredrick, celui-ci se releva d'un bond, son poignard à la main, et se rua sur l'adversaire.

Prompts comme l'éclair, les deux hommes s'empoignèrent et une lutte farouche s'ensuivit, pendant laquelle tous deux luttèrent pour la possession de la dague. Mais Fredrick, handicapé par son ancienne blessure, ne put résister longtemps à la poigne d'acier de Jarrod, qui l'obligea à lâcher le poignard.

Haletant, sir Fredrick se rejeta en arrière et écarta les mains dans un geste d'impuissance.

— Tuez-moi, puisque je suis à votre merci ! s'exclama-t-il d'une voix entrecoupée.

Bien qu'un impétueux mouvement le poussât à obtempérer, Jarrod jeta un coup d'œil vers Aislynn, et laissa retomber son bras. Non, songea-t-il, c'était tout bonnement impossible ! Il ne pouvait inaugurer par un meurtre sa nouvelle vie, alors que tout en lui aspirait ardemment à la tendresse et à l'amour partagé.

D'une main, il désigna l'étalon noir attaché à un tronc d'arbre voisin.

— Allez-vous-en vite ! enjoignit-il d'une voix brève. Et surtout, faites en sorte de ne plus jamais croiser mon chemin, car je ne vous ferai pas grâce une seconde fois, je vous en préviens. Il m'est déjà assez difficile de vous pardonner le mal que vous avez fait à ceux que j'aime.

Pendant quelques instants, sir Fredrick le dévisagea, incrédule, avant de se diriger en claudiquant vers son cheval, qu'il enfourcha à grand-peine. Puis il jeta à Jarrod un dernier regard, comme s'il avait encore du mal à croire à l'aubaine. Comprenant enfin que les paroles du chevalier n'étaient pas vaines, il piqua des deux et s'enfonça au galop dans la profondeur des bois.

La dague à la main, Jarrod le regarda disparaître, et ce fut seulement alors qu'il relâcha sa vigilance.

Immobile à quelques pas de lui, Aislynn lui jeta un regard incertain.

— Que vouliez-vous dire, Jarrod, lorsque vous lui avez reproché d'avoir fait du mal à ceux que vous aimiez ? Parliez-vous d'Isabelle et de Simon ?

Jarrod hésita, embarrassé.

— Pas seulement, avoua-t-il enfin.

Mais cette réponse évasive ne suffit pas à la jeune fille, qui secoua la tête.

— Que voulez-vous dire ?

Comprenant que le moment de l'aveu était venu, le chevalier se rapprocha d'elle et prit une profonde inspiration. Allons, songea-t-il, il était grand temps de se jeter à l'eau, quelles qu'en fussent les conséquences. Il était trop fatigué de son propre passé pour ne pas essayer de construire un avenir meilleur.

La gorge sèche, il déglutit plusieurs fois.

— C'était à vous que je pensais, Aislynn, répliqua-t-il d'une voix bien distincte. Il m'est désormais impossible de nier l'évidence... Je... je vous aime passionnément.

Une vague de soulagement déferla en lui dès qu'il s'entendit prononcer ces paroles, et il sut qu'il avait agi comme il devait le faire, même si Aislynn, en fin de compte, le repoussait.

Trop stupéfaite pour articuler un seul mot, la jeune fille battit des paupières et le dévisagea un instant sans esquisser le moindre geste.

— Vous m'aviez pourtant dit... que vous teniez à votre indépendance plus qu'à n'importe quoi au monde, balbutia-t-elle enfin, complètement décontenancée par cet aveu inattendu.

Jarrod haussa les épaules.

— Je me suis comporté comme un parfait imbécile, affirma-t-il. Mon passé, à ce moment-là, pesait encore très lourdement sur mes actes. Comme vous l'avez si bien deviné, je ne voulais pas me risquer à aimer, par crainte d'être de nouveau blessé. De plus, vous avez refusé de m'accorder votre main lorsque j'ai voulu passer outre à mes réticences.

— Comment aurais-je pu réagir autrement ? J'étais persuadée que vous m'aviez proposé le mariage par simple souci des convenances !

Jarrod secoua énergiquement la tête, bien décidé à se justifier.

— Voilà qui est absolument faux ! Jamais je n'avais été plus sincère qu'en cet instant, et je souhaitais de toute mon âme vous épouser. Mais lorsque vous m'avez répondu que vous étiez promise à Gwyn, je suis aussitôt rentré dans ma coquille, déterminé à ne pas vous montrer combien votre refus m'avait blessé. En vérité, ce n'était pas seulement mon amour-propre qui était atteint. Mon cœur aussi saignait de votre refus !

Mal revenue de sa surprise, Aislynn se passa une main sur le front.

— Mais… je ne vous ai jamais dit que j'aimais Gwyn, n'est-ce pas ? J'ai seulement allégué que cette alliance était nécessaire, car elle garantissait la paix à Bransbury. De plus, j'étais persuadée que vous ne m'auriez jamais fait cette offre si vous ne vous étiez senti coupable à mon égard… à cause de ce que nous venions de faire.

Jarrod émit un léger soupir.

— Je n'étais pas très fier de moi, c'est un fait, admit-il en toute franchise.

D'un geste inattendu, il enfonça la main dans la poche de sa tunique et en retira un rouleau de satin bleu, qu'il exhiba sous les yeux d'Aislynn, stupéfaite.

— Vous aviez raison de penser que ce ruban me rappelait une femme, car il a exactement la couleur de deux prunelles pervenche dont l'image n'a cessé de me hanter depuis le premier instant où je les ai vues. Je l'ai acheté au colporteur de Bransbury, mais le moment venu de l'offrir, je n'ai pu m'y résoudre et l'ai gardé dans ma poche.

Il observa une pause, comme pour donner plus de poids à ses paroles, et ce fut avec une émouvante gravité qu'il poursuivit enfin :

— En réalité, j'aimais déjà passionnément cette femme, sans en avoir vraiment conscience… et je l'aime toujours, même si elle doit me mépriser pour l'aveu que je viens de lui faire !

Aislynn, éperdue, fixa sur lui ses grands yeux débordant de larmes.

— Vous mépriser, Jarrod ? Comment serait-ce possible ? Je vous ai aimé dès que vous avez franchi le seuil de Bransbury. Il m'a suffi de lever les yeux sur vous, et j'ai senti obscurément que vous étiez celui que j'attendais depuis toujours. Un véritable coup de foudre, en somme… Et moi qui ne croyais pas en l'amour !

Comme s'il n'attendait que cet encouragement, Jarrod poussa une exclamation de joie. Puis il abolit en deux enjambées la distance qui les séparait et saisit la jeune femme dans ses bras. Lorsque sa bouche se posa sur la sienne, Aislynn répondit avec tant de fougue à son baiser qu'il ne douta plus un seul instant de la véracité de ses paroles. Elle était bel et bien éprise de lui, et il pouvait se fier à elle pour construire un avenir basé sur la tendresse et la confiance mutuelles.

Grisé par cette perspective, il releva la tête afin de plonger les yeux dans le beau regard de pervenche encore embué de larmes.

— Accepteriez-vous de m'épouser, lady Aislynn Greatham ? demanda-t-il avec toute la solennité que requérait cet instant.

Sans hésiter une seule seconde, la jeune fille opina de la tête.

— Aujourd'hui même, sire chevalier ! répliqua-t-elle avec ferveur. Nous avons assez perdu de temps, ne trouvez-vous pas ?

Comme frappé d'une pensée soudaine, Jarrod fronça les sourcils et recula légèrement pour mieux examiner sa compagne.

— Cela vous ennuierait-il d'aller vivre à Kewstoke ? interrogea-t-il avec une nuance d'appréhension dans la voix. Je sais combien vous vous êtes attachée à Bransbury et à votre famille, mais…

Aislynn l'interrompit d'un sourire radieux. Comment pouvait-il douter un seul instant de sa réponse ? N'était-elle pas aussi évidente que le soleil qui les éclairait ?

— Mon foyer est partout où vous êtes, affirma-t-elle avec conviction.

Jarrod la considéra un instant, comme s'il ne pouvait encore croire à son bonheur.

— J'ai du mal à me persuader que je ne rêve pas, avoua-t-il d'une voix légèrement tremblante. Vous m'aimez donc vraiment ?

Mutine et grave à la fois, Aislynn se dressa sur la pointe des pieds et pressa ses lèvres sur les siennes. Puis elle leva sur lui ses grands yeux pervenche et affirma dans le plus voluptueux des murmures :

— Pour l'éternité, mon amour !

HARLEQUIN

PROCHAINS RENDEZ-VOUS LE

1er août 2004

Collection *Les Historiques*

LA FILLE DU DRAGON, *de Catherine Archer* • **n°282**
Angleterre, 1203. Adolescent, Christian de Bransbury fait serment de venger son vénéré seigneur et maître, surnommé Le Dragon, lâchement assassiné avec sa fillette de quatre ans, la petite Rosalind. Des années plus tard, il accomplit sa vengeance — mais demeure insatisfait : son intuition, confortée par de minces indices, lui souffle que, en dépit des apparences, Rosalind n'est pas morte. Et il ne connaîtra pas la paix avant d'en avoir le cœur net…

LE BAL DES OMBRES, *de Deborah Hale* • **n°283**
Angleterre, 1817. La vie de lord Lucius Daventry, un séduisant aristocrate, bascule à Waterloo quand une balle le blesse grièvement au visage. Abandonné par sa fiancée, il cache sa disgrâce derrière un masque et se claquemure dans son château… jusqu'au jour où son grand-père mourant l'implore d'épouser Angela, une jeune personne qu'il tient en haute estime. Lucius se résigne alors à rencontrer l'intéressée et lui annonce abruptement sa décision : tous deux vont se fiancer — et rompre sitôt le vieil homme décédé…

L'ENFANT DE L'AURORE, *d'Elizabeth Lane* • **n°284**
Amérique, 1865. Veuve et enceinte de son défunt époux, Cassandra Riley travaille dans un hôtel pour assurer sa subsistance quand, un matin, un titre du journal local retient son attention : il annonce la mystérieuse disparition du fils d'un riche propriétaire terrien. Peu après, ayant perdu son emploi et sur le point d'accoucher, la jeune femme aux abois conçoit un plan improbable pour préserver son bébé de la misère: elle se présente chez le disparu et se fait passer pour sa compagne…

LE PACTE, *de Nicole Foster* • **n°285**
Amérique, 1876. Criblée de dettes, Hallie se bat pour garder le domaine familial convoité par ses créanciers. Aussi est-elle atterrée quand se présente un jour à sa porte un certain Jack Dakota, titulaire d'un acte de propriété en bonne et due forme. Il a, explique-t-il, acheté le domaine et compte s'y installer avec son fils. Hallie a beau s'insurger, expliquer que sa maison n'est pas à vendre, rien n'y fait : Dakota refuse de partir…

LA DOUBLE DISGRÂCE, *de Gail Ranstrom* • **n°286**
Londres, 1818. Jadis victime d'un outrage qu'elle a tenu secret, lady Sarah Hunter conjure sa souffrance en aidant d'autres femmes abusées. Chaque nuit, elle rôde, vêtue en homme, dans les quartiers mal famés de Londres à la recherche des coupables. Ces traques clandestines sont sa seule raison de vivre — jusqu'au jour où elle rencontre Ethan Travis, un espion du gouvernement soupçonné de haute trahison…

Rendez-vous exceptionnel

Grands Romans Historiques

Le 1er juillet,
découvrez 2 romans inédits.

LA DAME DES HAUTES-TERRES, d'Elaine Coffman • n°15

Parente du Roi-Soleil, Sophie d'Alembert comprend très jeune que son illustre ascendance, jointe à une beauté remarquable, constitue la pire des malédictions car ce double héritage fait d'elle le jouet des puissants. Fiancée de force à l'odieux duc de Rockingham, la jeune femme lui échappe à la faveur de tragiques circonstances : le navire sur lequel elle a embarqué fait naufrage, et c'est un seigneur écossais, rude guerrier à la chevelure aussi sombre que le cœur du démon, qui la sauve et la recueille en son château. Toutefois, Sophie ne donne pas cher de son sort si son hôte vient à découvrir sa véritable identité. Aussi feint-elle d'avoir perdu la mémoire…

Et la troisième partie
de la trilogie de Candace Camp…

COMMANDE... COMMANDE... COMMANDE...

Ces volumes sont disponibles auprès du Service Lectrices dans la limite des stocks. Si vous souhaitez commander certains titres, cochez les livres choisis et indiquez vos coordonnées dans le bon de commande ci-joint.

Chaque volume est vendu au prix de 5,13 €, auquel s'ajoutent 2,05 € par colis pour la participation aux frais de port et d'emballage.

N'envoyez pas d'argent aujourd'hui, une facture accompagnera votre colis.

Renvoyez ce bon à : Service Lectrices HARLEQUIN
BP 20008 - 59718 LILLE CEDEX 9.

Mme ❐ Mlle ❐ Si abonnée, n° : └┘ └┴┴┴┴┴┴┘

NOM ____________________

Prénom ____________________

Adresse ____________________

Code Postal └┴┴┴┴┘ Ville ____________________

____________________ Tél. : └┴┘└┴┘└┴┘└┴┘└┴┘

Adresse e-mail ____________________

Date d'anniversaire └┴┘└┴┘└┴┴┴┘

Signature indispensable

Le **Service Lectrices** est à votre écoute au **01.45.82.47.47**
du lundi au jeudi de 9h à 17h et le vendredi de 9h à 15h.

Conformément à la loi Informatique et Libertés du 6 janvier 1978, vous disposez d'un droit d'accès et de rectification aux données personnelles vous concernant.Vos réponses sont indispensables pour mieux vous servir. Par notre intermédiaire, vous pouvez être amené à recevoir des propositions d'autres entreprises. Si vous ne le souhaitez pas, il vous suffit de nous écrire en nous indiquant vos nom, prénom, adresse et si possible votre référence client. Vous recevrez votre commande environ 20 jours après réception de ce bon.

Offre réservée à la France métropolitaine et soumise à acceptation.

ABONNEMENT...ABONNEMENT...ABONNEMENT...

Oui, je désire profiter de votre offre exceptionnelle. J'ai bien noté que je recevrai d'abord gratuitement un colis de 2 livres* ainsi que 2 cadeaux. Ensuite, je recevrai un colis payant de romans inédits régulièrement.

Je choisis la collection que je souhaite recevoir :

(☑ cochez la case de votre choix)

- ❑ **AZUR** : Z4ZF56
- ❑ **EMOTIONS (AMOURS D'AUJOURD'HUI)** : A4ZF53
- ❑ **BLANCHE** : B4ZF53
- ❑ **LES HISTORIQUES** : H4ZF53
- ❑ **ROUGE PASSION** : R4ZF56
- ❑ **DÉSIRS** : D4ZF52
- ❑ **DÉSIRS/AUDACE** : D4ZF54
- ❑ **HORIZON** : O4ZF55
- ❑ **BEST-SELLERS** : E4ZF53
- ❑ **BEST-SELLERS/INTRIGUE** : E4ZF54
- ❑ **MIRA** : M4ZF52

*sauf pour les collections Désirs et Mira : 1 livre gratuit

Renvoyez ce bon à : Service Lectrices HARLEQUIN
BP 20008 - 59718 LILLE CEDEX 9.

Mme ❑ Mlle ❑ NOM ____________________

Prénom ____________________

Adresse ____________________

Code Postal └┴┴┴┴┘ Ville ____________________

Tél. : └┴┘└┴┘└┴┘└┴┘└┴┘

N° d'abonnée Harlequin (si vous en avez un) └┘└┴┴┴┴┴┴┴┘

Le Service Lectrices est à votre écoute au 01.45.82.44.26
du lundi au jeudi de 9h à 17h et le vendredi de 9h à 15h.

Conformément à la loi Informatique et Libertés du 6 janvier 1978, vous disposez d'un droit d'accès et de rectification aux données personnelles vous concernant. Vos réponses sont indispensables pour mieux vous servir. Par notre intermédiaire, vous pouvez être amené à recevoir des propositions d'autres entreprises. Si vous ne le souhaitez pas, il vous suffit de nous écrire en nous indiquant vos nom, prénom, adresse et si possible votre référence client. Vous recevrez votre commande environ 20 jours après réception de ce bon. Date limite : 31 décembre 2004.

Offre réservée à la France métropolitaine, sousmise à acceptation et limitée à 2 collections par foyer.

Composé et édité par les
éditions Harlequin
Achevé d'imprimer en mai 2004

BUSSIÈRE
GROUPE CPI

à Saint-Amand-Montrond (Cher)
Dépôt légal : juin 2004
N° d'imprimeur : 42072 — N° d'éditeur : 10555

Imprimé en France

Chère lectrice,

Vos cinq romans de ce mois sont placés sous le double signe du voyage et du secret… Lady Aislynn, d'abord, sillonne les routes anglaises à la recherche de son frère mystérieusement disparu. Mais plus la jeune femme découvre d'indices, moins elle a l'impression de connaître celui dont elle se croyait pourtant si proche… Découvrez vite *Le chevalier du Dragon*, deuxième partie de la saga médiévale de Catherine Archer. En 1300, Marguerite, *L'inconnue du donjon*, traverse une mer en furie quand son bateau chavire. Les vagues la rejettent sur la grève où un seigneur local la découvre, inanimée. Revenue à elle, la jeune femme découvre alors avec effroi qu'elle a tout oublié de son passé. Bien plus tard, en 1775, Madeline, *La passagère du destin*, prend également la mer pour rejoindre celui qu'elle croit être son futur époux. Mais, dès son arrivée, celui-ci s'insurge : c'est sa sœur aînée, Diana, et non elle qu'il désire pour femme. Bouleversée, la jeune femme s'interdit toutefois de lui avouer son amour et sa déception… En 1815, Felicity part elle aussi en voyage — à son corps défendant ! Car son compagnon de route n'est autre que son ancien amant, qui ignore tout de sa prochaine paternité. Et, dans l'intimité d'un coche, *Le secret d'une lady* est bien difficile à cacher… A la même époque, mais dans un tout autre contexte, Laura, l'héroïne de *La dérobade*, n'a d'autre choix pour échapper à un mari brutal que de simuler sa propre disparition pour se réfugier à la campagne sous une fausse identité. Tout se passe bien — jusqu'au jour où l'intérêt prononcé que lui porte un séduisant aristocrate la pousse, de crainte d'être démasquée, à envisager de reprendre la fuite…

Enfin, en juillet, ne manquez pas les deux titres exceptionnels de votre collection Grands Romans Historiques : *La Maison des Masques*, de Candace Camp, et *La dame des Hautes-Terres*, d'Elaine Coffman.

Bonne lecture et rendez-vous en août,

La Responsable de collection

